구월의
이틀
장정일
장편소설

랜덤하우스

목차

1. 고속도로 위에서 7   2. 연상의 여인, 환영의 소녀 39   3. 국사 선생님과 담임선생님 65   4. 바다는 소년들의 것이다 89   5. 구월의 이틀 124   6. 자연선택이야! 152   7. 이히 뫼히테 디히 하이라텐 179   8. 비바람이 치던 바다 207   9. 여행을 떠나요! 241   10. 새로운 성장소설 277   0. 출발 307

작가후기 332

1
고속도로
위에서

어느 도시로 여행을 가는 것과 그 도시에 살러 가는 것은 분명 다른 일이다. 아무리 작은 이사라도 소풍처럼 간단할 수는 없다. 어떤 사람은 새로운 도시에서 자신이 몰랐던 욕망을 정확히 알게 되고 그래서 그 도시와 하나가 되고, 또 다른 사람은 환멸을 배우거나 혼돈에 빠져 허우적거리다가 왔던 곳으로 되돌아간다. 각기 광주와 부산에서 태어나 자랐던 금과 은은 몇 번씩이나 서울을 다녀봤지만, 서울에서 대학을 다니게 될 때까지, 서울은 미래형으로만 있었지 현실로 존재하지는 않았다.

　금의 경우, 중학교 3학년 때 처음 서울 구경을 했다. 6인조로 구성된 유명 아이들 그룹의 공연을 보기 위해서였다. 고속버스 터미널의 콘크리트 바닥에 첫발을 디디며 느낀 것이 비록 '왔노라, 보았노라, 이겼노라!' 정도는 아니었지만, 막연한 뿌듯함에 금은 발걸음이 가벼웠다. 터미널을 벗어나 지하철을 타고 공연장으로 가면서 몇 번이나 숨을 크게 들이마시자, 진짜 도시의 냄새, 진짜 사람의 냄새가 나는 것 같았다. 그것은 자신의 욕망이었다.

　친구들과 함께 서울행 고속버스를 탄 후로, 금은 친구들과 함께 또는 혼자서 6인조 아이들 그룹의 공연장을 찾아다녔다. 그런 버릇은 고등학교 1학년 겨울방학 때까지 지속되었는데, 마음속을 가만히 헤아려보면 그들의 음악이나 멤버 가운데 어느 누구를 특별히 좋아한 것은 아니었다.

　금은 수천 대의 헬리콥터가 날고 있는 것처럼 소란스러운 공연장을 휘둘러보며, 자랑스러운 자신의 이름을 생각했다. 금(金). 그는 아이들 그룹의 공연을 보는 게 아니라, 아이들 그룹의 공연을 보는 청중들의 절실히 애타는 눈빛 속에 자신의 모습을 세워놓았다. 아무리 해도 물리지 않는 그 공상은 달콤했다. 나도 저렇게 되고 싶다! 저렇게 살아야 한다! 당연하지만 그는 아직 무엇으로 그렇게 될 수 있는지 방향을 정하지는 못했다. 그저 언젠가는 나도 '내게 헌신을 바치는 사람들을 많이 얻고 싶다'는 막연한 느낌뿐이었다.

소리치고, 펄쩍펄쩍 뛰어오르고, 야광등을 들고 좌우로 양팔을 흔드는 청중들을 보면서 금은 자신의 몸속에 전기가 차오르는 충만감을 느끼곤 했다. 밤늦은 시간까지 시험공부를 하면서, 가끔씩 금은 6인조 아이들 그룹의 미끈한 몸매와 유연한 춤 동작을 떠올렸고, 그런 상상은 금세 자신에 대한 상상으로 바뀌었다. 스타를 알현하기 위해 길게 늘어선 추종자들의 행렬, 공연장 안에서 느껴지는 무대와 객석의 일체감, 우상을 위한 아낌없는 환호, 나를 향해 온몸과 마음을 던지기로 준비된 사람들의 눈에서 타오르는 순도 100%의 충성심! 난 금이야!

함께 올라간 친구들의 친척집에서 자지 못하는 날은, 막차를 타고 광주로 내려왔다. 그때마다 금은 새로 충전된 배터리처럼 충만한 기운을 느꼈다. 그리고 시간을 허비했다는 죄책감으로 허겁지겁 영어 단어를 암기하거나 수학 공식을 외웠다. 충전과 죄의식의 길항이 좋은 효과를 냈는지 성적은 매번 좋아졌고, 3학년이 되었을 때 그까짓 아이들 그룹쯤은 까맣게 잊었다. 대신 공부에 지칠 때 그를 안정시켜주는 것은 몽환적인 멜로디를 반복하는 엠비언트ambient 음악이었다.

은은 금보다 어릴 때부터 더 자주 서울을 들락거렸다. 고향은 부산인데도 은의 할아버지, 할머니와 아버지의 형제들은 모두 서울에 살았기 때문이다. 그래서 집안의 크고 작은 일이 있을 때마다 아버지와 어머니는 외동아들인 은을 데리고 서울 나들이를 했다. 비행기를 타고 김포공항에 내릴 때마다 기관지가 약한 은은 목이 아팠다. 서울 나들이를 하고 나서 부산에 돌아와서는 반드시 편도선이 부었고, 진통소염제를 먹었다. 그래서인지 서울에 대한 은의 인상은 좋을 수 없었다.

그리고 뭣보다 마치 금으로 도금된 것 같은 서울 사람들의 말씨가 듣기 싫었다. 텔레비전을 켜면 늘 듣는 게 서울말이었지만, 그걸 육성으로 듣는 것은 또 달랐다. 은연중에라도 은은 자신의 고향에 대해서 특별한 자긍심을 품어본 적이 없고, 경상도 사투리에 애착을 가진 적은 더더욱 없다. 그런데도 서울 남자들의 입에서 나오는 여성스러운 억양은 아무 이유 없이 은을 긴장시키고 역겹게 했다. 하지만 그것과는 또 별개로 은은 매일 저녁 자신이 좋아하는 심야 텔레비전 방송에 나오는 진행자의 말씨를 모범으로, 남몰래 거친 경상도 억양을 개선하기 위해 노력했다. 이런 이중적인 태도는 자신의 이름인 은(銀)에 대해서도 마찬가지였다. 어떨 때는 '왜 나는 금이 아니고, 은인가?'로 푸념하다가, 곧바로 자신의 이름이 금이 아니고 은인 것을 다행스러워했다.

　공부에 열성인 지방 고등학생들이 그렇듯이 금과 은도 광주와 부산에서 서울에 있는 대학을 목표로 공부를 했다. 전교에서 1, 2등을 다투는 수재는 아니었지만, 금과 은은 서울에 있는 상위권의 대학교에 거뜬히 입학을 할 정도는 됐다. 친척들이 서울에 많이 살고 있는 은의 사정은 좀 달랐지만, 금은 고3 시절을 마치면 서울에서 자취 생활을 하게 될 그날을 손꼽아 고대했다. 그런데 두 사람이 고등학교를 졸업할 즈음, 금과 은의 부모들에게 이사를 해야 할 이유가 생겼다.

　부산과 광주에서 서울로 번개 치듯 이사를 결정해야 했던 두 집 부모들의 낯색에는 옅은 불안과 기대가 살짝 배어 있었다. 흥미롭게도 전혀 예상치 못한 갑작스러운 변동을 대하는 아버지와 어머니의 태도는, 금과 은의 가족 모두에게 공통됐다. 서울행에 들떠 신바람이 난 쪽은 아내들이었고, 남편들은 서울로 가지 않겠다고 망설이는 기색이거나(금의 아버지) 아예 한 발자국도 고향에서 떠나지 않겠노라고 고집했다(은의 아버지).

　전형적인 운동권 세대인 금의 아버지는 풀뿌리 지역 운동의 대표적인 이론가로 유명했다. 아버지는 서울이나 주류 정당 정치와 거리를 두고, 광주에서 시민 정치를 실험하고 있었다. 16대 대선이 끝난 직후, 지방 국립대학의 겸임교수를 하고 있던 아버지는 대통령 당선자의 참모인 운동권 선배의 추천으로 정권 인수위원에 깜짝 발탁되었다. 대학과 군대, 그리고 국가보안법 위반으로 1년 가까이 옥살이를 했을 때 말고는 한 번도 고향을 떠나본 적이 없던 아버지는 한동안 망설였다. 게다가 고향에서 풀뿌리 정치를 일구는 일을 여생의 목표로 삼아놓고, 중앙 관계에 한눈을 파는 것이 그리 떳떳하게 느껴지지 않았다. 정권 인수위원회 참여를 놓고 갈등을 하는 아버지에게, 좋은 경험이 될 것이라고 적극 권유한 동료들이 없었다면 아버지는 끝내 서울행을 마다했을지도 모른다.

아버지는 양복 몇 벌만 싸서 혼자 서울로 떠났다. 두어 달 동안의 정권인수 작업만 마무리되면 곧바로 광주로 내려올 생각이었던 아버지는 인수위원회 작업 도중에 청와대 비서실에 기용되었다. 그 바람에 금의 네 가족은 텔레비전의 시트콤 드라마에 나오는 집주인과 하숙생들처럼 서먹하게 거실의 소파에 빙 둘러 앉았으니, 이른바 가족회의였다.

일가친척이 온통 서울에 포진해 있는 은에겐 애초부터 해당사항이 없었지만, 금은 부모로부터 벗어나 자유를 만끽하리라던 10대 시절의 꿈이 깨어지는 것 같아 솔직히 집안의 이사가 마뜩치 않았다. 하지만 그런 내색 정도는 감추어야 한다는 것을 알 정도의 분별은 있었다. 이사에 적극적이었던 사람은 단연 놋숟가락처럼 생활력이 강한 어머니였다. 금의 어머니는 말이 좋아 시민활동이지 거의 무일푼에 가까운 아버지의 수입을 대신 메우는 집안의 무쇠 금고였다. 어머니는 자신의 지갑 속에 들어온 돈이라면 백 원짜리 동전 한 닢 허투루 꺼내지 않았다. 어머니는 돈이 돈을 불러올 때라야만, 다시 말해 자신에게 이득이 생길 때에만 돈을 꺼냈다.

원래 금의 어머니는 6·25 직전까지 호남지역의 유명한 만석꾼 가계에서 태어났다. 하지만 어머니는 동란의 와중과 직후에 허다한 농지를 몽땅 잃어버린 할아버지의 푸념 속에서 자랐다. 가족들이 쉬쉬하며 숨기는 것으로 봐서는 그 많았던 할아버지의 자식들 가운데 서넛은 족히 빨치산이었을 것으로 추정된다. 아들들이 줄지어 빨치산 활동을 한 탓에, 바닷물같이 줄지 않을 것처럼 보였던 많은 농지가 야금야금 거덜 난 것이다. 척 듣기만 해도 급조된 관제(官製) 냄새가 나는 온갖 단체와 경찰이 아들들의 빨치산 전력을 되뇌며 돈과 땅을 뜯어간 것이다.

전쟁이 끝나고 나서도 오랫동안 어머니의 할아버지는 행방불명된 자식들의 신원 문제로 밥 먹듯 경찰서에 불려가곤 했다. 경찰이 그처럼 무시로 불러대는 걸 보면, 지리산 골짜기 어디에서도 자식들의 주검은 발견되지 않았던 모양이다. 경찰서에 불려가 뺨이 새파란 어린 경찰에게 아들들의 행방을 취조

받을 때마다, 금의 외증조 할아버지는 안도의 숨을 내쉬곤 했다. 열 손가락 깨물어 안 아픈 손가락 없다지만, 아무려면 여러 자식들 가운데 가장 빠릿빠릿했던 놈들이 아니던가.

 전쟁이 끝나고, 금의 외증조 할아버지는 죽지 않았다면 월북했을 게 분명한 자식들과 강탈당한 땅 때문에 늘 화병을 앓았다고 한다. 하지만 춘하추동 가리지 않고 한시도 탕약과 멀어지지 않았던 외증조 할아버지는 어머니가 시집을 가기 직전까지 생존하셨다. 어머니는 귀에 못이 박히도록 듣게 된 빨갱이 삼촌들에 대한 생사보다는 할아버지가 경찰과 땃벌레들에게 강제로 빼앗겼다는 너른 땅덩이가 더 실감나게 아쉬웠고, 할아버지의 땅 타령을 들을 때마다 아무것도 쥐어 있지 않은 자신의 맨 주먹을 꼭 쥐었다. 마치 그녀의 손에 들어 있는 물이나 공기처럼, 이제 막 새어나가려는 그 땅들을 놓치지 않고 꽉 쥐려는 듯이!

 "가요. 금도 기숙사 생활을 하느니 집에서 다니는 게 낫고, 향(香)도 내년에는 대학엘 다녀야 하잖아요. 자식을 두 명이나 서울 유학 보내느니, 아예 이번 기회에 우리도 서울 구경 한번 합시다. 당신도 운동한다고 이제껏 고생했지만, 여기서는 누가 알아줍디까? 자신을 알아주는 사람을 위해서는 죽기라도 하는데, 대통령이 불러주니 좀 좋아요?"

어머니에게 서울행은 저 지긋지긋한, 소위 지역 운동가들과 남편을 떼어놓을 수 있는 절호의 기회였다. 주말마다 동지들과 산행을 떠나는 남편의 배낭 챙겨주기, 밑도 끝도 없이 요구하는 활동비, 경찰서 유치장이나 감옥에 수감된 동료와 후배들의 면회와 뒷바라지, 야심한 시각을 가리지 않고 한 떼씩 친구들을 집으로 몰고 들어와 차려놓기를 바라는 술상……. 어느 날 밤, 금의 어머니는 한밤에 들이닥친 술손님들과 한바탕 싸웠다. 그때부터 남편은 야심한 시각에 친구들을 데리고 오는 일을 그쳤다. 대신 한밤에 택시비를 들고 집 앞의 가로등 아래에 서 있어야 하는 날이 늘어났다. 금의 아버지는 어머니의 속셈을 아는지 모르는지 그저 고개만 끄덕였다. 그러면서 금의 의견을 물었다.

"21세기는 '노마드 시대'라고 해요. 옛날에는 태어난 곳에서 꼼짝 못하고 묶여 살았지만, 이제는 옮겨 다니면서 살아야 성공한대요. 저는 서울로 이사하는 걸 찬성해요."

금의 아버지는 또 고개를 끄덕였다. 그런데 누구보다 찬성하리라고 생각했던 여동생의 반응은 의외였다.

"향도 서울 가는 걸 좋아하겠지?"

아버지가 묻자, 향은 완강히 반대했다.

"사람은 서울로, 말은 제주도로! 하지만 저는 여기서 시험을 치르고 올라갈래요. 지금 서울로 옮기면 내신 등급이 떨어질 게 뻔한데, 뭐 하러 손해 보며 올라가요."

노무현이 대통령에 당선되지 않았다면 금의 아버지는 청와대로 가는 일이 없었을 것이고, 자신의 생을 고향의 풀뿌리 정치에 바쳤을 것이다. 그처럼 고향을 떠나지 않으리라던 결심을 깨뜨리고 아버지가 청와대의 대통령 보좌관 역을 흔쾌히 수락한 것은, 고향 운동가들의 권유도 권유였지만 노무현 당선자의 정치 약력에서 돌올하게 두드러진 '지역주의 타파'에 크게 공감했기 때문이다.

아버지를 먼저 서울로 올려 보냈던 금과 어머니는 혼자서 대입 시험을 치를 때까지 광주의 큰아버지 댁에 남아 있기로 한 향을 남겨둔 채 황망히 이삿짐을 챙겼다. 금의 어머니는 결혼 전부터 광주의 번화가에서 조그만 골동품 가게를 했다. 어릴 때부터 할아버지의 귀여움을 받으며 말벗을 했던 어머니는, 할아버지가 화병을 삭이기 위해 몰입했던 골동 취미를 가까이서 보았다. 변변한 장난감도 없었던 시절, 어머니는 할아버지가 모아놓은 각종 골동품들을 가지고 놀았다. 그리고 대학 진학 대신 할아버지가 소일 삼아 벌여놓은 골동품 가게의 점원이 되었고, 할아버지가 돌아가시자 그 가게를 물려받았다.

이사는, 어머니가 세간을 실은 이삿짐 트럭을 타고 새벽처럼 먼저 출발한 뒤 금이 몇 시간 뒤늦게 골동품을 실은 이삿짐 트럭을 타고 뒤따라가는 거였다. 어머니는 서울에 구해놓은 살림집에 이삿짐을 대강 부려놓고, 새로 얻은 빈 가게에서 뒤따라오는 금을 기다릴 작정이었다. 그날 금의 어머니는 세간을 싣고 먼저 출발하면서, 금에게 하나의 지시를 내렸다. 혼자서 골동품을 실은 차를 타고 대전 근교의 모처에 보관된 석물 몇 개를 싣고, 아현동에 얻어놓은 가게로 오라는 거였다. 억척스러운 어머니는 그렇게 해서라도 운임을 약간 줄여보고자 한 것이다.

골동품을 가득 실은 1.5톤 트럭이 광주를 출발해서 대전 근교에 있는 석물을 수령하고 나서, 점심을 먹기 위해 금오휴게소에 당도한 시간은 막 사람들이 점심을 먹기 위해 몰려드는 시간이었다. 차를 세우고 나서 식당으로 들어선 금과 운전기사는 각자의 음식이 든 식판을 들고 비어 있는 자리 하나를 냉큼 차지했다. 그리고 숟가락을 국그릇에 담그고 막 국물 맛을 보려는 찰나였다. 어디선가 나이든 남자의 고성이 터져 나왔다.

금과 트럭 기사는 숟가락을 집어 든 채로, 소리가 난 쪽을 향해 고개를 돌렸다. 소란이 난 장소는 천정에 텔레비전이 설치되어 있는 바로 아래 식탁이었다. 워낙 갑작스런 고성이어서 초로의 노인이 지른 첫마디는 알아듣지 못했지만, 몇 명의 노인들이 번갈아서 반복하는 두 번째 고함은 쉽게 알아들을 수 있었다.

"그래, 빨갱이들 세상이 되니 좋니? 좋아?"

몇 명의 노인들로부터 협공을 당하고 있는 사람은 어린아이를 안고 있는 30대 부부였다. 금이 앉아 있는 자리에까지는 들리지 않았지만, 아이를 안고 있는 남편이 뭐라고 노인에게 응대를 하는 모양이었다. 그러자 갑자기 노인은 자기 식판의 음식을 아이를 안고 있는 남자를 향해 냅다 끼얹었다.

그러자 음식물 세례를 받은 남자는 음식물을 털어내려는 의도에서였는지, 아니면 노인들과 완력으로 싸우기 위해서인지 아내에게 아이를 맡기려고 했다. 현명하게도 젊은 아내는 남편이 건네주는 아이를 받으려 하지 않았다. 대신 갑작스러운 횡액을 피하고 화난 남편을 만류하기 위해, 남편의 팔을 부여잡은 채 자리를 피하고자 했다. 그제야 노인들 편에서도 자신들의 잘못을 뒤늦게 알아차린 노인이 있어, 젊은 30대 부부에게 참으라고 다독였다.

아이를 안은 남자는 아내에게 팔이 잡힌 채, 식당 밖으로 끌려 나갔다. 그러자 식판의 음식을 부었던 노인이 그의 뒤통수를 향해 확인사살을 하듯 큰 소리로 말했다.

"북한에나 가서 살아!"

너무 멀어서 자세히 보이지는 않았지만, 노인들의 머리 위로 보이는 텔레비전 화면에는 16대 대통령에 당선된 노무현 대통령 당선자의 동정이 보도되고 있었다. 금은 조미료로 맛을 낸 국물을 먹고 나서, 육개장 국물에 밥을 말았다. 그러면서 트럭 기사에게 물었다.

"대단한 노인들이네요. 왜 저래요?"

"뭣 때문인지 이유는 잘 모르겠지만, 요즘엔 고함을 예사로 하고, 삿대질하며 욕하는 저런 노인들이 참 많아졌어. 젊은이들은 살아야 할 시간이 창창하게 남아 있지만, 노인들은 그렇지 못하거든."

"어르신들 하면 떠오르는 참을성 많고 인자한 이미지하고는 정반대요."

"노인들이 온화하고 관대하다는 건 다 옛말이야. 남은 시간이 많지 않기 때문에 오히려 더 성마르고 여유가 없어. 은행이나 관공서 창구에서 긴 줄을 참지 못하고 '빨리 안하고 뭐 하냐?'고 버럭버럭 소리를 지르는 사람들을 보면 다 노인이야."

젊은 기사와 금은 점심 식사를 마쳤다. 식판을 반납한 금은, 트럭 기사에게 꼭 커피 대접을 하라던 어머니의 말을 기억해냈다. 커피를 뽑기 위해 자판기 앞으로 갔을 때, 자판기 앞에는 먼저 음료수를 뽑고 있는 자기 또래의 남자가 있었다. 바로 은이었다.

은은 아버지와 어머니에게 줄 커피와 자신이 마실 율무차를 뽑았다. 뜨거운 차가 담긴 세 잔의 종이컵을 삼각형으로 모아서 두 손바닥 안에 넣은 채 웅크린 몸을 펴고 돌아선 은은, 하마터면 바로 뒤에 서 있는 금과 부딪힐 뻔했다. 하지만 뒤에 서 있던 또래의 남자는 은보다 머리통 하나가 족히 더 큰 장신에도 불구하고 운동신경이 좋았다. 금이 날렵하게 한 발자국을 옆으로 비켜서지 않았다면, 그는 은이 들고 있는 뜨거운 커피와 율무차를 겨울 파카에 적시고 말았을 것이다. 금의 재빠르고 유연한 대처로 은은 그와 부딪히는 것은 피했지만, 지레 놀랐던 반동에 의해 뜨거운 차가 제 손등 위로 엎질러지는 것을 막지는 못했다. 은은 자신의 손등 위에 뜨거운 차가 살짝 흐른 것도 알지 못한 채, 금을 향해 고개를 숙여 보였다.

세 잔의 차를 모아 쥔 은이 조심스럽게 아버지와 어머니가 앉아 있는 자리로 갔을 때, 어머니는 아버지와 또 다시 다투고 있었다. 어제 밤늦도록 술을 마시고 새벽에서야 귀가를 한 아버지의 얼굴은 잘 익은 대추처럼 붉었고, 두 눈은 충혈되어 있었다. 태어나서 한 번도 고향을 떠나보지 않은데다가 부산을 근거지로 여러 가지 사업을 벌이곤 했던 아버지는 고향을 떠나는 게 죽기보다 싫었다.

"이젠 그만둬요. 사업은커녕, 내가 늘 말했듯이 당신은 북쪽으로 올라가야 겨우 가족을 굶기지 않는댔어요."

 은은 어머니가 가끔씩 문법에도 맞지 않는 말을 천연덕스레 한다는 것을 알고 있었다. 방금도 시작은 "내가 늘 말했듯이"라고 해놓고, 종결 어미는 제3자의 말을 전할 때나 쓰는 "않는댔어요"로 맺었다. 저런 비문이 튀어나온 것은, '북쪽' 운운이 어머니 자신의 생각이 아니라, 실은 자주 가는 무슨 점집 도사의 점괘를 옮긴 것이기 때문이다. 은의 어머니는 점집을 수시로 찾아다녔고, 아버지는 어머니가 점집에 갔다 온 얘기만 하면 대노하곤 했다. 방금도 아버지의 성화를 사는 게 두려웠기에 '단골 도사의 말'을 어머니 자신의 말처럼 하려다가 문법에 맞지 않는 말을 구사하고 만 것이다.

 "그러니까, 난 가기 싫다잖아. 말하지 않았어? 전에 말했던 항산의 길사장이 나하고 같이 일하고 싶다고! 이 나이에 내가 서울 가면 뭘 한단 말이야."

 "항산이고 뭔 산이고 간에 당신, 지금까지 부도 맞은 게 몇 번이에요? 부도, 부도, 이젠 지겹지도 않아요? 나니까 붙어 있지, 다른 사람 같으면 벌써 도망갔어요. 당신 때문에 길거리에 나앉은 게 몇 번이에요? 이제껏 당신 때문에 가슴 졸이며 살았으니, 이젠 좀 편안하게 해주면 안 돼요?"

 은은 두 사람 앞에 커피를 놓고, 율무가 든 제 잔을 만지작거리며 식당의 콘크리트 바닥을 내려다보았다. 밀대로 문질러 닦은 바닥엔 아까 소란이 있을 때 만들어진 음식 얼룩이 대한민국 육군의 위장복 무늬처럼 남아 있었다. 느닷없이 '빨갱이 세상' 운운하며 핏대를 세우던 노인과 그들에게 속수무책이었던 젊은 부부처럼 이념을 가지고 싸우거나 그것으로부터 싸움거리를 찾아낼 수 있는 사람들은 얼마나 행복할까? 은의 집은 늘 생활이 문제였고, 싸움은 그 때문에 벌어졌다. 참 비루했다.

어머니는 아버지를 사랑했지만, 존경하지는 않았다. 존경이라면 아버지의 네 형제들인 아주버님들과 막내 시동생에게 바쳤을 것이다. 첫째 아주버님은 살고 있는 집을 오롯이 제하고도 백억 대의 재산을 가진 자산가요, 둘째 아주버님은 외과병원장이다. 또 셋째 아주버님은 검사인데다가 막내인 시동생은 대학교수였다. 별을 단 장성만 한 명 있으면 너끈히 국가를 만들어도 만들 수 있는 집안에서, 남편은 벌이는 사업마다 망해먹었다. 그런데도 은의 아버지는 포기하지 않는다.

"나 여기서 부산 가는 버스를 타고 되돌아갈게. 같이 가자고 안 할 테니, 당신은 은하고 가."

아버지는 식탁 위에 자동차 열쇠를 탁, 던지고서 횡하니 휴게실 식당 밖으로 나가버렸다. 너무 황당한 은의 어머니는 남편을 잡지도 않고, 탁자에 놓인 자동차 열쇠만 물끄러미 쳐다봤다.

"엄마, 우리끼리 가요. 아버지는 서울이 싫을 거예요. 아시잖아요?"

사업을 하는 사람에게 그걸 못하게 하면, 알코올 중독자밖에 더 할 게 없다는 것쯤은 은의 어머니도 알고 있었다. 어머니는 탁자 위의 열쇠를 손아귀에 넣고 살그머니 그러당겼다. 그리고 집게손가락에 동그란 열쇠고리를 끼우고, 마치 금황자(金鎤子, 무당이 굿을 할 때 쓰는 놋쇠 방울)를 짤랑이며 흔드는 무당처럼 열쇠고리를 돌렸다. 그러다가 갑자기 열쇠고리를 돌리는 일을 멈추고, 반 넘어 커피가 남아 있는 종이컵 속의 커피를 한 모금에 마셨다. 그리고 열쇠고리를 쥐지 않은 빈손으로 손지갑을 잡고 자리에서 일어났다.

"은아, 가자. 아버지는 아무 데도 가지 않았을 거야."

어머니 말처럼 아버지는 붐비는 고속도로 휴게실의 너른 주차장에 세워놓은 3200cc 승용차 곁에 쪼그리고 앉아 있었다. 은은 탁자 위에 호기롭게 내던진 열쇠가 낸 여운만큼도 길게 달아나지 못했던 아버지를 보며 안타까웠다. 어머니는 곧 아버지에게 열쇠를 건네주었고, 아버지는 스스로 가장의 자리라고 여기는 운전석의 문을 열고 시동을 걸었다. 어머니 이름으로 등록된 차량이라 거의 유일하게 차압을 면한 3200cc 자가용은 거의 맨몸뚱이로 이사를 가는 이상한 가족을 싣고 경부선 고속도로 상행선을 달렸다.

두 가족이 길을 떠났던 2003년 2월 5일 수요일 정오, 구정 연휴의 마지막 날이었던 지난 일요일만 해도 귀성 차량으로 몸살을 앓았던 경부선 도로는 언제 그랬냐는 듯이 평상시의 교통량으로 돌아와 있었다. 이삿짐 트럭을 운전하는 기사는 그 직업에 어울리지 않게도 20대 후반의 젊은이였다. 그는 차에 올라 시동을 걸기 전에 담배를 피워 물었다. 그러고 나서 담뱃갑을 호주머니에 넣기 전에 금에게 담뱃갑을 내밀었다.

"이번에 대학에 들어가지? 담배 피워?"

금은 고등학교 2학년 때부터 부모 몰래 담배를 피워왔지만, 어른으로부터 담배를 권해받기는 처음이었다. 그래서 약간 어색했지만 그 순간, 비로소 고등학교 교복을 벗어버린 해방감을 느꼈다. 또한 그 찰나 같은 순간, 금의 심장엔 앞으로 '나는 이렇게 살고야 말겠다'는 강력한 소명이 문신처럼 아로새겨졌다. '모든 것을 자신의 자유와 판단으로 살아가는 삶!' 고작 그것을 얻기 위해 그렇게도 긴 유소년 시절을 애벌레처럼 견뎠다고 생각하니, 왠지 속은 듯한 기분도 들었다.

금은 첫 모금을 길게 빨아 폐 속 깊이 넣었다가, 시속 70킬로미터로 달리는 트럭의, 손바닥 길이만큼 열려 있는 차창 틈으로 천천히 연기를 내뿜었다. 연기는 바람에 빨려가듯 흔적 없이 사라졌다. 젊은 기사는 시디가 담겨 있는 콘솔박스를 치며 말했다.

"이번에는 네가 골라봐."

"아니요. 지금까지 들었던 것 다시 들어요."

광주에서 대전까지 오는 동안 젊은 운전기사는 줄곧 트로트에서 댄스음악까지 온갖 잡다한 가요를 크지 않게 켜놓고서 운전을 했었고, 두 사람은 신나는 대목이 나올 때마다 함께 합창을 했었다. 너무 흥겨웠다.

"응, 좋아."

기사가 콘솔박스를 뒤지더니 이번에는 '올디스 벗 구디스'로 채워진 팝송 시디를 시디플레이어에 꽂았다.

"무슨 과야? 좋은 학교야?"

기사는 금을 상대로 식후의 노곤함을 쫓으려는 듯이 질문 공세를 해왔다. 중학교 때부터 금은 법대를 가고 싶었다. 그때부터 금은 법이 아니라면 굳이 대학에 가서 배울 게 없다고 생각했다. 법 정도나 배우기 위해서 대학이 필요한 것이지 고작 만화나 신문 기사를 쓰는 것을 배우기 위해 또는 간호사나 비서 노릇을 하기 위해 저렇게 많은 대학이 필요한 것은 아니다. 적어도 현대의 문명 세계란 지적 문명을 떠나서는 설명할 방도가 없으며, 대학은 바로 그런 지적 세계의 총화이지 않는가. 대학은 소설 나부랭이나 에어로빅 같은 것을 배워주는 강습소 따위가 아니다. 금은 고등학교 3년 동안 줄곧 이런 생각을 해낸 자신을 대견하게 여겼지만, 알고 보면 금이 스스로 생각해낸 것들의 뿌리는 모두 아버지의 것이었다.

젊어서 법학을 공부하기도 했던 아버지가 은연중에 아들에게 가르친 법은 판사나 검사가 되기 위해 필요한 협의의 법은 물론 아니었다. 아버지에게 법은 사람과 사람 사이의 관계를 이성적으로 조화시키기 위해 만들어진 최고의 학문이었지, 강자가 편의적으로 농단하는 그런 법이 아니었다. 하지만 금은 이제껏 아버지에게 들어온 진정한 학문이자 유일무이한 대학인 법대에 들어가지 못했다. 그렇다면 법 다음으로 대학에서 배울 만한 것은 무엇일까? 고심 끝에 찾아낸 게 정치외교학과였고, 다행히도 금의 점수는 그 과가 있는 사회과학대학에 장학생으로 입학할 수 있는 정도였다.

"법대요."

금은 아무런 망설임 없이 거짓말을 하면서 약간의 희열을 누렸다. 아무도 해치지 못하는 이런 무해한 거짓말을 할 때마다 금은 그것이 자신처럼 머리 좋은 사람의 특성이라고 정당화했다. '아무도 해치지 않는 거짓말'은 누군가를 해칠 목적으로 구사되는 악의적인 거짓말보다는 더 고난도의 거짓말이라고 믿는 금은 낯선 사람들을 만날 때마다 매번 자신의 능력을 실험해보곤 했다.

"법대? 공부를 잘했나보네."

그러나 아쉽게도 젊은 운전기사는 금이 부담 없이 거짓말을 즐길 기회를 더 주지 않았다. 무척 오랜만에 잡은 완벽한 기회였는데! 운전기사는 아주 의례적으로 들릴 단 한 마디만 금에게 던져주고 나서, 곧바로 자의로 중퇴한 자신의 이력을 약간 언급했다. 대학이 대중 교육이 된 나라에서 이삿짐 트럭을 모는 기사가 대학 중퇴자라는 것이 놀라운 것은 아니었다. 그게 아니라면, 이 젊은 운전기사 역시 금을 상대로 거의 매번 달라지는 조수석의 고객을 상대로 '아무도 해치지 않는 거짓말'을 즐기는 것인지도 몰랐다.

젊은 운전기사는 자신을 작가 지망생이라고 밝히며, 언젠가는 베스트셀러가 될 소설을 쓰기 위해 경험 삼아 온갖 직업을 전전하고 있는 중이라고 떠벌렸다. 학창 시절에 글을 써서 받았던 여러 대학의 문학상을 열거하면서 지금은 등단을 한 작가의 이름도 몇 명 나열했는데, 그들이 신인이 아니라 꽤 유명한 작가였더라도 금에게는 생소한 이름이었을 것이다. 금은 한 번도 문학 작품에 관심을 둔 적이 없었다. 그런 것들은 새로운 전자 제품을 샀을 때, 박스 속에 딸려 있는 제품 설명서에 불과하다. ON-OFF 기능을 알고, FUNCTION을 본능적으로 조작할 줄 아는 사람들은 제품 설명서 따위를 펼쳐보지 않는다. 같은 이유로 세상을 직시하기로 하고, 날것 그대로 경험하고자 하는 사람에게 현실을 설명하는 부가적인 문서가 무슨 필요가 있다는 말인가. 금이 공부를 하면서 스트레스 해소 삼아 읽은 거라고는 만화책과 플레이보이가 전부였다.

적당히 맞장구를 쳐가며 운전기사의 달변을 듣고 있던 금은, 국어·문학 교과서에 나오는 몇몇 작품을 이야기하는 대목에서 운전기사에게 들키지 않게 악의 없는 웃음을 빼물었다. 몇 마디 들어본즉, 그가 대학교를 중퇴했을지는 모르겠지만, 인문계 고등학교를 다니지 않은 것만은 분명했다. 그렇기는 하지만, 진심으로 문학을 선망하고 있는 것만은 확실했다.

"혹시 진완거라는 소설가 아세요? 그렇게 유명한 사람은 아니에요. 저희 고등학교 국어 선생님이신데, 겨우 단편집을 한 권 냈다고 해요. 내년이 정년이신데 퇴직하면 다시 글을 쓰시겠대요."

"아, 그래. 진완거…… 나도 잘 모르겠는데……."

젊은 운전기사는 그렇게 말하면서, 오래전부터 절필을 한 어느 노작가의 이름을 대며 "그와 비슷한 세대의 작가겠군"이라고 혼잣말을 했다. 다행히도 운전기사가 방금 말한 그 작가의 이름은 고등학교 교과서에도 나오는 유명 작가라 금도 알고 있었다.

"예, 맞아요. 저희 선생님이 등단은 늦지만 두 분이서 비슷한 시기에 활동을 했다고 해요. 젊을 때는 하루걸러 가며 매일 저녁마다 만났다고 해요. 종로 주변과 청계천이 그분들 아지트였다던데……."

"어, 그래. 그랬다고들 하지."

아무래도 운전기사는 그 대목에서는 아는 게 없었던 모양이다. 다시 한 번 절감하는 것이지만, 이런 거짓말은 무슨 작품 세계를 얘기하는 것보다 방금과 같은 세부가 더 중요하다. 예를 들어 이번 화제에서처럼 어느 작가가 무슨 작품을 썼느냐보다, 그 작가의 단골 술집에 대해서 얘기하는 게 훨씬 안전하고 유리한 거짓말이다. 작품 얘기는 잘못하면 들킬 수도 있지만, 이런 세부는 거짓말을 훨씬 사실적으로 꾸며주면서 어쩌다 들켰을 때는 '기억의 착오'로 얼버무릴 수 있다.

"그런데 우리 진완거 선생님이 늘 말씀하시길, 20세기 이후, 그러니까 아우슈비츠 이후에 소설을 쓰기 위해서는 반드시 사무엘 베기파스를 이해해야 된대요. 서양의 어떤 평론가도 그 사람을 통과하지 않고서 현대 소설을 쓰는 것은 불가능하다고 했다죠. 형도 베기파스를 읽어봤겠지요?"

 금은 젊은 운전기사의 말문이 막히지 않도록, 곧바로 있지도 않은 작품의 제목을 이어 붙였다.

 "왜 있잖아요, 1948년 노벨문학상 후보작에도 올라갔던 대표작……."

 제목을 떠올리기 위한 영감을 얻고자 금이 차창 밖을 흘낏 쳐다보자, 시속 80킬로미터로 질주하는 차창 밖으로 먼 마을의 붉고 푸른 기와지붕이 보였다. 그걸 보고서 금은 금세 '지붕만 남은 마을'이란 제목을 급조했다. 젊은 운전기사는 약간 머뭇하더니 갑자기 목소리를 높이며, 당연 그 작품을 읽었노라고 대답했다.

 "……어떤 사람들은 베기파스의 작품이 쉽다지만, 그 세계를 다 이해하기 위해서는 몇 번이나 거듭 읽지 않으면 안 되지. 그런 뜻으로 보자면 나는 『지붕만 남은 마을』이란 작품을 읽지 못한 거나 마찬가지야. 다시 읽어야겠다고 늘 결심을 하면서도 영 시간이 나질 않아서 말이야. 그래, 학생은 그 작품을 어떻게 이해했어?"

 금은 잔뜩 긴장했다. 상대를 너무 만만히 보았던 것이다. 운전기사의 응대만 듣고서는 사무엘 베기파스와 『지붕만 남은 마을』이 금의 창작인지를 상대방이 알아챈 것인지, 또는 있지도 않은 작가의 작품을 읽은 양 허세를 부리고 있는 건지 분간할 재간이 없었다. 금은 떠버리 운전기사를 골려주려다가 구석에 몰린 격이 되었다. 잘못하다간 존재하지도 않는 소설 한 권을 완전히 창작해야 할 지경이 된 것이다. 그러므로 여기서 더 깊이 들어가면 들어갈수록 말이 궁해지는 건 금이다. 머릿속에 불이 반짝 들어왔다. 이럴 때는 잽을 던지며, 사이드 워킹이다! 더 이상 내용을 갖고 왈가왈부해서는 안 된다.

"그런데 형이 본 판본이 어떤 거예요? 워낙 많은 번역본이 나와서…… 누가 번역한 거예요?"

"내가 본 건……. 글쎄, 내가 이름을 잘 못 외워서 말이야. 내가 말이야, 집에서 비디오를 보면서도 주인공 이름을 통 못 외워. 감독이나 배우들 이름도 그렇고……. 어떨 때는 지금 내가 보고 있는 영화의 제목도 잊어버린 채 본다니까. 그래서 학생이 『지붕만 남은 마을』을 말해주기 전까지는 그런 작품은 물론이고 베기파스라는 작가가 있는 줄도 몰랐다고……."

"베기파스의 작품은 번역자가 좋아야 해요. 그렇지 않으면 형처럼 아무것도 이해하지 못하게 돼요. 그 사람이 말하는 개념들은 사전풀이만으로는 알 수 없는 게 많거든요. 아까 말한 '지붕'만 하더라도, 그건 그냥 주택의 지붕을 뜻하는 게 아니죠. 그래서 베기파스를 번역하는 사람은 그냥 번역자가 아니라, 완전히 베기파스로 새로 태어나야 한다고 하죠. 그래서 많은 베기파스 번역자들이 자신의 이름을 베기파스로 바꾼다고 하죠. 이름을 바꾼 세계 각국의 베기파스 번역자들이 모이는 클럽이 있다는데 아직까지 한국 번역가들 중에는 그 클럽에 초대된 사람이 없다고 하죠, 아마."

금은 허구의 작품을 완전히 재창작하지 않고서도, 그럴듯한 일화와 현학을 섞어 허구의 창작물이 실재하는 듯이 만들었다. 자신의 거짓말에 도취한 금은 자신이 지어낸 허구의 책이 온라인 서점을 통해 택배로 배달된 것처럼 생생하게 만져졌다. 운전대를 잡고 있는 문학 지망생은 "그래", "기억나"라며 한마디씩 맞장구를 치며 끼어들었는데, 처음에는 장난으로 시작했는지 모르지만, 이제는 아니었다. 아무런 신심이 없는 무신론자가 매일 선교를 당하고 포교 세례를 받다보니 어느새 기독이 되고 불자가 되는 경우처럼, 금의 열정에 찬 거짓말에 감화되어 실존하지도 않는 작가의 가상의 작품이, 대형 서점이나 도서관에 가면 곧바로 찾을 수 있는 물건인 듯 여겨졌다.

금이 탄 이삿짐 트럭 안에서 창작이 이루어지고 있는 동안, 은이 탄 승용차 안에는 침묵만 가득했다. 아버지와 어머니는 먼저 말을 꺼내는 사람이 지는 사람이며, 패배자는 달리는 차 밖으로 던져지는 형벌을 받기로 약조나 한 듯 굳게 입을 다물었다. 응당 침묵이란 신이나 성스러움과 만나는 피뢰침이어야 할 것이지만, 은네가 탄 승용차에 가득한 침묵은 성냥을 대면 바로 폭발해버리고 마는 위험한 인화 물질이었다.

　은은 침묵이 피워내는 냉전이 시끄러워서 이어폰을 귀에 꽂고 음악을 들었다. 좋아하는 작곡가의 피아노 협주곡 1번 op.15가 흘러나왔다. 은은 오케스트라 합주로 시작되는 1악장 마에스토소를 들으면서, 수능시험을 마치고 구입했던 세계문학전집 가운데 한 권을 읽기 시작했다. 방금 틀어놓은 피아노 협주곡의 묘미를 가르쳐준 고등학교 3학년 때의 담임선생님은 본디 젊은 학생들은 오래된 것을 싫어하고 새로운 것을 좋아한다고 했지만, 은은 그렇지 않았다.

　어머니는 수능시험을 무사히 마친 기념으로 은에게 선선히 책값을 주었다. 은이 책을 구입했을 때, 계속해서 일련번호가 쌓여가는 그 세계문학전집은 70여 권 가까이 출간되어 있었다. 그 가운데는 이미 읽은 것도 띄엄띄엄 섞여 있었고, 제목만 알고 있거나 아예 작가와 제목이 모두 낯선 것들도 뒤섞여 있었다. 예전에 읽은 책도 다시 읽기로 작정한 은은 1번부터 읽기 시작했다. 담임선생님이 가르쳐준 대로 호기심 가는 것부터 빼 읽기 시작하면 결국 나머지는 다 못 읽게 되는 게 전집이다. 읽다보니 새로운 작품을 읽는 것도 좋았지만, 예전에 읽었던 것을 다시 읽는 재미도 괜찮았다. 인터넷 서점에 전집을 주문해서, 거의 하루에 한 권 꼴로 읽어치우기 시작하여 권수가 60에 육박할 때까지만 해도 아버지의 사업에 부도의 기미는 없었다.

부도는 도적처럼 왔다. 그리고 며칠 지나지 않아 악머구리 같은 사람들이 구둣발로 안방까지 쳐들어왔고, 누군가가 책꽂이에 꽂혀 있던 전집마저 싹쓸이를 해갔다. 해일이 닥쳤다 밀려간 것이나 같았다. 60여 권이 넘는 책을 빚쟁이들에게 도둑(?)맞았지만, 은은 담담했다. 빼앗긴 책들을 거의 다 읽었기 때문이다. 지금 읽고 있는 62번 책은 빚쟁이들이 들이닥치던 날, 친구를 만나러 가는 길에 전철에서 읽기 위해 가지고 나왔기에 차압을 면했다. 전집 중에 유일하게 수중에 남은 이 책을 은은 벌써 세 번째 읽고 있는 중으로, 금이 머릿속으로 가공하고 있는 저 소설에 비하면 술술 넘어가는 미덕이 있었다.

휴게소에서 잠시 쉬었을 뿐인데도 고속도로에는 눈에 띄게 차량이 늘어났다. 그렇더라도 순행의 흐름이 흐트러질 정도는 아닌데, 갑자기 앞 차선을 달려가던 차들이 서행을 하기 시작했다. 근처에 교차로가 있어 병목 현상이 생길 리도 없었다. 전방에 사고가 난 것이 분명했다. 다행히도 앞서 줄을 지은 차는 그리 많지 않았고, 차들은 느린 속도나마 앞으로 나아갔다. 부모들의 냉전 현장에서 헤드폰과 책으로 만들어진 참호 속에 피해 있던 은은 갑자기 서행하는 까닭이 궁금해서 뒷자리의 창을 열고 고개를 빼어 전면을 바라봤다. 앞선 차량들 때문에 앞이 훤히 보이지는 않았지만, 뒤집혀진 승용차가 3차선과 4차선을 베고 길게 누워 있는 게 보였다.

"사고가 났나 봐요. 길바닥에 사람이 널브러져 있어요."

은의 승용차 바로 뒤에는 금이 탄 이삿짐 트럭이 바짝 붙어 있었다. 거리상으로는 앞 차보다 사고 현장과 더 멀었지만, 트럭의 조수석에서는 승용차에서보다 전방이 더 잘 보였다. 한 대의 지프차와 승용차가 검은 연기를 뭉텅이로 뿜으며 고속도로 위에 뒹굴고 있었다. 강판으로 만들어진 자동차는 저렇게 연기를 내뿜으며 나뒹굴 때라야 비로소 쇳덩이가 아니라, 조금이라도 잘못 다루면 생명을 멈출 수 있는 생물체처럼 보인다.

승용차가 사고 현장으로 점점 다가가자 윤화의 희생자들이 처참한 몰골을 드러냈다. 찌그러진 채 메케한 연기를 내뿜고 있는 승용차 옆에, 치마가 뒤집어져 허벅지가 보이는 여자가 아기를 안은 채로 피투성이가 되어 누워 있었다. 포대에 감싸인 채 엄마의 가슴에 안겨 있는 아기는 크고 애처로운 소리로 울어댔다. 아마 사고가 난 직후 아이의 엄마가 아이를 안고 조수석의 문을 열고 나와 길바닥에 쓰러진 것이리라. 은은 아이를 안은 채 기절해 있는 그 여자가 아까 고속도로 휴게실 식당에서 노인들에게 욕을 당했던 부부라는 사실을 한눈에 알아보았다. 아버지는 핸드폰을 꺼내 119로 전화를 했다. 아버지는 차 안에서 전화를 하는 것만으로 시민의 도리를 완수할 모양이었다.

"잠깐만요."

은의 어머니의 얼굴 근육이 씰룩이고 있었다. 아버지에게 차를 세우라고 한 뒤, 조심히 문을 열고 나가 엄마가 아기를 안은 채 쓰러져 있는 승용차 곁으로 갔다. 그리고 아기를 안고 있는 여자에게 말을 걸었다. 아이의 엄마에게선 아무 대답이 없었다. 그러자 은의 어머니는 아무런 기척이 없는 아이의 엄마 품에서 아이를 꺼내 안았다. 그리고 피 묻은 치마를 내려서 드러난 허벅지를 가려주었다. 아이를 안은 은의 어머니는 아이를 어르며 연신 뭐라고 중얼거렸다. 은은 어머니가 무슨 말을 하는지 자세히 들을 양으로 창밖으로 좀 더 고개를 내밀었다.

그때 누군가가 구토를 하는 소리와 함께, 토사물이 땅바닥에 떨어지는 요란한 소리가 났다. 뒤돌아보니 은네 차 뒤에 바짝 붙어선 이삿짐 트럭의 조수석에서 자신과 비슷한 나이의 소년이 차창 밖으로 고개를 빼고 구토를 하고 있었다. '비위도 약한 녀석이군' 하며 고개를 바로하려다가 어디선가 본 기억이 있는 것 같아 자세히 보니, 고속도로 휴게실의 음료 자판기 앞에서 부딪칠 뻔했던 그 애였다. 그 순간 두 사람은 눈이 마주쳤다.

금은 중상을 입거나 이미 숨졌을지도 모르는 도로상의 피투성이 피해자들을 보고, 조금 전에 먹었던 음식을 모조리 게워 냈다. 젊은 운전기사는 그러는 금의 등을 두드려주고, 의자와 콘솔박스 사이에 끼워둔 생수를 건네주었다. 금은 운전기사가 건네준 생수로 입을 가시면서, 바로 앞에 정차한 승용차의 조수석에서 자신을 빤히 쳐다본 또래 소년의 약간 비웃는 듯한 표정을 보고 부끄러움을 느꼈다. 그것과 동시에 눈썰미가 좋은 금은 도로에 누워 있는 피투성이 여자가 휴게실에서 보았던 그 젊은 부부임을 단번에 알아보았다. 조금 전까지만 해도 멀쩡했던 사람들이 저렇게 생사를 알 수 없는 상태로 누워 있다니. 생사가 손바닥 뒤집듯 쉬운 것이라는 낙망이, 치마가 뒤집혀진 채 누워 있던 젊은 부인의 허벅지를 더욱 도드라지게 했다.

서행을 하면서 사고 현장을 피해 가는 차들의 조수석에서는 하나같이 수박만한 뒤통수가 삐죽 튀어나와 있었다. 그 가운데 어떤 운전자들은 갓길에 차를 세우고 희생자들을 돕기 위해 문을 열고 나왔고, 어떤 사람들은 교통을 정리했다. 차에서 내린 몇몇 사람이 힘을 모아 사고 차량 안에 갇혀 있는 운전자를 끌어내려고 했지만, 우그러뜨려진 운전석의 문은 쉽게 열리지 않았다. 은은 현장에서 멀지 않은 곳에 주차한 차 속에서 그 모든 것들을 마치 한 폭의 추상화처럼 세세히 감상했다.

그 사이에 금을 실은 이삿짐 트럭은 사고 현장을 벗어나 가던 길을 달렸다. 금은 존재하지 않는 작가의 작품을 더 이상 가공하지 않았다. 허구를 계속할 밑천이 떨어져서가 아니었다. 말보다 더 강한 현실에 비해 한낱 꾸며낸 것에 불과한 소설 나부랭이는 한심하기 그지없었다. 금은 '거기 있는 그대로', 그것을 목격한 사람에게서 즉각적인 육체적 반응 – 구토를 끄집어낸 사실의 힘에 눌려, 서울에 도착할 때까지 입을 닫았다.

금을 실은 이삿짐 트럭이 사고 현장을 피해 사라진 뒤, 곧바로 경적을 켠 구급차며 경찰차가 달려왔다. 동시에 몇 대나 되는 견인차들이 경쟁을 하듯 현장을 덮쳤는데, 은이 생각하기에 기중기를 단 견인차의 앙상한 모습은 죽은 짐승에 덤벼드는 하이에나의 몰골을 닮았다. 구급차가 달려와 멎자, 어머니는 어르고 있던 아기를 구급대원에게 넘겼다. 아이는 그때까지 줄곧 울음을 그치지 않았다. 아이는 겉보기에 멀쩡했지만, 눈에 보이지 않는 내상을 입었을 가능성도 있었다. 아이를 구급대원에게 건네주고 차로 돌아온 어머니의 얼굴은 신열을 앓은 듯이 붉게 상기되어 있었고, 눈의 초점은 산만했다.

2
연상의 여인,

환영의 소녀

이사를 하고 나서 개학까지 얼추 한 달 가까이 남아 있었다. 금의 부모는 평창동의 단독 주택을 통째로 전세 냈다. 그 전세금은 강남에 있는 20평짜리 아파트 한 채를 사기에도 턱없이 모자란 금액이었지만, 그 전세금마저도 금의 부모에겐 천문학적인 액수였다. 그 전세금을 마련하기 위해 금의 부모는 한 주일을 동분서주했다. 하지만 달랑 어머니 명의로 된 자가용 한 대만 타고 상경한 은네 사정은 딴판이었다.

은의 큰아버지는 재운을 타고난 사람이었다. 다섯이나 되는 자식들을 교육시키느라 시나브로 집안의 전답을 좀먹은 은의 할아버지는 큰아버지에게 별것 없는 유산을 남겼다. 표 나게 큰 유산을 물려받은 바도 없는 큰아버지는 거의 맨손으로 아파트를 몇 번 사고팔면서 오늘과 같은 100억 재산가의 기반을 닦았다. 물론 이런 말은 액면 그대로 믿을 게 못 된다. 주위 사람들은 시기 삼아 성공한 사람들이 성공하기 위해 쥐어짰던 눈물과 땀은 쏙 뺀 채 '운수가 좋았다'고 말한다. 그런 말은 당사자의 입에서 나와야 더 그럴듯하고 신빙할 만하지, 주변 사람들의 냉소 섞인 설명은 믿을 게 못 된다. 하긴 어쩌다 운의 덕을 봤던 당사자들로부터 좀체 들을 수 없는 게 바로 '운수가 좋았다'는 말이기도 하지만 말이다.

은네 가족이 청담동에 있는 큰아버지의 빌라로 이사를 오게 된 것은, 갑작스러운 결정이었다. 아버지는 작년 12월 중순까지만 해도 상시적인 자금 압박을 견디며 멀쩡히 사업을 꾸려 나가는 중이었으나, 올해 1월 초에 느닷없이 부도와 파산을 맞았다. 많지도 않은 세 식구가 한 지붕 아래 살지 못하고 부산에 있는 여러 친척집을 동가식서가숙하다가, 서울로 이사를 오기 바로 며칠 전의 설날에 큰아버지의 집에 온 형제가 모였다.

그날 큰아버지는 이번 설 연휴를 마지막으로, 당신의 가족이 미국으로 잠정적인 이주를 하게 됐다고 밝혔다. 그러면서 은의 가족에게 빈 집을 맡아 살라고 부탁했다. 영구 이민도 아닌 잠시간의 이주를 택하게 된 표면적인 이유는 사촌들의 교육 때문이라고 하지만, 실은 집안의 골칫거리인 연로한 어머니와 떨어져 살고 싶어서라는 것은 형제들 모두가 아는 사실이었다. 은의 할머니는 큰며느리와 사이가 좋지 않으면서도 큰아들하고만 같이 살려고 했다. 그래서 큰아버지 내외가 나름 해결책을 낸 것이, 미국에서 대학을 다니는 두 아들의 뒷바라지를 위해 미국엘 간다는 거였고, 짐작대로 은의 할머니는 잔류를 결심했다. 일흔이 코앞인 연세였다.

홀로 남은 어머니를 맡길 사람으로 큰아버지는 넷째 동생 부부인 은네를 염두에 두고 있었다. 병원장이며 검사를 하고 있는 둘째와 셋째는 물론이고 부부 교수로 희희낙락하는 막내 또한 성화 심한 어머니를 맡기기엔 만만한 상대가 아니었다. 그런데 때맞게도 넷째가 부도를 맞아 집안이 깨어졌다니 말하기도 좋았다.

"내가 집 비우는 동안, 서울 와 살아라. 은도 서울에서 대학을 다녀야 하니 잘된 거 아니냐? 은이 대학 다닐 동안 서울 구경도 하면서 여기서 마음 다잡고 찬찬히 사업 구상도 할 수 있으니 얼마나 좋으니? 어머니 모시고 별 탈 없이 살고 나면, 내가 네 사업 자금도 마련해보마."

 용의주도했던 은의 큰아버지는 미리 제수씨를 불러, 서울로 이사를 오면 은의 학비와 함께 매달 적지 않은 생활비를 주겠다는 귀띔을 해놓았다. 그래서 일찌감치 '북쪽으로 가야만 가족을 굶기지 않는다'는 점괘를 받아놓은 어머니는, '바로 이거로구나' 하고 큰아주버니의 제의를 받아들였다. 스물다섯에 시집을 와서, 사업을 한다고 덤벙거리는 남편과 사는 동안 간이 콩알만 하게 쪼그라들었던 어머니는 밤낮으로 아버지를 설득했다. 아버지로서는 낯이 서지 않는 일이었지만, 더운 밥 찬 밥 가릴 처지가 아니었다. 게다가 빈 집에 홀로 남으신 어머니를 모신다는 명분도 있었다.

 은의 가족은 은 어머니 명의로 된 승용차에 맨몸뚱어리만 실었다. 부도를 맞고 차압을 당한 터라 변변한 세간 하나 건지지 못했지만, 청담동 빌라엔 무엇 하나 부족한 게 없었다. 오히려 부산에서는 한 번도 부려보지 못한 가정부와 1억 원대를 가볍게 넘긴다는 외제 승용차까지 고스란히 놓아두고 간다니, 어머니에겐 고생 끝에 호시절이 온 것이나 마찬가지였다. 남편에게는 비밀이었지만, 매달 아주버니 소유의 빌딩에서 나오는 수천만 원 상당의 월세 가운데서 5백만 원은 은의 어머니에게 맡겨진 생활비였다.

사업가의 아내라지만 한 번도 현금을 손에 쥐고 마음껏 돈을 써본 일이 없는 어머니는, 남편 몰래 돈을 세는 재미로 몇 주간을 보냈는데, 어머니가 만원권 다발로 기백만 원의 돈을 편히 셀 수 있는 열락의 기회는 자주 오지 않았다. 남편에게 돈을 쥐어주며, 가까운 호텔의 커피숍에 가서 바람이나 쐬고 오라고 해도, "그러마"고 나갔던 남편은 얼마 있지 않아 집으로 돌아와 초인종을 눌렀다. 문을 열어보면, 남편은 편의점에서 싸준 비닐봉지에 두어 병의 소주와 삶은 계란 한 줄을 사왔다. 그리고는 꼭 식탁도 거실도 아닌 안방에서 삶은 계란을 안주로 술을 마셨다. 거실의 양주 진열장과 키친의 와인 셀러엔 주류박람회를 열어도 될 만큼 다양한 양주가 있고, 가정부에게 시키면 웬만한 안주는 '뚝딱'이었는데도, 남편의 술버릇은 청승스러웠다. "무슨 죄를 지었냐"고, "안방이 술청이냐"고 지청구를 주면 은의 아버지는 이랬다.

　"이 사람아, 와신상담하는 거야, 이게 다."

　"아니, 그러면 당신이 마시는 술이 쓸개란 말예요?"

　언쟁이든 뭐든, 은의 부모는 단문단답 이상의 대화를 이어본 일이 없다. 그래서 늘 적막했는가 하면, 그건 아니다. 은은 적막을 채워주지 못하는 말[言]을 그리워하며, 말의 속살을 파고들고자 했다. 은의 생각으로는 온갖 사이[間] 가운데 부재한 말을 찾고자 하는 노고를, 자신이 알고 있는 세상에서 가장 아름다운 단음절로 표현한 게 바로 미였으며, 시였다.

서울에 올라온 다음 날부터 은은 인터넷을 통해 서울 시내의 유명 화랑들과 미술관을 꼼꼼히 검색했고, 검색한 내용들을 인쇄한 용지를 들고 그림 구경을 다녔다. 집이 소재한 청담동에도 많은 화랑이 있었지만 은은 서울 지리도 익힐 겸, 집에서 거리가 먼 화랑과 미술관부터 시작했다.

입학과 개학을 기다리는 동안 서울 시내의 화랑가와 미술관을 순례하겠다고 은이 결심했을 때, 금 또한 한 달간의 시간을 허투루 보내지 않으려고 분투했다. 대입 수능시험을 마친 뒤 대학 입학이 결정된 새내기에게, 개학하기 전에 주어지는 약 두 달간의 휴지기가 어쩌면 그들에게 주어진 인생의 마지막 휴가일지도 모른다. 그런데도 그들에게 마지막 휴가는 없었다. 은은 명민하게도 자신의 행위를 미의식으로 포장했지만, 그의 화랑 순례를 한 꺼풀 벗겨보면 그 속엔 지방에서 올라온 대학 신입생들이 사회·문화적으로 서울 토박이들보다 뒤져 있다는 강박이 자리한다.

그런 낙후 의식을 은보다 더 잘 실감한 쪽이 금이다. 중학교 3학년 때 아이들 그룹을 보기 위해 무려 서너 시간씩이나 걸리는 고속버스를 타고 상경할 때마다, 작심하고 공연장을 찾아야 하는 지방 팬들의 처지와 나들이 삼아 공연장을 들르는 서울 팬들의 처지는 선명히 대비됐다. 그런 '차이'가 어린 학생의 내면에 한 번 새겨지고 나면, 그것을 극복할 수 있는 비약적인 계기가 주어지거나 아니면 그냥 저냥 세월이 흐르기까지 영영 서울 토박이들에 대한 초조감을 씻지 못하게 된다.

서울 토박이들에게 지지 않기 위해 금이 선택한 것은, 한 달 동안 영어 회화를 익히는 거였다. 은이 그랬듯이 금도 인터넷을 뒤져 평창동에서 가까운 종로에 있는 외국어 학원에 등록을 했다. 오후 4시부터 시작하는 중급 영어 회화 A반엔 스무 명 가까운 수강생이 모였다. 직장인들이 애용하는 새벽반도 저녁반도 아닌 어정쩡한 오후반은 구성원이 다양했다.

원래 영어 성적이 좋았던 데다가 영어에 취미가 있었던 금은 구입한 교재를 보고 예습을 충분히 하고서야 학원으로 갔던 때문에 캐나다인 강사가 묻는 대화식 질문에 막힘없이 대답했다. 이대로 몇 달만 하면, 영어로 농담을 하래도 할 수 있을 것 같았다. 하지만 모든 수강생이 캐나다인 강사의 질문에 더듬거리지 않고 술술 대답을 한 건 아니다. 그중에는 더듬거리는 정도가 아니라 아예 꿀 먹은 벙어리도 있었다. 야박하게 말해, 수업 방해라면 방해랄 수도 있는 그런 수강생은 다행히도 이틀이나 사흘 만에 코빼기도 보이지 않고 사라졌다.

오후 4시에 시작하는 중급 회화 A반은 6시에 끝났다. 열흘째 되던 날, 강의를 마친 금은 화장실에 들렀다가 학원 응접실에 비치된 이런저런 자료를 훑어보다가 승강기를 타러 갔다. 그때, 뒤에서 누군가 금의 어깨에 손을 얹었다.

"영어 잘하던데? 외국 연수라도 갔었어?"

다른 사람에게는 들리지 않고, 딱 상대방만 알아들을 정도로 작은 목소리로 말을 걸어온 사람은, 작은 얼굴에 눈도 콧망울도 동글동글하고 귀여운 용모를 지닌 반고경이었다. 30대 초반 정도로 보이는 그녀는, 회화 솜씨는 별로였지만 이상하게도 외국인과 소통하는 법을 알고 있는 것 같았다. 캐나다인 강사가 질문을 할 때마다, 교재에 나오는 모범 응답은 아니면서 그럭저럭 질문을 받아넘겼다.

"어, 아뇨. 외국에 나간 적 없어요."

"너무 잘하니까, 샘이 나. 지금 몇 학년이야? 3학년, 4학년?"

금은 자신을 실제 나이보다 성숙하게 보아주는 여자를 실망시키지 않기 위해서뿐 아니라, 이제 막 고등학교를 졸업했다고 말하면 여자 쪽에서 황망히 대화를 끊을 것만 같아서 거짓말을 했다.

"예, 올해 3학년에 올라가요."

두 사람이 서 있는 줄 뒤로 금세 다른 사람들이 모여들었다.

대부분 다른 반에서 영어 회화를 배우거나 중국어나 일본어 같은 다른 어학을 배우는 수강생이었지만, 같은 반 수강생도 서넛 끼어 있었다. 엘리베이터가 내려와 문이 열리자 금이 먼저 엘리베이터의 한 구석을 차지했고 따라 들어온 반고경이 금 옆에 바짝 붙었다. 그리고 남에게 보이지 않게 금의 손을 살며시 잡았는데, 그 묘기는 아까 승강기 앞에서 금에게만 들릴 정도로 조용히 속삭였던 신기의 기술과 흡사했다. 금은 따뜻한 그녀의 손에 가만히 자기 손을 맡겼다.

1층에 당도한 승강기의 문이 열리자 가장 늦게 탄 승객이 차례대로 먼저 내리고, 금과 반고경이 마지막에 내렸다.

"이 시간에 끝나면 배 안 고파? 그냥 집에 들어가?"

"그냥, 이리저리 걷다가 배고프면 사먹고 들어가기도 해요."

반고경은 승강기에서 내리면서 손을 놓았으나, 금은 여전히 그녀와 연결되어 있는 것처럼 느꼈다. 그래서 거의 자동적으로 그녀를 따라 얼룩덜룩한 조명으로 화장한 종로 거리로 나섰다. 작고 귀여운 용모도 눈길을 끄는 편이었지만, 뭐니 뭐니 해도 매력적인 것은 그녀의 뒷모습이었다. 그것을 일부러 보여주려는 듯이 그녀는 금보다 성큼 앞서 몇 미터를 걸어 보였다.

반고경은 금을 데리고 양식과 한식을 함께하는 근처의 식당에 들어갔다. 그런 다음, 당연한 일정인 것처럼, 식사를 마친 그를 데리고 근처의 여관으로 향했다. 쿰쿰한 냄새가 나는 여관 복도를 지나 방에 들어섰을 때, 반고경은 금의 허리를 자기 앞으로 바싹 끌어당겨 청바지를 입고 있는 금이 혁대를 차고 있는지부터 확인했다. 금이 혁대를 차고 있지 않자 반고경은 실망해서 말했다.

"바보, 혁대를 차지 않았네."

금은 고등학교 시절 특별한 연애를 경험하지 못했다. 그가 만났던 여자들은 주로 아버지 친구들의 딸이었다. 이제껏 한 번도 주류가 되어보지 못했고, 영원히 비주류의 운명을 타고난 사람들. 그래서 운동을 했던 아버지 세대는 동고동락했던 사람들끼리 혈연보다 더 가까운 유대를 가졌다. 누구네 생일이나 이사와 같은 대소사는 물론이고 계절이 바뀔 때마다 아버지의 친구들은 가족을 동반해서 연회를 갖거나 여행을 다녔다. 피만 나누지 않았을 뿐 그들은 유사 가족이었다. 금이 불장난을 했던 아이들 가운데 몇몇이 그 부류에 속했는데, 의사(疑似) 가족이 환기하는 근친애의 속성상 '플라토닉 러브'에만 머물렀다.

어쩌다 고등학교에 진학한 초·중·고등학교 동창들과 발 넓은 친구들이 주선해주는 또래의 여고생들이 없지는 않았다. 하지만 그렇게 만난 여자들과의 관계 진전이라고 해봤자, 고작 손을 잡거나 길을 걸을 때 어깨에 손을 슬쩍 얹는 정도였다. 아버지는 항상 자유와 책임을 중시했고, 성적 호기심이 충만했던 고등학생에게 책임이라는 말이 떠올리는 가장 실감나는 연상은, 여자와의 성행위였다.

고등학교 동창들 중에는 어두운 극장이나 노래방 또는 여자 친구나 자신의 방에서 여자 아이의 엉덩이나 젖가슴을 만지기, 입술을 탐하거나 움츠린 여자 아이의 손을 억지로 끌어당겨 불룩해진 바지 앞섶을 만지게 하기 등등의 불장난을 자랑 삼아 떠벌리는 치들도 있었다. 하지만 그들도 알고 있었다. 성행위는 여성의 생리적 변화를 결과할 수 있을 뿐 아니라 당사자들의 마음을 연금술적으로 바꾸어놓고 만다는 점에서, 앞서 나열한 농탕질과는 질적으로 다른 행위라는 것을. 중학생 정도만 되어도 그런 두려움을 어렴풋이 짐작하게 되고, 고등학생이면 더 무겁게 파악한다.

아직 동정인 모든 소년들이 한때 그렇듯이, 금 또한 연상의 여인이 이끌어주는 성적 환상을 무의식적으로 갈구해왔다. 건강한 사춘기 소년이라면 누구나 그렇듯이 금 또한 혼자서 수음을 배웠지만, 상상의 여성을 끌어안고 하는 그것과 실재하는 여성의 알몸을 만지며 하나가 되는 일은 천지 차이였다.

"몇 살이야?"

한 번의 정사가 끝나고 나서, 두 사람은 가슴팍까지 이불을 끌어올리고서 담배를 피웠다. 첫 모금을 길게 빨아들인 뒤, 천천히 내뱉으며 반고경이 물었다.

"열아홉이에요. 올해 고등학교를 졸업하고 대학에 입학하죠."
"왜 너하고 왔는지 알아?"
"그건 모르죠. 왜죠?"
"잘생겨서."

여관에 머물렀던 것은 1시간도 채 되지 않았다. 겨울 저녁이라 어둠이 깊게 느껴지긴 했지만, 도심의 밤 여덟 시는 이제부터 시작이었다. 길가의 택시를 잡아 탄 반고경은 "내일, 버클이 묵직하고 폭이 넓은 진짜 혁대를 갖다 줄게"라는 말을 남기고 사라졌다. 아쉽게 생각되었으나, 내일 다시 만날 수 있다고 주술을 걸었다. 그렇게 마음을 달랬지만, 첫 경험을 치르고 격동된 감정은 쉽게 가라앉지 않았다. 육체적 흥분도 흥분이었지만, 끝내 혼란스러운 것은 뜻하지 않은 정사의 의미가 해독되지 않는 것이었다.

"이런 경험마저도 땅바닥에 떨어진 1만 원권 지폐 한 장을 주운 것으로 치부할 수 있을까?"

반고경이 택시를 타고 사라지고 나자 금은 아무나 만나서 아무 이야기나 하고 싶어졌다. 금은 고등학교 동창들 가운데 서울로 진학한 친구들에게 전화를 했다. 그러고 나서 눈앞에 보이는 야구연습장에 들어가 100개가 넘는 공을 쳤다. 아닌 밤에 '번개' 호출을 당한 친구들은 의리를 과시하기 위해 종로로 달려 나왔다. 유명한 미술대학에 입학한 태진이 종로 5가 뒷골목에 값싼 주점이 밀집한 골목을 알고 있어서, 우르르 그를 따라 몰려갔을 때 시간은 아직 9시도 되지 않았다.

금과 같은 대학에 입학한 해성은 말이 없는 모범생으로 공학부에 들어갔고, 전 세계의 '야동'을 무료로 다운받는 데 일가견이 있는 상근이는 어문학부에 들어갔다. 그리고 광주에서 가장 많은 여고생과 사귀었을 거라는 동료들의 질시를 받은 현진이는 부모의 반대를 무릅쓰고 전문대학의 경호학과에 입학했는데 그렇다고 해서 경호원이 되고 싶은 생각은 전혀 없었다. 부모님이 반대할 게 뻔해서 포기했지만, 기회를 보아 방송연예과로 편입을 하거나 재수를 할 계획이었다.

낯선 곳에서 새로운 대학 생활을 기다리는 친구들의 가슴은 한껏 부풀어 있었다. 그것도 지방에서 서울로 진학을 했으니, 모두들 자긍심이 차고도 넘쳤다. 자취방을 구할 때 겪었던 아주 사소한 일화도 이 자리에서는 모험이 되었고, 며칠 겪지 않은 서울 생활에 대한 시시껄렁한 이야기도 중요한 정보가 되었다. 평소에 말이 없던 해성이까지 이야기에 열을 올리는 것을 보면서, 난생처음 부모를 벗어나 독립생활을 하게 된 친구들이 금은 부러웠다. 그런데 일부러 관찰한 것도 아닌데, 친구들은 다섯 사람 모두 약속이나 한 듯 청바지를 꿰어 입고 있었다.

"야, 우리가 무슨 청바지 클럽도 아닌데, 다들 청바지네. 그런데 너희들 청바지 입으면서 혁대는 차고 다니냐?"

술을 마시다 말고, 모두들 입고 있던 윗옷을 걷었다. 모범생인 해성 말고는 혁대를 한 사람이 없었다. 혁대를 하면 버클이 불룩해 보여서 옷 입을 때 테가 안 난다는 의견도 있고, 안 하는 게 더 편해서라는 의견도 있었다. 하지만 아무도 남성의 혁대를, 바지에 필수적인 '넥타이'로 여기는 사람은 없었다. 그리고 그것으로부터 성적인 자극을 받는 여자도 있다는 것은 연애 대장인 현진이도, '야동 본좌'인 상근이도 알지 못했다.

자취방과 대학 생활에 대한 기대에서부터, 다른 동창생들의 근황에 이르기까지 한차례 화제가 돌고 나서, 자연스레 정치 이야기로 화제가 넘어갔다. 작년에 있었던 16대 대통령 선거에서 투표권을 행사하지는 못했지만, 이들 또한 두 차례나 연속해서 자신들의 힘으로 대통령을 당선시켰다는 자긍심으로 가득한 광주의 아들들이었다.

"금 너희 아버지, 청와대에 나가신다며? 대통령 보좌관이 장관보다 높은 거야, 낮은 거야? 등급은 낮지만, 끗발은 더 높겠지?"

어울리지 않게도 이제 막 고등학교를 졸업한 새내기들이, 대한민국의 모든 중년 사내들이 즐기는 '정치적 예언가' 역할을 하기 시작했다. 하지만 금의 머릿속엔 처음 안아본 여자의 나신과 신체의 부분 부분이 수시로 떠올랐다. 입을 대보라고 했을 때, 거기서 풍겼던 아찔한 '여성의 냄새'. 그것은 까마득한 중학교 시절, 세탁실에 벗어놓은 누이의 팬티에서 맡았던 것보다 확실히 진했다. 금은 지난 12월에 있었던 극적인 대선을 되뇌며 두서없이 떠드는 친구들에게, 한 시간 전에 난생처음 본 여성의 생식기를 자세히 묘사해주고 싶었다.

전철이 끊어지기 전에 자리에서 일어난 친구들은 뿔뿔이 흩어졌다. 금은 자취방으로 돌아가려는 현진이를 끌고 자신의 집이 있는 평창동으로 왔다. 밤이 늦었는데도 집에는 아무도 없었다. 청와대에 가까이 있어야 한다며 평창동에 집을 얻은 아버지는 완벽하고 세심한 성격 그대로 하루 24시간을 공무에 바쳤고, 어머니는 마포구에 상가를 몇 개나 가지고 있는 동창생의 도움으로 아현동에 골동품 가게를 열었다. 단골을 보고 장사를 하는 골동품의 성격상, 아무 연고 없이 점포를 연 어머니는 벌써부터 월세 걱정을 했다.

빈 집에 전등을 켰다. 부드럽고 밝은 전등이 거실 전체를 비추어주었지만, 이상하게도 반고경과 나신을 부딪치던 칙칙한 여관방보다 더 을씨년스러워서 금은 자기도 몰래 몸을 떨었다.

금은 냉장고에서 맥주를 두 병 꺼내서 한 병씩 나누었다. 그러고 나서 머리에 피도 마르지 않은 고등학교 2학년 시절, "20년 연상까지 정복해봤다"고 떠벌리고 다녔던 현진에게 물었다.

"현진아, 너 연상의 여자와 연애한 적 있어?"

"어쭈, 너. 표정 보니 심상찮네. 임신시켰냐? 그래서 나이 많은 여자가 결혼하자고 매달려?"

"야 임마, 내가 머리에 '버그' 생겼냐, 그런 거 제대로 처리 못하게? 그냥…… 어린애들과 하는 연애와는 달라서 그런다."

"짜식, 그러는 넌 어른이냐? 마, 너 같은 어린애들이 연상의 여자와 연애하면 뼈가 녹는다, 뼈가 녹아. 그런 건 형님처럼 베테랑이나 하는 거지. 누구냐? 뜨거운 감자 같은 걸 안고 고민하지 말고, 이 형님에게 맡겨라."

두 사람은 손발을 씻는 것을 생략하고, 칫솔질만 하고 잠들 때까지, 정체가 불확실한 연상의 여인에 대해 이야기했다. 물론 금은 시시콜콜 사실대로 말하지 않았다. 횟감의 신경을 피해 칼질을 하는 숙련된 주방장같이, 중요한 사실들은 쏙 빼놓았다. 반고경이 먼저 유혹을 했던 것이며, 단 한 번의 유혹에 동정을 잃어버린 일들이 그랬다. 왜냐하면 친구들은 금이 몇 번이나 성교를 경험한 것으로 알고 있는데, 이제 와서 탄로를 낼 수는 없었다. 원래 미모였긴 하지만 금의 현란한 언변에 의해 반고경은 재벌 3세와 결혼했지만 이즈음 들어 불화설이 솔솔 떠돌고 있는 최상급 여배우와 버금가는 미모로 조탁되었으며, 163센티미터의 키는 170센티미터가 되었다.

다음 날 아침, 느지막이 일어났을 때, 밤늦게 귀가했던 어머니는 벌써 가게로 가고 없었다. 금은 어머니가 준비해놓은 음식을 냉장고에서 찾아 현진과 함께 식사를 했다. 현진을 배웅하고 난 금은 부리나케 욕실로 들어가 샤워를 하고, 속옷을 갈아입었다. 늦은 아침을 먹고 또 한 번 수다를 떠는 바람에, 학원에 갈 시간이 촉박했다. 한껏 옷차림에 신경을 쓴 금이 학원에 당도했을 때는 10여 분이나 늦었고, 점점 난이도를 더해가는 진도에 맞추어 예습을 게을리 했던 탓에 체면을 구겼다.

그날 저녁, 반고경은 금을 택시에 태워 남산에 있는 호텔로 데려갔다. 그곳의 지하 식당에 자리를 차지하고 나서, 반고경은 탁자 위에 포장지로 싼 혁대를 내밀었다. 금은 그 자리에서 포장을 풀었다. 윤이 나는 두꺼운 가죽에 묵직한 버클이 달린 명품 혁대였다. 조금 어색하지만 금은 즉석에서 혁대를 맸다. 식사를 마치고 룸으로 올라가자, 반고경은 침대등만 밝힌 채 먼저 옷을 벗고 침대에 올라갔다.

"바지를 벗어봐."

금은 그날 저녁, 몇 번이나 청바지를 벗었다가 다시 입었다.

반고경을 즐겁게 해주기 위해서였다. 왜냐하면 그녀가 이렇게 말했기 때문이다.

"아, 그 소리…… 버클이 짤그락, 짤그락하는 소리 말이야. 그걸 들으면 난 미치도록 흥분해."

반고경이 아무 대가 없이 선사하는 육체의 열락에 정신을 잃은 금은, 매일 저녁마다 그녀에게 딸그락거리는 버클 소리를 들려주기 위해 청바지를 벗고, 또 벗었다. 그러는 동안 은은 부지런히 화랑 순례를 했다. 그림은 세상을 보는 창이란 말이 맞았다. 매번 낯선 화가의 새로운 그림을 볼 때마다, 은 앞에는 인간과 세계에 관한 또 다른 문이 열렸다. 은은 현실의 벽들이 눈을 가로막거나 보여주지 못한 세계의 비경을 아무런 편견 없이 받아들여, 머릿속과 가슴에 나누어 담았다.

확실한 미의식이 생기기 전까지는 될수록 많이 보고 느끼려고 했지만, 미에 대한 편견은 저절로 생겼다. 이를테면 현실을 담아내는 것을 최선의 의무로 생각하는 민중 미술은, 아무런 예술적 진전을 보여주지 못하는 것으로 판단됐다. 그런 의문은 19세기 후반에서 20세기 전반기에 이르는 동안 독일에서 판화 운동가로 맹활약했던 여성 민중 판화가의 작품전을 보고 난 꼭 1주일 뒤에, 한국의 현역 민중 미술가들이 벌인 단체전을 보면서 생겨났다. 독일의 여성 판화 운동가가 최초로 작품 활동을 했던 100여 년 전의 작품과 그녀의 예술적 적자들인 현대 한국 민중 화가들의 그림은 내용에서 표현 기법까지 하나도 다르지 않았다. 은의 생각에 그것은 예술가 개개인의 수준에서는 나태였고, 덩어리로 보자면 문화적 지체였다.

그런 생각은 자신의 편견을 천착하거나 반성할 사이도 없이 급작스레 굳어졌다. 그러다가 급기야는 정의나 평등과 같은 정치적 교의가 예술의 주제가 될 수 있다고 믿는 화가들이 있다는 것부터가, 도저히 납득할 수 없게 되어버렸다. 은의 생각에 그것들은 윤리나 도덕의 영역일 수는 있어도, 예술의 켠에서는 부가적인 사항에 불과했다. 칼로 누군가를 난자해 죽이는 것은 비윤리고 죄이지만, 예술의 세계에서는 항용 벌어지는 일이지 않은가? 윤리와 미학을 혼동한다면, 어떤 소설의 주인공도 살인을 해서는 안 되고, 어떤 시도 악이 주제가 되어서는 안 된다.

화랑과 미술관을 번갈아 찾아다니던 보름째, 은은 자신의 가슴에 문신이 되는 듯한 소녀를 만났다. 마침 은이 방문한 청담동의 화랑에서는 이제 막 어른이 되려는 15세 무렵의 소녀 얼굴만 정면으로 접사한 듯이 그린 여류 화가의 개인전이 열리고 있었다. 그런데 거기 걸린 30여 점의 그림을 몽땅 합성해도, 그녀만큼 인상적인 모습을 만들지는 못할 것이었다. 가녀리고 부드러운 내면이 아무런 여과 없이 드러난 그녀의 얼굴은 딱 한 번밖에 정면을 마주하지 못했지만, 영원히 잊지 못할 만큼 강렬했다.

숫기가 없는 은은 소녀에게 말을 걸어볼 엄두는 내어보지 못한 채, 누군가가 볼세라 조바심치며, 몰래 핸드폰을 꺼내들었다. 다행히도 화랑은 미로 찾기 놀이에 나오는 집처럼 들쑥날쑥 칸막이를 해놓아, 다른 이의 시선을 쉽게 피할 수 있었다. 은은 소녀가 그림 한 점을 오래 처다보고 있는 뒷모습을 핸드폰에 담았다. 잠시 뒤에 보니, 소녀의 뒷모습과 그림 속의 앳된 초상은, 초현실주의 화가의 그림처럼 괴기했다. 그림 속에서 정면을 바라보는 앳된 소녀의 초상은 뒷모습을 보인 채 서 있는 실재 소녀의 얼굴처럼 보였다.

핸드폰이 없었다면, 말을 걸게 되었을까? 그랬을지도 모른다. 아무리 소심한 은이었을지라도, 소녀의 영상을 무단으로 채집할 수 있게 해준 핸드폰이 아예 없었다면, 어떻게 해서라도 말을 걸기 위해 노력했을 것이다. 바보 같은 핸드폰의 셔터가 은의 용기를 대신하면서, 자연이 인간에게 허여한 짝짓기의 능력은 사장되고 말았다. 한동안 그림을 감상하던 소녀는 그림을 다 보지도 않고, 느닷없이 화랑 밖으로 나갔다. 망설이던 은은 뒤늦게 마음을 다지고, 말을 붙이기 위해 그녀 뒤를 따랐다.

소녀의 종적은 묘연했다. 그래서 아무 골목이나 헤집으며 기웃거리고 있는데, 왼쪽 골목에서 두 명의 소녀가 출현했다. 옆길에서 불쑥 튀어나와, 은보다 앞서 걷게 되기 전에 흘낏 보게 된 모습은 대학교 2학년생 정도로 보였다. 160센티미터가 넘어 보이는 키에, 똑같이 긴 생머리 그리고 짧은 카키색 반바지 밑으로 빠져나온 희고 예쁜 다리. 확대경을 사용한 것도 아닌데, 자연스레 두 소녀의 뒤를 따라 걷게 된 은의 눈에 두 소녀의 흔들리는 엉덩이가 가득 찼다. 아까 화랑에서 본 접사된 소녀의 얼굴을 뚫어져라 쳐다보았더니, 그 사이에 시력에 변화가 생긴 것일까? 두 소녀의 흔들리는 골반을 훔쳐보는 짧은 틈에, 은은 새로운 사실을 알게 되었다. 모든 여자의 골반은 모두 다르게 흔들린다. 오른쪽 여자의 골반은 상하로, 왼쪽 여자의 골반은 좌우를 중심으로 흔들렸다. 그리고 상하좌우 큰 폭으로 흔들리는 두 소녀의 엉덩이가 마치 직물을 짜듯 규칙적으로 운동을 하는 짧은 순간 안에, 도저히 그 법칙이 분석될 수 없고 필설로 묘사할 수 없는 아주 미세하고 복잡한 한 '바리에이션$_{variation}$'이 추가됐다.

   은은 그 모습을 1분 정도 쳐다보다가, 화랑에서 본 소녀를 찾기 위해 두 소녀를 앞질렀다. 평소 같으면 길거리에서 발견한 각선미 예쁜 여자의 뒤를 따라, 목적지도 잃어버린 채 하염없이 쫓아가곤 하지 않았는가? 은은 변했다. 그렇지만 두 소녀를 앞질러가면서 먼 데를 보는 듯이, 고개를 돌려 두 소녀의 얼굴을 훔쳐보는 것마저 자제하지는 못했다. 안 봐두면 손해니까! 작은 얼굴에 이목구비가 또렷한 미녀들이었다. 그런데도 아무런 감흥이 일지 않았다. 은은 확실히 변했다. 세상의 모든 여자를 주어도, 그 사람이 아니면 안 되는 여자가 있다는 것을 은은 그날 처음 알았다.

대화중에 흔히 '옛날에'라는 말을 쓰곤 하는데, 그건 아무런 규정력이 없는, 부정확한 말이다. 상황에 따라 어떤 '옛날에'는 지금으로부터 몇 천 년 전을 가리키기도 하고, 또 어떤 상황에서는 고작 2~3년 전을 가리키기도 하기 때문이다. 고무줄처럼 늘었다, 줄었다 하는 이 말의 용법이, 오늘은 은에게 어떤 통찰을 보여주었다. '옛날에' 은은 한 명의 여자가 앉아 있는 자리보다는 두 명의 여자가 앉아 있는 자리에 먼저 시선이 꽂혔고, 두 명의 여자가 서 있는 자리보다는 세 명의 여자가 서 있는 자리에 자동적으로 관심이 갔다. 그런데 오늘, 세상의 모든 여자와 바꿀 수 있는 '한 여자'가 있다는 것을 깨달았다. 은은 생각했다. 천 년도 2~3년도 아닌, 단지 10여 분 전의 세계도 '옛날이' 될 수 있다는 것을!

골목을 여기저기 기웃거려보았는데도 소녀의 종적이 묘연했다. 집으로 돌아온 은은 핸드폰을 열어, 그 속에 보관된 소녀의 뒷모습을 오래 쳐다보았다. 그날 저녁 은은, 대입 시험을 치른 다음 날 구입한 공책을 꺼냈다. 그리고 파란색 공책의 표지를 열었다. 공책의 첫 장에 작은아버지가 졸업 선물로 사준 독일산 만년필로 이렇게 썼다. '꿈의 기록'. 좀 진부한 제목일지도 모르지만, 붉은 잉크로 쓰인 '꿈의 기록'이란 제목은 은이 이 공책을 사용하고자 하는 목적에 부합했다. 워낙 비교가 불가능한 사항이라, 은만의 주관적인 느낌일 수 있겠지만, 은은 늘 다른 사람들보다 더 진귀하고 예사롭지 않은 꿈을 꾼다고 생각해 왔다.

중학교 때 꿨던 어떤 꿈이 그렇다……여기는, 흰 거품을 얹은 푸른 파도가 물밀어오는 백사장……쏴아……쏴아……생생한 해풍(海風)……황금빛 사자가 어슬렁거렸다……그게 은이다……그 꿈속에서 은은 알고 있었다……지금 나는, 아주 잠시, 사자의 옷을 뒤집어쓰고 있는 것이라고……무엇인가를 애타게 갈구하면서, 해변가를 어슬렁거리는 그 황금빛 사자가 나라는 것을……은은 꿈속에서도 자신이 사자로 변장한 것임을 자각하고 있었다……목이 탔다……그런데 중간에 필름이 끊긴 것처럼……정전(停電)이었던 것처럼……장면이 뭉텅 잘려 나갔다 ⁓⁓⁓⁓⁓ 다시 눈앞에 펼쳐진 장면은……생생한 해풍……쏴아……쏴아……흰 거품을 얹은 푸른 파도가 물밀어오는 백사장……그리고……자기 등 위에, 그리스나 로마의 유적지에서 볼 수 있는 거대한 신전의 기둥을 수직으로 꽂은 채 어슬렁거리는 사자…….

자연스러운 사지의 일부인 양, 자신의 등에 한 기(基)의 거대한 신전 기둥을 혹처럼 달고 해변을 어슬렁거리는 사자가 꿈속에서 다시 나타났을 때, 은은 생애 최초의 몽정을 했다. 비몽사몽간에 사정을 하고, 잠과 꿈에서 동시에 깨어났을 때, 낯선 죽음의 세계로부터 생환했다는 안도와 함께, 무미건조한 생시로 다시 돌아왔다는 불쾌감이 덮쳤다. 사타구니와 팬티 앞섶을 완전히 적신 눅진한 정액을 손으로 만지며, 은은 생각했다. '대체 이건, 즉 나의 사정은, 꿈의 어느 순간에 벌어진 일일까?' 6여 년의 세월이 흐른 지금까지 한 번씩 곰곰이 되새겨보곤 하는 그 꿈 가운데, 어린 13세 소년을 몽정으로까지 이끌 도색적인 요소라곤 털끝만큼도 없었다. 그렇다면, 뭉텅 잘려 나간 장면 속에 모든 것이 있고, 누군가가 검열을 한 그 장면 속에 은의 정체가 압축되어 있을 것이었다.

어느 누구보다 특별난 꿈을 꾼다고 믿는 은은, 자신의 꿈을 자세히 기록하고 싶었다. 중학교 때는 그런 생각을 아예 하지 못했지만, 고등학교 때는 실천이 따르지 못했다. 과중한 학업에 짓눌린 입시생이, 수면 속에서까지 꿈을 낚아채 기록해야 한다는 강박에 시달릴 수는 없었다. 게다가 고등학교 3년 동안 은은 '밤에 꾸는 꿈'이 아니라, '낮에 꾸는 꿈'을 틈틈이 기록해왔지 않은가? 낮에 꾸는 꿈, 바로 시를! 하지만 은은 대입 시험을 치른 작년 12월 마지막 주 월요일, 고등학교 때 끼적였던 시들이 빽빽이 적힌 몇 권의 공책을 정원의 사철나무 아래서 불태우고 말았다. 그러기 전에 은은 자신이 가장 아끼는 한 편의 시를, 제목을 쓰기 위해 비워둔 첫 페이지 바로 뒷장에 사각거리는 연필로 꾹꾹 눌러, 옮겨 적었다.

    빌딩 아래 홀로 서 있으면,
    피가 달아난다.

    순백으로 빛나는 태양을 보면,
    나는 병균처럼 느껴지는 것.

    보이는 남자마다 총 쏘아 죽이고
    만나는 여자마다 옷 입혀 잡아먹는다.

    그리고,
    아이는 낳지 않는다.

은이 낮에 쓴 시는, 밤에 쓰는 시, 곧 꿈과 다르지 않았다. 하지만 시작(詩作)을 위한 공책을 일찌감치 불태워버린 지금, 새로 만든 '꿈의 기록'에는 밤에 쓰는 시만 옮겨 적을 작정이었다. 그리고 어쩌면 부질없고 실패할지도 모르는 그 노력은, 수채화와 같은 흔적만 남기고 사라진 소녀의 환영을 되찾는 일이 될 것이다.

만년필에 가득 채운 붉은 잉크로 제목을 적고 나서, 소녀를 처음 보았던 장소와 그녀의 인상, 그리고 그녀에 대한 은의 감정을 적었다. 은은 이 공책에 소녀의 환영을 찾기 위해 치르게 될 매일매일의 노고와, 대낮의 열정이 한밤의 수면에 빠진 은에게 암시해주는 단서들을 기록할 것이다. 붉은 잉크 글씨로 덮이게 될 이 푸른 공책 속에서, 대낮의 노고와 한밤의 신탁은, 세숫대야에 섞어놓은 뜨거운 물과 찬물처럼 아무런 표시도 없을 것이다. 누군가가 은의 공책을 보면, 이렇게 말할 게 분명하다. 물과 물이 섞인 자리같이, 꿈과 삶이 섞인 자리는, 표시도 없구나!

3

국사 선생님과

담임선생님

입학과 개학이 성큼 한 주 앞으로 다가오자 은은 초조해졌다. 대학 생활에 새로이 적응해야 한다는 걱정 때문이 아니었다. 청담동 화랑에서 '환영의 소녀'를 만난 다음 날부터, 은은 이전보다 더 서둘러 집을 나섰다. 그것은 그림을 보러 가는 순례가 아니라, 사람을 찾으러 가는 수색이었다. 학교에 등교하듯이 여덟 시에 아침을 챙겨 먹은 은은, 마치 계단을 오르내리듯 새들이 나뭇가지를 옮겨 다니며 우짖는 정원의 굵은 관목이 보이는 창가에 앉아, 두 시간 정도 책을 정독했다.

 매일 아침마다 몇 시간씩 정독하는 책들은 인터넷 서점을 통해 한꺼번에 구입했다. 서울에 올라오기 전, 단 한 권만 빼고 부산에서 몽땅 잃어버린 세계문학전집 대신 은은 자신이 읽을 도서 목록을 직접 작성했다. 여러 학교와 기관에서 만들어놓은 '대학생이 꼭 읽어야 할 필독서 리스트'를 모아 100권의 목록을 손수 만들었던 것이다. 은은 그 책들을 지금부터 읽기 시작해서 3학년 1학기가 시작되기 직전, 늦어도 2학년 겨울방학이 끝나기 전까지 모두 읽어 치울 계획이었다. 하지만 이번 계획은 두 달 동안 62권의 세계문학전집을 읽었던 일과는 같지 않을지도 모른다. 그도 그럴 것이 만만치 않은 인문학 서적으로 메워져 있는 이번 목록에는 단 한 권의 문학 작품도 없었다. 고등학교 시절의 마지막 담임선생님은 수능시험을 마친 학생들에게 이렇게 말했다.

 "인생의 어느 한 시기에는 제대로 된 '대문학(大文學)'을 읽어야 한다. 그게 너희들이 일용할 청춘의 양식이다. 세상의 원형질을 보여주는 무시무시한 문학 서적을 한 100여 권 가려 읽고 나면 문학과는 결별을 해야 하고, 소설 나부랭이나 시 쪼가리는 더 이상 읽을 필요가 없는 게 되어야 한다. 대학을 졸업하거나, 서른이 넘어서까지 소설이나 시집을 옆구리에 끼고 다니는 사람은 영원히 어른이 되지 못할 거다. 예를 들자면 십대를 벗어나면 더 이상 댄스 그룹이나 아이들 그룹을 쫓아다니지 않게 되듯이, 어른이 되면 소설이나 시 따위는 멸시할 줄 알아야 된다. 그러므로 문과, 이과 가릴 필요 없이, 너희들이 대학 생활을 하게 되면 1~2학년 동안은 무조건 '대문학'을 읽으며 보내야 한다. 3학년부터 졸업 때까지는 너희들이 고등학교 교과서에서 제목만 익힌 다종다양한 고전·명저들 가운데 문학이 아닌 책부터 시작해서 한 100여 권의 인문학·사회학·철학 서적들을 읽어야 한다. 어떤 것을 고르느냐 하면, 적어도 그 책 때문에 세상이 바뀐 책, 과장을 하자면 그 책으로 인한 충격으로 지구의 축에 변화를 주었다고 할 정도의 책을 읽어야 한다."

그러면서 담임선생님은 10권도 넘는 책 제목을 죽 열거했는데, 당연 그때 받아 적은 책들은 이번에 은이 마련한 '대학생이 꼭 읽어야 할 필독서 리스트' 100권 가운데 들어갔다. 90%의 염세와 10%의 자기애가 그 사람의 성분이었던 담임선생의 말을 더 기억해보면 이렇다.

"대학교 2년간은 청춘의 양식을 쌓고, 나머지 2년 동안 지식의 기초를 쌓으면서 책과 친숙하게 되면, 너희 인생은 실패할 리 없다. 세상에 태어나서 책 읽는 즐거움을 알고 책 읽는 버릇을 터득했다면, 그 인생은 이미 행복했다 해도 좋다. 자, 그러면 대학 초년생이 되어서 읽어야 할 문학 작품을 어떻게 고르느냐를 얘기해주겠다. 아까 대문학이라고 말했는데, 우선 대문학은 말 그대로 '대작가(大作家)'가 쓴 것이다. 대작가란 그러면 또 누구냐? 바로 '죽은 작가', 곧 작고한 작가를 말한다. 그렇다고 오해는 말아라. 죽은 작가들이 다 대작가가 되는 것은 아니다. 작고한 지 몇 백, 몇 천 년이 되었는데도 여전히 우리와 같은 현대인들에게 영감을 주고 사색의 기원이 되어주는 살아 있는 작가, 죽은 지 오래되었는데도 불구하고 우리 자신의 고민이나 세계의 곤경을 풀기 위해 찾아볼 수밖에 없는 작가, 그런 작가가 대작가다. 가끔씩 신문이나 잡지를 보면 생존해 있는 작가들에게 대작가라는 칭호를 빈번하게 사용하는데, '살아 있는 대작가'란 없기 때문에 그건 형용모순이다. 아무리 유명하거나 업적이 탁월하더라도 아직 살아 있다면 그냥 '작가'고, 좀 미안하지만 죽고 나서 점차 잊히기 시작한다면 그 또한 작가다. 요약하자면 작가들은 죽고 나서야 비로소 '작가생활'을 시작한다. 살아생전의 작가생활은 호구를 면하기 위한 고통에 불과하지만, 죽는 순간부터 시작하는 제2의 작가생활은 망각과의 싸움이다. 그런 뜻에서 지금 살아 있는 작가들은 진정한 작가생활을 하고 있는 게 아니고, 그냥 호구를 면하고 있는 것이다. 다시 말해 죽었으면서도 여전히 작가생활을 하고 있는 작가가 대작가이고, 그런고로 대문학은 절대 옛날 작품이 아니다."

'고전을 읽으라!'는 당부였다. 어쩌다 62권만 읽고 중도에 작파하게 됐지만, 은은 담임선생이 대학 초년생 동안 완수하라는 '청춘의 양식'을 미리 섭취했다. 담임선생의 지론을 따라할 어떤 동급생이 있는지는 알 수 없지만, 은은 내심으로 '나는 그들보다 2년은 앞서간다'는 치기 어린 만족감을 느꼈다.

이른 아침을 먹고 나서 은은 꼬박 두 시간씩을 바쳐 옛 그리스 철학자의 책을 읽었다. 그러고 나서 '환영의 소녀'를 찾기 위해 예전보다는 좀 더 일찍 화랑으로 나서기를 며칠째 했다. 하지만 16대 대통령 취임식이 벌어지던 2월 25일은 조금 늦었다. 오전 10시 반쯤, 집을 나서기 위해 책을 덮고 방에서 나왔을 때, 아버지가 소파 앞의 탁자에 소주병과 잔을 놓고 앉아 있었다.

"어디 나가냐? 여기 와서 앉아라. 대통령 취임식 보고 가라."

은은 아버지 옆에 앉았다. 아직 취임식이 거행되기 전이라, 텔레비전 화면에는 취임식이 이루어지는 국회의사당 앞의 식장을 비추고 있었고, 아나운서의 해설이 흘러나왔다. 아버지는 안주도 없이 소주를 털어 넣고서는, 안주 대신인 양 툭, 아들에게 말을 던졌다.

"엄마가 용돈은 많이 주냐?"

아버지는 그런 식으로 술을 마시고, 그런 식으로 아들과 대화를 열었다.

"서울 친구들은 아직 못 사귀었겠지?"

단답형으로 유지되는 이상한 대화가 벌어지고 있는 중에, 아버지가 언제 부탁해놓았는지 가정부 아주머니가 술안주를 차려왔다. 아버지는 탁자에 안주 접시를 놓고 가는 40대 중반의 아주머니를 불렀다.

"아줌마…… 여기 술잔 하나 더 부탁해요. 젓가락하고."

커다란 접시에는 양념이 그렇게 많이 묻어 있지 않은 김치와 삶은 돼지고기, 그리고 은이 처음 보는 회가 보기 좋게 담겨 있었는데, 거기서 코를 벌렁거리게 만드는 악취가 났다. 잘 청소되지 않은 화장실의 소변기에서 나는 냄새와 비슷했다. 잠시 후, 가정부가 소주잔 하나와 젓가락 한 모를 갖다 놓고 갔다. 아버지가 새 잔을 아들에게 건넸다.

"자, 한잔해라."

아버지는 은의 잔에 소주를 가득히 따르고 나서, 자신의 잔을 들어 올렸다. 그리고 은의 잔에 자신의 잔을 부딪는 시늉을 하고서, 술잔을 입으로 가져갔다. 무뚝뚝한 아버지에게 부자끼리 술잔을 소리 나게 부딪치는 그런 살가운 애정 표시는 너무 어려운 일이었다. 은은 고개를 돌린 채 술을 반 잔 정도 마셨다.

"은아, 술 마실 때 고개 돌리지 마. 술이든 음식이든 뭘 먹을 때는 다 같은 사람인 거야. 마음만 있으면 되는 거야, 마음만. 내가 사장 할 때, 말단 직원들에게도 그렇게 시켰었지."

아버지는 김치에 삶은 돼지고기를 한 점 놓고, 이름을 알지 못하는 회 한 점을 놓았다.

"자, 이거 먹어봐라. 부산 사람들은 보기 힘든 회다."

아버지는 접시에 말아놓은 쌈을 가리켰다. 그리고 똑같은 방식으로 자기 몫의 쌈을 싸기 시작했다. 은은 아버지가 싸놓은 김치쌈을 젓가락으로 집어 입에 넣었다. 김치쌈 속의 살점이 묵지근하게 씹혔다. 그 순간, 뭐라고 형언할 수 없는 고린내가 입 안에 가득 퍼졌고, 콧구멍이 뻥 뚫리는 것 정도가 아니라, 흔히 화가 났을 때 쓰는 표현으로 '뚜껑이 열리'는 것 같은 그런 느낌이 들었다.

"홍어다. 먹을 만하냐?"

은은 반했다. 가자미식해와 비슷했지만, 그보다는 더 향취가 진하고 맛이 깊었다. 술을 배울 기회가 없었던 은은 소주 방울은 핥듯이 혀만 대고서, 아버지가 싼 방식으로 홍어 한 점을 더 먹었다. 부산에서 자라며 온갖 회를 먹어봤지만, 이런 맛은 처음이었다. 은은 단번에 홍어에 중독됐다.

텔레비전에서는 취임식 식전 행사가 마무리되고, 화면에는 새 대통령을 태운 리무진이 식장을 향해 미끄러져 들어오는 모습이 비쳤다. 은이 19살이 되도록 몇 번의 대통령 취임식이 있었지만, 그걸 보겠다고 시작부터 텔레비전 앞에 앉기는 이번이 처음이었다. 대통령이 식장에 오를 즈음 카메라가 귀빈석을 훑었다. 히딩크 전 국가대표 축구팀 감독의 얼굴이 보였다.

나폴리 민요와 우리 가곡에다 국악까지 한 무대에 혼합된 취임식은 한국식도 아니고, 서양식도 아니었다. 한국식도 아니고 서양식도 아니라면 소위 '글로벌'이겠는데, 은의 생각에 문제는 그게 아니었다. 한국식이든 서양식이든 글로벌이든, 문제는 세속적이었다는 것. 은은 대통령 취임식을 보면서, 여름 방학을 이용해 일본 여행을 다녀왔던 국사 선생님이 수업 중에 했던 말을 기억한다.

"이번 일본 여행 중에 스모 경기장을 찾았는데, 우리나라의 씨름 문화와 일본의 스모 문화는 무척 다르다는 느낌이 들더구나. 여러분 가운데도 케이블 텔레비전을 통해 스모를 본 사람들이 있을 건데, 다들 우리나라 씨름과 비교해보면 무척 심심하다고 느꼈을 거야. 우리나라 씨름 경기가 그야말로 세속화된 오락이라면, 일본의 스모는 제사를 연상시켰지."

은은 운동을 좋아하지도 않았고, 운동 관람은 더 싫어했다. 하지만 어쩌다 텔레비전을 통해 단편적으로 보았던 우리나라

씨름 경기장의 풍경과 일본 스모 경기장의 풍경은, 선생님이 말하는 풍경과 하나도 다르지 않았다.

"결승전이 벌어지는 씨름판 주위에 포진한 여성 농악대, 심판들의 광대 같은 제스처, 결승전에서 장사가 탄생하는 순간 회갑 잔치에 불려온 연예인처럼 축가를 부르는 여성 명창들과 경기장의 모래판을 뒤덮는 오색 색종이. 그것뿐이냐 하면, 선수들의 팬티에 커다랗게 인쇄된 스폰서 이름, 경기의 모래판 위에서 상금의 숫자가 적힌 커다란 패널을 들고 포즈를 취하는 우승자. 이처럼 세속적이고 상업적이며 볼거리 위주의 오락성이 지배하는 게 우리나라의 씨름 경기장이야. 반면 스모 경기장은 종교의례처럼 엄숙해. 우선 여자들은 관객이 아니고서는 그 어떤 요소로라도 스모 경기장의 일부가 되지 못해. 심판들은 서열에 맞게 예복을 입어야 하고. 선수들은 경기 시작 전에 물통의 물을 국자로 떠서 몸에 뿌리거나 소금을 집어 공중에 뿌리지. 그런 행위들은 모두 경기장과 경기 참가자들을 신성하게 만들어. 한국의 씨름과 일본의 스모 경기장을 한마디로 비교하면, 세속 문화와 의례 문화의 차이라고 할까? 각자 두 문화의 장단점을 생각해보도록."

대통령 취임식을 보면서, 은은 그제야 국사 선생님이 내준 생각거리를 진지하게 수행했다. 세속 국가에서는 세속적인 방식으로 대통령 취임식이 이루어질 수밖에 없는 게 당연해 보이기도 하지만, 신성함이 느껴지지 않는 취임식은 허전했다. 영광과 오욕의 줄타기를 하면서 막중한 직분을 견뎌야 하는 대통령에게나, 그의 지도력으로부터 평화와 번영을 얻어내야 하는 국민에게나 5년에 한 번 치르는 대통령 취임식이 신성한 의례와 초인적인 주재자의 축복 없이 진행된다는 것은 두루 불행한 일이다. 꼭 대통령 취임식만 아니라, 어떤 국가적인 의례에서건 국교가 없는 나라는 세속을 피할 수 없다. 그러니 어서 국민 투표를 해서 국교부터 정해야 하는 게 아닐까? 그것이 고등학교를 갓 졸업한 19살 예비 대학생 은이 내린 치기 어린 결론이었다.

　대통령의 취임사는 길었다. 아버지는 취임사 중에 가정부 아주머니를 불러서 소주 한 병을 더 시켰다. 취임사 가운데 유독 은의 귀를 쏙 잡아끈 대목은 "부산에서 파리행 기차표를 사서 평양, 신의주, 중국, 몽골, 러시아를 거쳐 유럽의 한복판에 도착하는 날을 앞당겨야 합니다"였지만, 취임사의 전체적인 골자는 막연한 세계화가 아닌 '동북아 중심'의 지역 전략을 도모하자는 것이었다. 한국이 동북아의 중심이 되기 위해서는 먼저 한반도에 평화가 정착되어야 하고, 그러기 위해서는 김대중 전 대통령이 추진한 대북 정책을 발전적으로 이어받겠다는 게, 논술로 다져진 은에게 파악된 취임사의 골자였다. 노무현 대통령이 취임사를 마치자, 아버지가 말했다.

"참 잘한다. 그런데 말이 너무 많다."

취임사가 끝나자, 또 한 번 축하 공연이 벌어졌다. 취임사 직전의 축하 노래는 나폴리 민요와 우리나라 가곡이었는데, 이번에는 국악이었다. 은은 모든 음악을 다 좋아하지만, 어쩌다 우연히 라디오에서 흘러나오는 국악 프로그램의 시그널만 들어도 두통이 날 정도로 국악이 싫었다. 그런데 아버지는 그게 좋은 모양이었다. 여자 명창의 노래가 나오자 아버지는 어깨를 들썩거려가며, 술잔의 술을 입에 털어 넣었다.

"어, 술맛 난다!"

그러고 있는 중에, 서울에 올라온 이래로 아침 식후 시간을 이용해 헬스클럽에 다니기 시작한 어머니가 귀가했다. 오래 운동을 해온 양 어머니가 입은 트레이닝복은 맵시 있게 보였다. 거실에 막 들어선 어머니는 점심시간도 되지 않은 이른 시간부터 소주병을 앞에 한 남편을 보고 얼굴을 찡그렸지만, 한편으로는 남편이 오랜만에 아들과 함께 앉아 있는 것이 보기 좋았다. 양말짝에서 나는 고린내와 같은 홍어 냄새를 맡은 어머니는 다시 한 번 이마를 살짝 찡그렸지만, 이내 아버지 곁에 바싹 다가앉았다. 가족이 감내하기 어려운 부도를 몇 번이나 맞고 집달리에게 차압을 당하면서도, 어머니에겐 아버지밖에 없었다. 공식적인 취임행사가 모두 끝나고, 대통령이 리무진을 타고 퍼레이드를 시작했다. 어머니가 그 모습을 힐끗 보더니, 아버지에게 말했다.

"여보, 누구 찍었어? 노무현 안 찍었지? 나는 노무현 싫더라."

아버지는 대답하지 않았다.

"맞지? 안 찍었지? 노무현은 참 교양이 없어 보여. 말도 막할 것 같고."

그러자 아버지가 말을 받았다.

"왜? 상고(商高) 나온 대통령인데, 당신도 밀어줘야 했던 거 아니야?"

아버지와 어머니는 함께 일하는 회사에서 만났다. 여상을 졸업한 어머니는 5년 넘는 경력을 가진 회사의 살림꾼이었고, 그보다 나이가 많은 아버지는 대학을 막 졸업한 어벙한 사원이었다. 같은 회사에서 일하는 짧은 기간 동안 두 사람은 서로 닭이 소 보듯 소원했지만, 아버지는 어머니의 섬세한 일처리 능력을 눈여겨보았고, 퇴사를 하면서 어머니에게 매달리듯 자기 사업을 도와달라고 애원했었다.

"상고 나온 대통령 싫어요. 우리 국민의 60%가 이미 대학을 나온 사람들이고 다들 대학은 나온 사람이 대통령이 되어야 한다고 믿고 있는데 어떻게 저런 사람이 대통령이 되었는지…….”

어머니는 자신이 여상을 나와서 겪어야 했던 설움을 잘 안다. 소위 '교양'이 없다는 것. 상급 학교에 진학하지 못했거나 상급 학교라 하더라도 실업계 학교를 졸업한 어머니 같은 사람들은 졸업을 하고 직장에 취직해서는 퇴사할 때까지 말단직을 지키게 되는데, 좋은 학교를 나오지 못했다는 이유로 진급이 막혀 있는 데다가 교양이 없다는 수군거림을 자꾸 받게 되면, 세상에서 살아남기 위해서는 교양이란 게 꼭 필요하며, 교양이 모자란 것은 진짜 나쁜 일이라고 믿게 된다.

고등학교 적의 존경하는 국사 선생님이 말하지 않았던가.

"주변인들은 자신이 선망하는 주류의 기준이나 가치를 고스란히 내면화해. 그 결과, 주변인들은 주변인들을 누구보다 더 멸시하게 되지."

그런데 구구하게 말들이 많은 교양이란 뭘까? 국사 선생님이 하신 말을 기억해보면 교양이란 '내가 배운 교육 가운데, 미래에도 영속할 가치가 있는 모든 것'이다. 예를 들어 한국인이 '국어'는 후세에게 물려줄 가치가 있는 것이라고 판단했다면, 국어 습득 능력은 한국인들의 교양이 되어야 한다. 뿐 아니라, 김치나 된장 역시 후세에 물려줄 가치가 있는 것이라고 여긴다면, 그것들 역시 한국인의 필수 교양에 포함되어야 한다. 선생님은 말했다.

"하지만 안타깝게도 한국인들이 꼭 알지 않으면 안 되는 한국적 교양의 파괴는 모든 분야에서 일어나고 있어. 방금 국어 얘기도 했지만, 우리나라에서는 이미 한국어보다 영어나 또 다른 외국어를 더 잘하는 게 교양이 된 지 오래야. 또 어떤 계층의 사람들은 시간과 돈을 써가면서 포도주나 에스프레소에 대한 교양을 연마하지. 그와는 달리 된장이나 김치는 '내가 배운 교육 가운데, 미래에도 영속할 가치가 있는 모든 것'으로부터 점점 멀어지고 있어."

어머니는 김치를 무척 잘 담갔다. 아버지가 아무 대꾸 없이 소주잔을 들어 올리자, 어머니는 아버지의 젓가락으로 자신이 손수 담근 김치를 넓게 펴서 홍어와 돼지고기 한 점씩을 넣어 쌈을 쌌다. 텔레비전의 카메라는 김대중 전 대통령과 함께 식단에서 내려와, 전임 대통령을 승용차까지 배웅하는 노무현 대통령을 따라 비추고 있었다. 어머니가 그것을 흘깃 보고 나서 또 한마디 했다.

"어이구, 김대중도 전라도, 노무현도 전라도. 앞으로 또 5년 동안 전라도 대통령이 텔레비전에 나오는 걸 어떻게 봐."

아버지가 소주를 쭈욱, 소리 내며 들이켰다. 그러자 어머니가 젓가락으로 아버지 입에 홍어쌈을 넣어주었다.

"노무현이 왜 전라도 사람이야? 경남 김해 사람인데."

"참 당신도, 본관이 광주(光州)라잖아요. 노무현 아버지가 6·25 때 전라도에서 빨갱이 짓을 했다죠. 그런데 국군이 이기니까 동네 사람들에게 맞아 죽을 게 겁이 나서 야밤에 가족을 데리고 목포항에서 부산으로 가는 배를 타고 도주했대요. 그때 노무현은 이미 다섯 살이었고. 부산항에 도착한 노무현 가족은 산골 오지인 경남 진영으로 도망을 가서 그곳에서 새로 호적을 만들었대요. 노무현 집안은 그때부터 경상도 사람 행세를 한 건데, 이걸 전라도 사람은 다 알고 있다고 해요. 그러니까 광주에서 노풍(盧風)이 일어난 비밀을 경상도 사람만 모른다는 거 아녜요."

"당신도 참, 대체 그런 소문을 어디서 듣고 다닌 거야?"

"소문이라뇨? 다 사실인 걸. 당신처럼 경상도 남자들이 물렁하니까, 전라도 대통령이 자꾸 나오잖아요!"

"뭐? 당신 뭐라고 했어? 거기 나는 왜 찍어 발라? 그래서 대낮부터 술이나 먹고 있단 거야? 그런 얘기냔 말이야?"

공식 행사는 48분이 걸렸으나, 중계는 그로부터 12분가량 더 진행됐다. 아버지와 어머니가 언쟁을 하자 곧바로 자리에서 일어나는 바람에 은은 더 보지 못했지만, 대통령이 리무진을 타기 위해 일반인들이 도열해 있는 곳으로 가자 "노무현! 노무현!" 하는 구호가 들려왔다. 지지자들이었다.

대통령이 축하객과 지지자들에게 손을 흔들며 리무진까지 걸어갈 때, 몇 명의 측근들이 함께했다. 거기엔 통통하게 살찐 대통령 비서실장과 회색 바바리코트를 입은 민정수석이 보였고, 그들과 함께 걷는 금의 아버지도 얼핏 카메라에 비춰졌다. 금은 텔레비전 화면에 대통령을 태운 리무진이 청와대로 향하는 장면을 끝으로 중계를 마칠 때까지 혼자서 취임식을 시청했다. 대통령은 멋있어 보였고, 연설도 좋았다. 금은 취임식을 보면서 '남자라면 저렇게 되어야 해!'라고 감탄하면서, 국회의원과 장관을 거쳐, 언젠가는 자신도 대통령이 되리라는 결심을 다졌다.

하지만 요즘 금이 부리나케 달려가는 곳은 도서관도 영어 학원도 아니었다. 금이 출입하는 행정부서와 청와대는 모텔과 호텔이었으며, 그가 열성으로 모시는 대통령은 반고경이었다. 반고경은 사랑의 충복에게 혁대를 선물했다. 금의 옷걸이에는 지금 청바지에 꿰어져 있는 혁대 말고도 값비싼 명품 혁대가 두 개나 더 걸려 있었다. 버클이 짤그락, 짤그락거리는 소리가 어떻게 그처럼 연상의 여인을 흥분시킬 수 있는지 금은 이해가 되지 않았다. 금은 반고경과 몇 시간이고 뒹군 뒤에 집으로 돌아와, 방 안의 불을 끈 채 침대 위에 쭉 뻗고 누워 버클을 흔들어 짤그락거리는 소리에 귀를 기울이다가 잠이 들곤 했다. 그러다 정신없이 자고 나서 깨어나면, 빈 집이었다.

대통령 취임식이 있었던 날 오후 3시, 금은 어제 저녁 합정역 근처의 모텔에서 밤늦게 헤어지면서 약속했던 장소로 나갔다. 강남에 소재한 대형 서점의 베스트셀러 진열대 앞에서였다. 반고경과 금은 처음 여관에 들어가서 성교를 하고 나서 아흐레가 흐른 그날까지, 모두 일곱 번이나 숙박업소를 찾았다. 그러는 동안 그녀는 한 번도 같은 동네의 숙박업소를 이용하지 않았다. 그리고 어느 날은 그야말로 몇 만 원짜리 여관에서 지냈고, 또 어떤 날은 호텔을 이용했다. 금과 팔짱을 낀 반고경은 침대도 없고 개별 욕실도 따로 없이 꾸덕꾸덕한 이불장만 덩그러니 놓인 최하급 여관이나 외국의 명사들이 투숙하는 최고급 호텔을 스스럼없이 오갔다. 마약 중독자들이 그날그날의 호주머니 사정에 따라 고급 마약이나 하질을 가리지 않듯이, 그녀 역시 매일의 호주머니 형편에 따라 숙박업소를 정하는 섹스 중독자처럼 보이기도 했다.

그녀는 한 번도 약속시간에 늦는 법이 없었다. 항상 먼저 와서 기다렸다. 그리고 백화점에서든 어디서든, 매번 금에게 줄 선물을 사놓았다. 서점이 약속 장소였던 오늘도 그녀는 한 권의 책을 골라놓았다.

'재(財)테크'나 '돈 버는 법'에 대해서는 어머니도 전문가여서 집 안에는 이런 류의 책이 발에 차일 정도였다. 반고경이 금에게 주고자 계산을 끝내놓고 서점의 띠지까지 둘러놓은 『한국의 부자들』은 2003년 1월 29일에 출간되자마자 무서운 기세로 베스트셀러에 진입한 책으로, 입학을 기다리는 예비 대학생인 아들에게 금의 어머니가 일찌감치 선물한 바 있었다. 본디 금은 자기 이름과는 달리 '금 보기를 돌같이' 하는 편이라서, 어머니가 선물한 책을 펼쳐도 보지 않았다. 가관인 것은 자신보다 나이가 한 살 어린 여동생, 올해 고3생이 되는 향이었다. 지금은 서울로 이사한 가족과 떨어져 혼자 광주의 친척집에서 학교를 다니고 있는 향은, 오빠가 표지도 열어보지 않은 책을 몇 시간 만에 독파해버렸다.

"어머! 이 책 최고야! '자수성가한 알부자 100인의 돈 버는 노하우'가 고스란히 담겼어."

그러면서 오빠에게 요점 정리를 해주었다. 일단 우리나라에서 부자 소리를 들으려면, 자기 집을 빼고 30억 정도의 자산이 있어야 한다는 것("오빠, 그러니까, 우리 집은 부자가 아닌 게 확실하지?"), 부자 인생의 출발점은 30대부터며("이건 두 가지로 해석되지. 첫째, 결혼을 해야 돈 벌 생각을 한다는 것. 둘째, 생활기반이 안

정돼야 비로소 돈도 모인다는 것."), 절대로 사업을 해서 부자가 되려고 하지 마라("새로 시작한 기업이 5년 이상 살아남을 확률은 4% 미만이래, 대부분 망하는 거지."), 사업을 하더라도 대기업 협력업체가 이미 진출해 있거나 눈독을 들이고 있는 분야는 절대로 기웃거리지 마라!("대기업 협력업체라는 게 모두 대기업 임원이 독립해서 만든 것이거나, 위장 계열사이기 때문에 실제로는 대기업과 '한 식구'래. 눈치 없이 거기 끼어들었다간 박살나는 거야.")

"그리고 오빠, 이 책 21장과 23장은 오빠도 반드시 읽어야 해."

여동생의 강권에 못 이겨 읽어보니, 왜 어머니가 의대에 가야 한다고 닦달하거나 법대에 가지 못한 것을 타박하지 않았는지를 짐작할 수 있었다. 부자란 월급 외에 '돈이 나오는 구조'를 만들어놓은 사람이지, 의사나 변호사가 곧 부자는 아니란 것을 어머니는 벌써부터 터득하고 있었기 때문이다. 부자란 열심히 일해서 버는 것보다 투자를 통해 버는 수입이 월급보다 많은 구조를 만들어놓은 사람이다. 그런 구조를 만들기로는 부동산 임대 수입이 최고인데, 저자가 조사한 100명의 부자 가운데 무려 88명이 자신의 소득 비중 1위로 부동산 임대료 수입을 꼽았다. 그래서 한국에서 부자는 "한마디로 셋방 주인이다"고 이 책은 말한다. 부자가 되는 첩경은, 어느 정도 목돈이 모이면 월세를 받을 수 있는 조그만 연립주택을 사는 것이다. 그런 다음,

아파트 상가나 쇼핑몰의 점포로 손을 넓히고, 마지막엔 상업용 빌딩을 사야 한다. 그러고 나면, 당신은 부자다!

　실제로 그 책이 하나도 틀린 데가 없다는 것은, 은네 가족이 살고 있는 은의 큰아버지를 보면 알 수 있다. 은의 큰아버지는 원래 초등학교 교사였다. 유산이라고는 동생들 학비로 다 쪼개져 나간 쥐꼬리만 한 논이 전부였으나, 아파트 건설부지가 되면서 값이 뛰어올랐다. 큰아버지는 그 땅을 팔아서 어느 학부모가 소개한 시장통의 점포를 샀다. 그게 100억 자산가로 행세하게 된 행운의 시작이었다. 교직 생활 10년째, 몇 개의 점포와 다세대주택을 손에 넣은 큰아버지는 정년을 기다리지도 않고 사표를 냈다. 월급을 한 푼 두 푼 모으는 것만으로는 절대 부자가 될 수 없는 것을 안 큰아버지는 본격적으로 부동산 늘이기에 뛰어들었다.

　반고경과 금은 서점이 있는 빌딩의 식당가에서 초밥을 먹었다. 계산은 언제나 그녀가 했다. 식사를 하고 나서 곧바로 근처에 있는 별 다섯 개짜리 호텔로 향했다. 연상의 여인과 처음 숙박업소를 찾았던 9일 전쯤에는 심하게 머뭇거렸으나, 이제는 그렇지 않았다. 그러면서도 금은 떳떳이 느껴지지 않는 연사(戀事)와 수치에 그토록 쉽게 적응하는 자신이 미덥지 않았다. 아직 좀 더 간직해야 할 십대의 마지막 순수를 불 속으로 뛰어드는 불나방처럼 그을리면서도, 금은 그런 식으로 자기 본래의 자의식을 보살폈다.

방에 들어가서 금이 하는 일은 언제나 일정했다. 방의 조도를 낮춘 뒤, 침대에 올라가 길게 몸을 펴고 누운 여자의 발바닥을 두 손으로 마사지해주고, 발가락 사이사이에 침을 묻히고, 겉옷과 속옷을 벗기고, 옷을 벗긴 나신에 침대 시트를 가슴께까지 잘 올려준다. 그런 다음, 그녀가 잘 보이는 곳에서 버클을 짤그락거리며 바지를 벗는다. 그리고 발가락에서 마쳤던 애무의 진도를 계속한다. 그러고 나면 콜라병 같은 몸매를 과시하기 위해 그녀가 몸을 뒤집었다.

반고경은 자신의 신분이나 직업을 가르쳐주지 않았고, 추측을 위한 그 어떤 단서도 흘리지 않았다. 언젠가 정사가 끝나고 나서, 농담으로 금이 이렇게 물었다.

"혹시 국정원 직원이에요?"

"왜 그렇게 생각해?"

"옷도 잘 입고, 몸매도 좋잖아요. 비밀스럽고."

"비밀 공작원?"

반고경은 널리 알려진 007 시리즈의 테마 음악을 흥얼거리며, 침대 옆의 탁자에 벗어둔 선글라스를 꼈다. 그리고 핸드백을 가져와 침대 위에 핸드백의 내용물을 모두 쏟아냈다. 그 가운데 루주를 손에 들고 반고경이 말했다.

"조심해, 이거 비밀 무기야."

그러면서 마치 화가가 캔버스에 색칠을 하듯이, 금의 남성 전체를 분홍빛 루주로 칠했다.

"가만히 있어. 이걸 늘 해보고 싶었어."

두 번 걸러 한 번씩은 최고급 호텔에 들 정도면 재력이 없지도 않을 텐데, 그녀는 자가용을 갖고 나온 적도 없었다. 여성이 자신을 지키기 위해 나름의 보안을 유지하려는 것이라고 여긴 금도, 그녀의 정체를 더 알려고 하지 않았다. 오히려 그것보다 궁금한 것은 만만치 않을 그녀의 남성편력과 그 속에서 차지하는 자신의 위치였다. 아무리 나이가 어리지만, 일회용 반창고처럼 만만한 정부가 되고 싶지는 않았다.

정사를 마치면, 한 사람씩 욕실에서 땀에 흠뻑 젖은 몸을 씻었다. 그러고 나서 금은 침대나 의자에 앉아 스타킹이나 양말을 신은 연상의 여인 앞에 꿇어 엎드려 구두를 신겨주었다. 그날의 일정을 마친 것이다. 두 사람은 방을 나와 각자 왔던 길을 되돌아갔다. 그녀는 헤어지기 전에 다음에 만날 장소와 시간을 말해주거나, 아니면 헤어지고 나서 핸드폰으로 문자 메시지를 보내오곤 했다.

같은 날, 부모님이 다투는 기미를 보고 곧바로 집을 나온 은은 인사동에서 과천에 소재한 국립미술관으로 방향을 잡았다. 어젯밤 꿈에 굉장히 큰 저택에서 '환영의 소녀'를 만났던 것인데, 그래서 찾은 곳이 대한민국에서 가장 큰 미술관인 과천 국립미술관이었다. 세 시간 넘게 야외 조각 공원과 본 전시관을 관람한 뒤, 카페에서 차와 샌드위치를 먹었다. 그러면서 '꿈의 기록'을 펼쳐, 오늘 새벽에 꾼 꿈을 적어 넣었고, 개강 날짜를 헤아려보았다. 앞으로 5일만 있으면, 개강이었다.

은은 겨울 코트와 바지에 떨어진 빵조각을 털고, 물수건으로 손바닥을 닦았다. 그리고 찻잔과 샌드위치를 싼 비닐을 환수대에 갖다놓았다. 어머니는 은이 외출을 할 때마다 매일 2만 원씩을 주었고, 그 돈은 오늘처럼 차와 샌드위치를 먹고 나면 차비를 빼고도 딱 1만 원 정도가 남았다. 집에 돌아온 은은 그 돈을, 자신의 방 한 구석에 놓여 있는 크고 푸른빛 도는 중국산 화분에 집어 던졌다. 돼지저금통을 껴안고 코 묻은 백 원짜리 동전을 고이 모셔 넣곤 하던 유년은 완전히 마감된 것이다.

집에 돌아와 보니, 어머니 혼자 거실의 소파에 앉아 있었다. 표정이 밝지 않은 것을 보니, 아침에 있었던 실랑이 탓인 듯했다. 아니나 다를까, 어머니가 2층의 자기 방으로 올라가는 은을 불렀다.

"은아, 혹시 아버지한테서 연락 온 것 없니?"

더 말하지 않아도, 오전에 어머니가 아버지에게 "당신처럼, 경상도 남자들이 물렁하니까"라고 했던 게 사단이었다. 어머니는 별 뜻 없이 쓴 말이지만, 아버지가 체감한 것은 자격지심일 수밖에 없었다. 아버지는 은이 슬그머니 집을 나선 뒤, 탁자라도 뒤집을 듯이 어머니와 크게 싸우고서는 안방으로 들어가 벌렁 드러누워 몇 분 만에 코를 골았다고 한다. 아버지는 바쁜 사업 중에 늘 그렇게 마디 잠을 잤다. 어머니는 마음을 가라앉힐 겸, 가정부 아주머니 대신 빨랫감 모아놓은 것을 세탁하기 위해 세탁실로 향했다. 세탁을 마친 어머니가 각종 과일을 갈아 만든 주스를 안방으로 들고 갔을 때, 아버지는 없었다.

"아버지도 안 보이고, 차고에 있던 외제차도 안 보이네. 술도 다 안 깨셨을 텐데……. 그 차를 타고 사고라도 내면 어째?"

어머니는 혹시나 싶어 부산에 사는 지인들에게 아버지를 찾는 전화를 돌렸고, 다음 날 아침, 부산에 있는 지인으로부터 아버지가 부산에 와 있다는 제보를 속속 전해 들었다. 어머니는 은에게 예약이 가능한 부산행 비행기 표를 예매하게 했고, 개학을 하기 전에 짧은 여행이라도 하고 싶었던 은은 자신의 표를 한 장 더 예매했다. 그리고 어머니를 모시고 국내선 공항인 김포로 달려갔다. 오전 10시였다.

4

바다는

소년들의 것이다

김해공항에 도착한 어머니와 아들은 택시를 타고 부산 시내로 들어갔다. 거기서 어머니는 아버지가 옛 사업 친구들과 함께 곤드레가 되도록 술을 마시고 뻗어 있다는 별 네 개짜리 호텔 앞의 카페에 들어가 아버지가 술에서 깨어날 때까지 하염없이 기다렸다. 그걸 처량하게 여길 사람도 있겠지만, 어머니는 아무렇지도 않았다. 부도가 났다는 소문이 퍼지자마자, 득달같이 달려와 집안의 문짝을 걷어차며 들어와 작고 힘없는 어머니의 머리칼을 사납게 쥐어 잡던 빚쟁이들. 사업가의 아내는 그렇게 사기꾼의 아내가 되었고, 그들에게 당했던 셀 수 없는 곤욕을 생각하면, 술 취한 남편이 깰 때까지 호텔 앞에서 기다리는 건 그야말로, 봄날의 화전놀이나 같았다.

전면을 커다란 통유리로 바른 카페에 들어간 어머니는 호텔 정문의 회전문이 훤히 보이는 곳에 자리를 잡고 앉았다. 그 모습이 차나 한잔 마시기 위해 들른 사람처럼 예사롭지 않아서, 바람난 남편을 잡기 위해 눈을 부라리는 조강지처처럼 보이기도 했다. 은은 어머니와 함께 앉아 주스를 마시고 나서, 들고 온 가방을 집었다. 아버지가 깨어나면 어머니가 은에게 핸드폰으로 연락해주기로 했다. 은이 일어나자 어머니가 지갑을 열어 만 원권 열 장을 헤아려 건넸다.

"친구들 만나면 네가 돈 내."

'부도 대장'인 남편 때문에 노심초사하고 전전긍긍하느라, 한 번도 신경을 써주지 못한 아들이었다. 그런 은이 어느덧 고등학교를 졸업하고 대학생이 되었다. 남편이 또 한 번 부도를 내고 집안이 풍비박산되지만 않았다면, 밝고 구김살이라곤 모를 나이였을 텐데. 어머니는 아들의 얼굴을 점령하고 있는, 평생 지워지지 않을 것 같은 어두운 그늘이 애처로웠다.

카페를 나선 은은 택시를 타고 해운대 달맞이 고개에 밀집한 몇 군데의 화랑을 돌아보았다. 만약 여기서 청담동 화랑에서 놓쳐버린 그 소녀를 만난다면, 그녀 역시 나와 같은 부산 사람일까? 은은 부산 사투리를 쓰는 '환영의 소녀'를 도저히 상상할 수 없었다.

한 차례 화랑을 쏘다닌 은은 해운대 카페 거리에서 혼자 스파게티를 먹었다. 오후 두 시였다. 그에겐 만나고픈 친구도 없었고, 불러서 한걸음에 달려올 친구도 없었다. 하지만 고독을 자기 신체의 근육처럼 가꾸어온 은은 이제껏 한 번도 외롭다는 생각을 해본 적이 없다. 은은 스파게티와 함께 외제 맥주 한 병을 주문했고, 술을 잔에 따랐다. 주문한 외제 맥주 회사의 상표가 인쇄된 전용 맥주잔은 정확하게 330밀리미터의 맥주를 담을 수 있는 잔이었지만, 맥주 따르는 기술이 부족한 은은 3분의 2도 따르지 않았는데도 잔에 거품이 넘쳐 흘렀다. 은은 옆 좌석의 연인들이 볼세라, 냅킨을 빼어 눈치 채지 못하게 탁자에 흥건히 흐르는 맥주를 닦았다. 그리고 스파게티 면발을 삼킨 사이사이에 찔끔찔끔 맥주를 마셨다. 멀쩡한 성인들이 알코올에 제정신을 내맡기는 것이 늘 역겹게 생각되었던 은에게 맥주가 맛있을 리 없었다. 그럼에도 굳이 맥주를 시킨 것은, 카페에서 스파게티를 먹으며 콜라를 홀짝이는 것과 맥주를 주문하는 일이 전혀 달라 보였기 때문이다. 열아홉 살의 은은 바쁜 사장님이 그러듯이, 쉴 새 없이 나타나는 '어른 인증서'에 보이지 않는 서명을 휘갈기고 있는 것이다. 식사 중에 어머니에게서 전화가 걸려왔다. 아들이 점심이나 먹고 다니는지 걱정이 되어서였다. 은은 잔에 부어놓은 맥주를 5분지 1도 채 마시지 못하고 모두 남겼다.

　식사를 마치고 해운대 백사장을 걸었다. 어느 나라 사람인지 알 수 없는 4~5세가량의 금발 백인 소년이, 부모가 지켜보는 가운데 모래로 모래탑을 쌓고 있었다. 만약 이 바닷가의 풍경을 A·E·I·U·O 다섯 모음에 색깔을 찾아주었던, 은이 친애했던 프랑스의 상징주의 시인이 보았다면, 이렇게 썼을지도 모른다.

　　바다는 소년들의 것이다.
　　오직 남자들만이 뱃사람이 된다는 것은 그것을 증명하
　고도 남지 않는가?
　　바다에 오고 싶다면 소녀여, 반드시 반바지를 입으라.
　　아니면 거센 북풍(北風)이 네 치마를 뒤집고 말리니!

　은은 인형처럼 생긴 금발의 백인 아이가 열중해서 쌓는 모래탑을 본다. 그러면서 오래지 않아 허물어지고 말 모래탑이 마치 소년들이 하는 허망한 수음을 닮았다고 생각했다. 그것들은 하나같이 허공을 향해 부피를 차지한 끝에, 간단하게 허물어진

다. 그러면서 물이 되어 녹는다. 모래탑은 '모래의 물'이 되어 자신이 속해 있던 모래 속에 스미고, 성기에서 튀어나온 정액은 가래침처럼 내뱉어진다. 한 번의 가래침으로 만들어진 우리들!

 은은 겨울이지만 훈풍이 느껴지는 해운대를 걷다가, 택시를 타고 시내로 들어갔다. 그 중에 어머니에게서 전화가 왔다. 어머니는 아버지의 친구들이 하나둘씩 빠져나간 호텔 방에 홀로 대자로 누워 있는 아버지를 깨웠지만, 이 상태로는 도저히 서울로 올라가지 못할 것 같다고 했다. 그러면서 "오늘은 이 호텔에 방을 하나 더 잡아서 잠을 자고, 내일 아침에나 서울로 출발하면 어떻겠느냐?"고 물었다.

 "서울에 무슨 약속 같은 거 있니? 괜찮겠어?"

 "예, 괜찮아요. 저도 저녁에는 여기서 누굴 좀 만나야 하니까 내일 출발하는 게 편해요. 방을 더 예약해놓으면 제가 카운터에 가서 열쇠를 받아서 올라가죠."

 "그래, 그래라. 나는 지금 아버지가 무슨 술집 앞에 세워놓았다는 차를 찾으러 나가봐야겠다."

 은은 국제영화제가 열리는 시내의 극장가에 택시를 세웠다. 그리고 시간을 보내기 위해 영화를 봤고, 극장을 나와서는 또 혼자서 김밥과 어묵을 먹었다. 겨울의 대낮은 짧았고, 저녁은 빨리 왔다. 시침이 여섯 시를 가리키자 은은 전화를 걸었다. 고등학교 시절 마지막 담임선생님에게였다.

"선생님, 저 은입니다."

"어, 그래. 안 그래도 너한테 전화가 올 것 같더라. 어디냐? 지금 퇴근 중인데."

선생님은 은에게 자신이 사는 아파트를 가르쳐주었고, 은이 전화를 하는 곳에서 30분 정도면 갈 수 있는 곳이었다. 전화를 끊고 나서 은은 고등학교 시절, 이곳에 오면 꼭 한 시간씩 시간을 죽이곤 하던 서점에는 들를 틈도 없이 곧바로 눈에 보이는 백화점의 수입 주류 코너를 찾았다. 거기서 선생님이 작년부터 즐기기 시작했다는 포도주 한 병을 샀다. 그리고 택시를 잡아타고 선생님 댁으로 향했다. 그 중에 다시 한 번 어머니에게서 전화가 왔다. 숙소를 최고급 호텔로 옮겼다는 것이다. 몇 시간 전에 은이 모래사장을 거닐었던 해운대에 위치한 호텔이었다.

약 반 시간 후, 아파트의 초인종을 누르자 선생님이 문을 열어주었다. 은은 인사를 하고, 선물로 가져간 포도주를 드렸다. 선생님은 기분 좋게 웃으면서 은을 거실로 데려갔다. 혼자 사는 남자에게 32평짜리 아파트는 좀 휑뎅그레한 크기다. 선생님이 책과 그림을 좋아해서 여기저기 무더기째 쌓아놓았지만, 텔레비전조차 보이지 않는 거실은 그래도 넓었다. 선생님은 거실의 가운데에 마련된 꽤 큰 서재용 탁자에 얼음에 재운 포도주와 치즈 종류를 준비해놓았다.

선생님이 가리키는 의자에 앉자, 바로 맞은편 벽에 붙어 있는 대형 인물 사진이 눈에 들어왔다. 속옷 차림을 하고 있는 어느 모델 겸 여배우의 전신 사진이었는데, 은은 그녀의 이름을 알고 있었다. 연예인의 이름을 몇 개 외우지도 못하는 데다가, 그나마도 배우의 얼굴과 이름을 연결 짓는 데 서툰 은에게는 무척 예외적인 경우였다. 브로마이드 속의 여배우는 가끔씩 상식 이하의 발언으로 인터넷 누리꾼들의 먹잇감이 되곤 했는데, 무개념 언사보다 더 유명한 것은 그녀의 안쓰러울 만큼 빈약한 가슴이었다. 고등학교 친구들은 그녀의 사진을 펴놓고 '아스팔트에 껌딱지', '명품 평면'이라고 놀려댔다. 그런 여배우의 반라에 가까운 대형 브로마이드를 마흔세 살이나 되는 선생님의 집 거실 벽에서 발견한 것은 놀라운 일이다.

"어, 놀랐어? 나는 가슴 큰 여자는 별로야. 넌 어때?"

선생님이 너무 스스럼없이 말하는 바람에 은도 맞장구를 쳤다. 은 역시 젖가슴이 큰 여자를 싫어했다. 어쩌다 그라비아 모델이라고 불리는 일본 소녀들의 누드 사진을 인터넷에서 보게 되더라도, 풍만하거나 위압적으로 솟아오른 젖가슴을 가진 여성보다는 한 주먹 거리도 되지 않을 만큼 바싹 마른 젖가슴의 소유자가 더 눈에 들었다. 선생님은 은의 맞은편 자리에 앉기 전에, 여배우의 대형브로마이드 사진 밑에 설치된 오디오를 켜고, 턴테이블에 걸어놓은 레코드에 바늘을 얹었다. 수업 시간에 한 번씩 자신의 취미를 내비치곤 했던 대로, 클래식이었다. 선생님은 자리에 앉아 포도주 병을 들고 마개를 땄다.

"대학생이니 같이 한잔하자."

선생님은 자신이 든 커다란 포도주 잔을 은의 잔에 부딪쳤다. 그리고 포도주를 입 안에 머금은 뒤 음미하며 넘겼다. 은도 한 모금을 마시고, 사방의 벽을 따라 무절제하게 쌓아올린 책들의 넝쿨을 바라보았다. 저 책 무더기 속에는 선생님이 은에게 빌려준 책들도 몇 십 권이나 있을 것이다. 선생님이 서둘러 한 잔을 비우자, 은이 한 잔 따랐다.

"이번 주말이 끝나면 바로 개학일 텐데, 집에 무슨 일이 있어서 내려왔니? 방은 마음에 들고?"

"아닙니다. 이달 초에 집안이 모두 서울로 이사했습니다."

"어, 그래? 아버지가 사업하신다더니, 좋은 일로 이사한 것이겠구나. 그럼 너도 이제 서울 사람이네."

은의 집안 얘기와 선생님의 학교 얘기가 몇 차례 오가고 나자, 포도주가 반병이나 줄었다. 선생님은 갑작스레 화제를 전환하면서 "그래, 책은 좀 읽었니?"라고 진지하게 물었고, 은이 대답하기도 전에 밑줄 치듯 강조해가며 다섯 권의 '대문학'을 소개했다. 그 가운데 몇 권은 수능을 치른 뒤에 샀던 전집 속에 있는 책이었다. 은은 빚쟁이들이 강탈해간 세계문학전집에 대해 얘기하고 나서, 이렇게 덧붙였다.

"이제 더 문학 작품은 읽지 못할 것 같아요. 그걸로는 나를 지킬 수도 없고, 세상을 만들 수도 없다는 생각을 했어요."

"그래, 세상을 움직이는 원리는 돈과 권력이다. 그러고 보니 네가 당했다는 세계문학전집 강탈 사건이 아주 큰 걸 가르쳐줬네. 사실 펜이 칼보다 강하다고 믿는 사람들은 다 철없고 한심한 치들이지. 무슨 무슨 작품이 프랑스혁명을 촉발하고, 또 어떤 소설이 미국의 노예를 해방시키고, 또 작품들이 러시아혁명에 영향을 주었다는 말들은, 다 제멋에 겨운 사람들의 광고 문안에 불과해."

선생님은 은의 말에 맞장구부터 쳐주었다. 그러고 나서 포도주 한 잔을 더 비웠다. 말은 그렇게 했지만 본심은 아니었다.

'그러기에는 너무 아까운 재목이 아닌가?'

담임선생이 보기에 은은 문학 말고는 아무것도 하고 싶은 게 없는 학생이었고, 그것 말고는 더 잘할 수 있는 게 없는 학생이었다. 고등학교 시절 은은, 그토록 '철없고 한심'했었다. 다시 말해 문학에 천분이 있었다는 말이다.

"그래도 너는 시에 소질이 있었는데. 그래, 그러면 이제 뭘 하겠다는 거냐? 그냥 국어나 가르치면서 평생 아이들과 씨름이나 하겠다는 거야?"

은이 사범대학교 국어교육과에 들어간 것은 본인의 의지가 아니었다. 빚쟁이들이 들이닥칠까 늘 조바심치며 살았던 어머니는 월급쟁이를 최고로 여긴 데다가, 초등학교 선생을 하다가 100억대 자산가가 된 큰아주버니를 늘 우러러봤다. '우리 은이라고 그렇게 되지 말란 법은 없어.' 그게 어머니의 생각이었고, 말 잘 듣는 '치마폭 아이'였던 은은 어머니의 권유에 순순히 따랐다.

은은 언젠가 자신의 미래가 될 담임선생님의 집안을 다시 한 번 훑어봤다. 조용히 독서나 하면서 살기에는, 이것도 괜찮은 삶이지 않은가? 32평짜리 아파트에 자신이 좋아하는 책과 그림을 가득 채우고, 거실 한복판에는 두터운 나무로 만든 서재용 탁자를 놓는다. 지금 이곳엔 없지만, 좋은 독서등도 필요하다. 자꾸만 스위치를 켰다 끄고 싶을 만큼 디자인이 훌륭하고 성능이 좋은 외제 독서등이……. 그리고 벽에는, 그 어떤 여배우의 대형 브로마이드도 붙이지 않는다. 그때쯤엔 '환영의 소녀'가 내 곁에 있을 테니까. 대학을 졸업하고, 아무 탈 없이 교사가 된다면, 은은 그렇게 살고도 싶었다.

"잘 모르겠어요. 확실히 저는 요 몇 달 사이에 어른이 된 것 같아요."

담임선생은 마음이 놓였다. 은은 지금 대학생이 된 자유를 만끽하고 있는 중이다. 이 시기가 지나고 나면 다시 책상 앞에 앉아 사각거리는 연필로 노트에 시를 쓸 것이다. 선생님은 포도주 한 잔을 더 마셨다. 그리고 불쑥 작은아버지 얘길 꺼냈다.

"막내 삼촌(작은아버지) 잘 있지? 요즘 아주 맹활약이더라."

작은아버지는 모 대학교의 법대 교수로, 담임선생과는 중고등학교 동창이다. 선생님이 맹활약이라고 말한 것은, 작은아버지가 방송국의 심야 토론 때에 보주수의 논객으로 빈번히 출연하는 때문이다. 하지만 겉으로 드러나지 않은 진정한 맹활약은 따로 있다. 은은 작은아버지의 계획을 들려주려다가, 얼마 되지 않아 담임선생님도 알게 되리라고 생각되어 입을 다물었다.

담임선생님은 밤늦은 시간까지 은을 붙들고 문학을 하라고 독려했다. 은이 택시를 타고 부모님이 묶고 있는 해운대 앞의 호텔로 돌아왔을 때는 새벽 1시였다. 잔 가득히 부은 포도주를 한 잔이나 마셨던 은은, 선생님의 집을 나와서 택시를 타고 호텔로 오는 중에 차를 세운 채 구토를 했다. 다시 택시가 출발하자, 줄곧 입 안과 치아 사이에 남은 토사액이 시큼한 냄새를 풍겼다.

호텔 카운터에서 이름을 대고 열쇠를 찾은 은은 엘리베이터를 타고 자신의 방으로 올라가, 욕실 세면대의 물을 튼 채 코를 풀고 입 안을 헹궜다. 그리고 겨우 남은 힘으로 양치질을 하고, 시트도 걷지 않은 채 침대에 길게 누웠다. 그러면서 '다시는 고향에 내려오지 않으리라'고 결심했다. 그날 은은 낮에 보았던 금발의 백인 소년과 갈기를 세운 사자가 해변에서 서로 희롱하는 꿈을 꾸었다.

다음 날 호텔 로비에서 만난 부모님은 신혼여행이라도 온 듯이 무척 다정했다. 그 모습을 보니 지난밤의 일로 어두워졌던 은의 마음도 환히 밝아졌다. 가족은 호텔 로비에 즐비하게 늘어선 식당 가운데 이태리 요리를 하는 레스토랑의 문을 열고 들어갔다.

"해운대가 이렇게 멋있는지, 부산을 떠나보니 알겠다."

어머니는 새색시처럼 수다를 떨었고, 자리에 앉은 아버지는 메뉴를 보며, 은의 어머니와 은이 생전 처음 보는 요리를 익숙하게 주문했다.

식사를 마치고 호텔을 출발한 것은 11시 무렵이었다. 아버지가 주차장에서 차를 끌어내 오자, 호텔 앞에 있던 도어맨들이 일제히 은네 가족을 향해 90도로 허리를 굽혔다. 그게 다 1억 원짜리 외제차의 위세 덕분이었다. 외제차의 위용이 아니었다면, 이렇듯 평범한 가족쯤, 소 닭 보듯 하고 말았을 것이다. 고속도로 위를 올라가자, 독일산 고급 차의 효용은 더욱 빛났다. 집 안의 소파에 앉아 있는 것 같은 편안한 승차감과 일체의 소음이 없는 쾌적감.

"은아, 이 차 좋지?"

"네, 좋아요. 차를 탄 것 같지 않은데요."

"이걸 타고 내려가니까, 그 사이에 재기한 줄 알아."

아버지는 속도를 높였다.

"세상을 움직이는 것은, 이런 차를 척척 살 능력을 갖춘 재력가들이야! 정치가도 예술가도 과학 기술자도 아니란 말씀이야!"

아버지 말처럼, 세상을 움직이는 것은 정치가도 예술가도 과학 기술자도 아니다. 세상을 움직이는 사람은, 몇 백만 원짜리 만년필을 사서 쓰는 사람이고, 천만 원대가 넘는 주방의 효용을 알아주는 사람이며, 억대가 넘는 자동차를 사는 고객이다. 바로 그들이 문명을 발전시킨 장본인들이다.

명품 사용자가 없었다면, 누가 디자인에 신경 쓰고, 새로운 소재를 개발하며, 첨단 기술을 연구했을까? 만년필을 개발했는데 아무도 팔아주지 않는다면 인류는 아직까지 뾰쪽하게 끝을 깎은 오리의 깃을 필기구로 쓰고 있을 것이며, 주방의 기능과 미감이 절묘하게 배합된 고급 주방을 선보였는데도 그것의 효용을 알아주는 고객이 한 명도 없다면 차라리 흙으로 만든 화덕에 나뭇가지로 꿴 짐승의 고기를 구워 먹던 원시 시대로 돌아가는 게 낫다. 또 이런 고급 자동차를 타는 사용자를 향해 착취자라고 욕하는 사회가 아무런 이의 없이 문명을 지배해왔다면, 아직도 인간들은 수레에 말을 비끄러맨 마차를 굴리고 있을 게 뻔하다. 물론 그런 미발전 사회에도 '내 마차는 말 한 필이 끄는데, 당신 마차는 왜 두 필이 끄느냐? 불평등하다'고 칭얼거리는 지진아들이 존재하겠지만 말이다.

"은아, 뭐니 뭐니 해도, 문명은 부자들이 굴리는 거야. 그걸 알지 못하면, 평등, 평등 하는 사회 낙오자가 돼. 알았어?"

아내로부터 아들이 "시를 너무 탐독한다"는 귀띔을 여러 차례 들었던 아버지는 그렇지 않아도 가녀리고 여성적인 은의 유약함이 늘 우려됐다. 그래서 잘못하다간 대학에 들어가서 '계집애들 같은 좌파', '평등을 부르짖는 문명의 낙오자'가 되지 않을까 걱정스러웠다. 아버지는 꼭뒤를 지르듯, 한 번 더 강조를 했다.

"부자 혐오는 문명 파괴야."

40대 중반이 넘도록 오로지 사업밖에 모르던 은의 아버지는 원래 저런 현학적인 말을 배운 적도, 할 줄도 몰랐다. 아버지는 '문명'이니 '평등주의자'니 하는 단어를 입에 달거나 화제로 삼는 부류가 아니다. 아버지가 목을 매단 가치는 사업이었지, 정치는 있어도 그만 없어도 그만이었다. 은은 아버지에게 어울리지 않는 저 언사들이 모조리 담임선생과 중고등학교 동창이기도 했던 작은아버지의 복화술이란 것을 대번에 눈치 챘다. 예컨대 작은아버지는 이렇게 말했다.

"평범한 사람들은 명품 사용자를 사치 중독자나 상표 소비가 정도로 몰아세우지만, 명품 사용자들이 명품을 사용하며 느끼는 진짜 자긍심은 몰라. 그들은 이렇게 생각해. '정치가니 예술가니 과학기술자니 하는 치들이 다 저 잘났다고 떠들지만, 문명은 그런 제품을 살 능력이 있는 우리 같은 사람들이 굴리는 거야!' 하지만 그들은 세상을 향해 변명하지 않아. 아무 말 없이, 그저 조용히 실천할 뿐이지. 새로 출시된 고급 제품으로 부단히 스스로를 '업그레이드'하면서 말이야!"

명절이나 집안의 대소사로 온 가족이 모일 때마다 법대 교수인 작은아버지는, 아직은 명칭이 확정되지 않은 '대한민국 재건국' 운동을 자기 집안에서부터 실천해왔다. 마치 그것은 적은 누룩이 퍼지는 것과 같았고, 거친 땅에 한 알의 밀알을 떨구는 일과 같았다.

그랬다. 일제 시대 이후, 권력과 물질에서는 우파가 이겼으되, 정신적으로는 좌파가 이긴 나라가 대한민국이다. 그래서 작은아버지와 같이 '대한민국의 좌경을 더 이상 좌시해서는 안 된다'는 우려를 품고 있는 우국지사들은 오랫동안 벙어리, 봉사, 귀머거리처럼 살아야 했다. 이승만 시절에도 그들은 할 말이 없었고, 박정희 시절에도 나아지지 않았으며, 전두환, 노태우 시절엔 더더욱 그랬다. 이런 상황에서 '부자 혐오는 문명 파괴야!'라는 소리를 하는 치들은 '좀 안 된 사람', '뻬리한 사람' 취급을 받을 뿐이었고, 더구나 그런 말을 한 사람이 작은아버지가 몸담고 있는 대학이나 지식계에 속한 인사였다면 화약을 지고 불섶으로 뛰어드는 것과 같았다.

그나마 다행으로 '부자 혐오는 문명 파괴'라는 작은아버지의 말에 고개를 가로 젓는 사람은 이 집안에 아무도 없었다. 100억 자산가인 큰형(52세)이며, 외과 병원 병원장인 둘째 형(50세), 서울 중앙지법 검사인 셋째 형(48세)은 물론이고, 반기업 정서가 암암리에 비대해졌던 김대중 대통령 재임 5년 동안 번번이 사업을 말아먹은 넷째 형(47세) 역시 좌파 정권에 입이 막혔던 '말 없는 다수'였으며, '대한민국 재건국' 운동의 숨어 있는 동력이었다. 형제들은 작은아버지의 전언을 자신의 직계 가족은 물론이고 친구와 직장의 동료 또는 부하들에게 전파하고 또 전파할 것이다. 비록 현재는 초라하지만, 반드시 창성하게 될 저 구호는 어느 날 우렁찬 '할렐루야'의 합창이 되어 대한민국에 울려 퍼질 것이다.

은네 가족이 탄 승용차 곁으로는 아무 차도 접근하지 않았다. 경부고속도로 상행선은 마치 은네 가족을 위한 왕도(王道) 같았다. 어느새 차는 몇 시간 만에 추풍령 부근의 고속도로 휴게실에 닿았고, 거기서 간단한 요기를 하고 음료를 마셨다. 그렇게 세 사람을 태운 차는, 서울로 이사를 하던 때의 행적을 고스란히 되밟았다. 시속 90킬로미터로 달린 차는 어느새 서울로 이사를 하던 날 목격했던 교통사고 현장으로 근접했다. 그러자 어머니가 머리를 천천히 좌우로 흔들며 뭐라고 중얼거리기 시작했다. 놀란 아버지는 속도를 줄이면서 어머니에게 말을 걸었다.

"여보, 왜 그래? 어디 아파?"

어머니는 아버지의 물음에는 대답하지 않고, 알 수 없는 주문을 읊조렸다. 아버지는 차를 갓길에 세우고, 생수를 손바닥에 부어 어머니 얼굴에 끼얹었다. 그리고 가볍게 뺨을 쳤다.

"여보, 정신 차려!"

어머니는 은이 알지 못하는 주문을 계속 반복했다. 아버지와 아들은 그 모습을 망연히 쳐다보았다. 정신이 돌아온 것은 몇 분 뒤였는데, 어머니는 갓길에 차가 멈추어선 영문을 몰랐다.

"아니, 여기 왜 차를 세웠어요?"

아버지는 어머니의 표정을 한 번 더 살펴본 뒤, 시디가 담겨 있는 박스를 뒤져 트로트 음악이 담긴 시디를 찾아 시디플레이어에 넣었다. 음악이 커다랗게 흘러나오자, 아버지는 시동을 걸었다. 은이 차창 밖을 내다보니, 이 달 초에 목격했던 사고 현장이 책장을 넘기듯 순식간에 뒤로 사라져갔다.

 은이 탄 차가 서울의 관문인 양재 톨게이트를 막 통과할 무렵, 금은 반대로 대관령으로 가기 위해 서울을 떠나고 있었다. 개강을 하기 전에 짧은 여행을 하고 싶다던 금의 희망에 반고경이 따랐던 것이다. 세종문화회관 뒤편의 카페에서 만난 두 사람은 차를 마시고, 서둘러 근처에 주차해둔 반고경의 차에 올랐다. 겨울의 저녁은 어느새 어둑해져 있었고, 두 사람을 태운 차는 남양주 IC를 향해 느릿느릿 달렸다. 차가 서행을 하자 반고경이 서울을 출발하면서부터 줄곧 들었던 우리나라 인디밴드의 시디를 빼고, 다른 시디를 시디플레이어에 넣었다. 앞의 음악과는 전혀 다른 몽환적인 팝이 흘러나왔다.

 "이런 음악 좋아해?"

 "예, 저는 아무 음악이나 다 좋아해요."

 "다행이네. 사람들이 세대 차이 세대 차이 하던데, 그러는 사람들은 무엇이 세대를 갈라놓는지 잘 모르더라. 세상에 음악이 없으면 세대 차이 따위는 생기지 않을 것 같은데, 네 생각은 어때?"

금은 아버지와 아버지 친구들의 식구들이 모일 때마다, 아버지 세대들이 부르는 비장한 노래들을 떠올렸다.

"공감해요."

"음악이야말로 세대와 세대 사이를 가르는 가장 날카로운 흉기라고 누가 그러더라. 부모와 자식, 선생과 제자 사이는 물론이고 선배와 후배 사이를 갈라놓는 원흉이라고. 그런데 우리는 음악 때문에 갈라설 일이 없겠네. 그래, 아무 음악이라면, 뭐 어떤 걸 듣는 거야?"

"댄스 음악, 국악, 엠비언트, 월드 뮤직, 올드 팝, 가요…… 다 좋아해요. 재즈와 클래식만 못 듣죠."

"어, 그래? 나도 그래. 난 재즈 좋아한다는 사람들 보면, 괜히 난 체하는 것 같아 보여서 싫더라."

"그래요? 전 클래식 마니아라는 사람들을 볼 때마다, 저 사람들은 진짜 유행가를 하나도 듣지 않을까, 라는 의심이 자꾸 들더라고요."

외곽순환도로를 거쳐 하남 IC를 지나고 나자 차는 속도를 낼 수 있었다. 차를 타고 가는 동안 반고경은 서울에서는 한 번도 보여주지 않았던, 수다스러운 모습을 보여주었다. 그녀는 성교를 할 때나 하지 않을 때나 주로 입을 굳게 다문 경우가 많았고, 말을 하더라도 주로 명령조였다. 그런데 여행을 떠나기 위해 광화문의 카페에서 만났을 때부터 다변이었던 그녀는, 차가 하남 IC를 넘어설 쯤에는 이미 여태껏 두 사람이 만나서 나누었던 말보다 더 많은 말들을 쏟아놓았다.

반고경은 많은 말을 하면서도, 자신의 이력이나 정체를 가르쳐줄 수 있는 말들은 교묘하게 피했다. 하지만 그녀가 들려준 얘기를 끼워 맞춘 끝에 구성하게 된 신상명세도 있었다. 우선 금이 가장 궁금해 했던 나이는, 놀랍게도 금이 짐작하고 있던 것보다 무려 열 살이나 많은 마흔 살이었다. 그런데도 현재와 같은 용모와 젊음을 간직하고 있다는 것은 쉽게 믿기지 않은 사실이었다. 덤으로 약 8년간 독일 유학을 했던 것과 가족이 모두 외국에 흩어져 있다는 사실도 새로 알게 되었다.

한계령 꼭대기에 차를 세우고 잠시 쉬는 시간에 금은 반고경의 입술에 입을 맞추었다. 그러다가 갑자기 두 손으로 그녀의 머리채를 잡고 자신의 사타구니로 밀어 넣었다. 서울에서는 늘 수동적으로 움직였으나, 도시와 일상을 벗어나자 갑자기 다른 사람이 되고 싶었던 것이다. 게다가 그녀는 한 번도 고등학교 교실 뒷좌석에 앉은 불량스런 아이들이 노골스레 지껄이곤 하던 그것을, 금에게 해준 적이 없었다. 먼저 부모가 포기하고, 다음엔 학교가 포기하고, 마지막엔 당사자 자신이 스스로를 포기했을 교실 뒤편의 애들은 얼마나 상스러웠던가.

"야, 어제 걔, 빨라니까 바로 빨더라며?"

"그래, 바로 빨지!"

하지만 '여자애들에게 시키면, 바로 한다'던 그 일은 쉽게 되지 않았다. 반고경은 자신의 뒤통수를 억지로 내리누르는 금의 손아귀를 벗어나, 운전대 머리맡에 달려 있는 백미러에 비친 흐트러진 머리칼과 화장을 고쳤다. 그러고 나서 금의 얼굴을 두 손바닥으로 감싸 쥔 채 흔들었다.

"아직은, 안 돼."

강원도 산중의 저녁 8시는 어둡고 적막하기 그지없었다. 배가 고픈 두 사람은 길가에 기와집으로 된 작은 식당을 발견하고 그 앞에 차를 세웠다. 그리고 백반을 시켰다. 반고경은 여덟 가지나 되는 반찬을 보고 탄성을 자아냈지만, 전라도 출신인 금에게는 평범한 가짓수에 불과했다. 반고경은 밥숟가락을 뜨기 전에 먹음직스러워 보이는 김치를 젓가락으로 집어 먹었다.

"야, 과자다, 과자!"

반고경은 금을 만날 때마다 항상 밥을 먹였다. 경우에 따라 약속 장소에서 곧바로 식당부터 찾는 때도 있었고, 그게 여의치 않을 때는 반드시 '테이크 오프'점에서 음식을 샀다. 그럴 때 그는 금과 함께 식사를 하기도 했는데, 김치가 나오면 항상 그냥 지나치지 않고 맛을 보곤 했다. 맨입에 김치를 집어 먹고 나서 그녀는 항상 똑같은 감탄사를 되풀이했다. 여간해서는 집 밖의 김치를 먹고서 맛있다고 말하지 않는 금에게는, 진짜 아무 맛 없는 김치였는데도.

"야, 이건 완전 과자야!"

반고경의 호들갑에 금도 김치 맛을 봤다. 그래도 이번 것은 이제껏 그녀와 함께 서울 식당에서 먹었던 김치와는 비교도 되지 않게 괜찮았다.

"김치가 그렇게 좋아요? 외국 생활을 그렇게 오래 했으면 김치 맛도 잊었을 텐데."

"김치 맛을 잊다니? 난 아무리 반찬이 많이 차려져 있어도 김치가 없으면 박탈감을 느껴. 너 알아? 김치가 건강을 시험할 수 있는 리트머스 역할을 한다는 거. 위, 신장, 혈압 상태는 물론이고 신체의 어느 곳 한곳이라도 탈이 나서 병원에 가면 맵고 짠 음식을 금하는데, 그게 바로 김치를 금하는 거거든. 고작 입천장이 헐어도 맛나게 먹을 수 없는 게 김치라고 생각해."

"김치는 한국인의 주치의?"

"야, 네 표현 멋있다. 맞다, 김치는 한국인의 주치의야! 이거 내가 아는 사람들에게 말해도 돼?"

"되죠. 그러면 김치 잘 담그겠네요. 한번 먹어보고 싶은데요?"

"몰라. 뭐 그런 것까지 알아야 해? 담그는 사람도 중요하지만, 김치가 살아남기 위해서는 나처럼 잘 먹어주는 사람도 계속 있는 게 중요한 거 아냐?"

"어, 그래요. 소리가 살아남으려면 명창도 고수도 있어야 하지만, 귀명창이 있어야죠."

두 사람은 저녁을 먹는 내내 김치 얘기에서부터 세계화 얘기까지 쉴 새 없이 수다를 떨었다.

"내가 유학을 갈 때만 해도 말이야, 된장이나 김치 같은 한국 음식을 바리바리 짊어지고 고생스레 외국 여행을 하거나 유학 간 사람들이 많았어. 현지에 가서도 그걸 조달하고 확보하는 데 온 신경을 썼고. 그런데 최근에 무슨 조사를 한 걸 보니, 우리나라 초등학생이 제일 싫어하는 음식이 김치라지? 그걸 보고 누구는 김치에 중독되지 않은 채 자라나는 지금 세대가 세계화 시대에 훨씬 더 잘 적응할 거라는 논리도 펴더군. 하지만 나는 그렇게 생각하지 않아. 음식에 대한 원초적인 기억이 없는 사람들은, 짐승이나 마찬가지 아냐? 그런 사람들은 절대 가족이나 공동체를 유지하고 살 수 없다고 생각해."

"그래요. 음식에 대한 원초적인 기억이 없는 사람들이 가족이나 공동체를 계속 유지하고 살 수 없다는 말은 그럴듯해요. 동남아 출신 노동자가 하나둘 모이면서 광주에도 그 사람들이 운영하는 식료품 가게가 생겼거든요. 그들이 어려서부터 먹어온 음식에 대한 원초적인 갈증이 없었다면, 이 먼 한국 땅에까지 와서 서로 힘들여 만날 필요가 덜했겠지요."

"내 말이 그 말이야. 내가 독일 유학 갔을 때, 김치나 된장이 먹고 싶지 않았다면 한국인 친구들과 만나는 횟수가 훨씬 줄어들었을 거야. 겉으로는 내색하지 않았지만, 우리는 그걸 나누어 먹고 싶어서 만난 경우도 많았다고. 유학생들은 다들 고향이 달랐고 유학을 오기 전에는 서로 몰랐지만, 어렸을 때 맛있게 먹은 것 때문에 이국에서 함께 만난 거야. 서로 잘 알지 못해도 금방 하나가 됐다고."

두 사람은 산채 반찬으로 만들어진 저녁을 양껏 먹고, 반고경이 미리 예약해놓은 콘도를 찾아갔다. 카운터에서 열쇠를 받았을 때 시간은 저녁 10시였다. 간소하기 짝이 없는 짐을 방에 가져다 놓고, 지하층에 있는 매점으로 가서 물과 음료수며 안주거리를 사왔다. 방으로 돌아온 두 사람은 반고경이 준비해온 양주를 마시다가, 누가 먼저라고 할 것도 없이 서로 포옹했다.

부모님은 아들이 친구들과 함께 동해로 간 줄 알았지만, 금은 반고경과 함께 한계령 근처의 콘도에서 이틀을 묵었다. 남자로 하여금 난생처음 성의 문을 열게 해주고, 난생처음 하룻밤을 함께 자주었던 여자는, 난생처음 그것을 해주었다. 간밤의 독한 양주와 정사에 취해 해가 밝도록 깨어나지 못했던 그날 아침, 아랫도리가 시원하게 씻기는 것 같은 꿈같은 황홀함에 눈을 떴을 때, 금은 자신의 성기가 반고경의 입 안에 물려 있는 것을 보았다.

두 사람은 지치지 않았다. 해가 중천에 떴을 때에야 금과 반고경은 차를 타고 나가 밥을 사먹었다. 그녀는 쉬지 않고 수다를 떨었고, 금은 말이 없었을 때보다 말 많은 그녀가 이상하게도 더 외로워 보였다. 토종닭을 잡아 만든 백숙을 아침 겸 점심으로 배부르게 먹고서, 두 사람은 30분 정도 드라이브를 했다. 콘도로 돌아온 두 사람은 다시 애무를 시작했는데, 오늘 아침 반고경이 금에게 그것을 해주면서 드디어 두 사람은 완벽한 '식스티나인'을 구사할 수 있게 됐다. 그렇게 사랑을 나눈 후에 두 사람은 잠시 낮잠을 잤다. 잠에 빠져들기 전에 금은, 요즘 들어 부쩍 심각하고 우울해진 아버지의 표정을 떠올렸다.

산중의 밤은 빨리 찾아왔다. 겨우 오후 4시였는데도 커튼을 걷자 어둑해진 콘도의 전경이 보였다. 비수기 철의 콘도엔 사람이 몇 없었다. 반고경은 아직도 운전을 배우지 못했다는 금의 말을 듣고, 운전 교습을 해주겠다고 말했다. 반고경은 빈 운동장처럼 텅 비어 있는 콘도 주차장을 교습장 삼아 금에게 운전을 가르쳤다. 금은 조수석에 탄 반고경의 지시에 따라 기어를 넣거나 운전대를 돌렸으며, 브레이크와 액셀러레이터를 번

갈아 밟았다.

시간 가는 줄 모르고 운전 교습을 하던 두 사람은, 캄캄한 주차장에 차를 세운 채 섹스를 했다. 오후 6시에 불과한 시간이었으나, 몇 시간째 인기척이 없을 정도로 콘도 주차장은 조용했다. 오늘 아침 반고경이 입으로 해준 일이나, 간혹 영화에서 보았던 카섹스는 금과 같은 또래 남자들이 어서 경험해보기를 바라는 '성적 판타지' 가운데 하나다. 그 가운데 카섹스는 여자와 자동차를 합법적으로 갖게 될 나이에 이른 십대 후반의 남자가 가장 해보고 싶은 일인지도 모른다. 운전 교습 때부터 켜둔 에프엠 라디오에서 국악이 흘러나왔다. 카섹스는 생각만큼 쾌적하지 않았지만, 재즈와 클래식 말고는, 두 사람은 아무 음악이나 다 잘 들었다.

첫날 밤엔 양주를 마시다가 샤워도 하지 않은 채로 서로를 안았지만, 두 번째 밤은 달랐다. 일찌감치 샤워부터 하고 소파에 앉아 어제 남은 양주병을 기울이며, 잠들 때까지 얘기를 나눴다. 그러면서 연상의 여인은 금에게 다음과 같은 독일어를 가르쳤다.

"나는 당신을 사랑합니다."

"당신을 만나서 행복합니다."

"당신은 나의 모든 것입니다."

"당신을 영원히 잊지 않겠습니다."

독일어를 가르쳐주는 반고경의 얼굴은 발그스레하게 달아올라 있었다. 금은 흡수지가 물을 빨아들이듯, 연상의 여인이 가르쳐주는 독일어 문장들을 단번에 외웠다.

"이히 리베 디히."

"두 마흐트 미히 글뤼클리히."

"두 비스트 알레스 퓌어 미히."

"이히 베어데 디히 니 페어겟센."

금은 어제 마시다 남은 양주를 홀짝이면서 방금 배운 독일어 문장을 그녀에게 들려주었다. 독일어 교습이라는 외피를 쓰고 있었지만, 그것은 한마디 한마디, 금의 진심이었다. 반고경은 자신이 가르쳐주었던 금의 독일어를 들으면서, 두 눈에 물기를 비쳤다. 금세라도 굴러 나올 듯한 눈물을 머금은 여자의 눈동자를 못 본 체하면서, 금은 장난스레 독일어를 계속했다. 새로 사귄 어린 남자 앞에서, 과거의 아픔을 탄로 내는 울음을 차마 터뜨리지 않기 위해 어금니를 꼭 깨물었던 그녀는 끝내 입모양을 삐죽이면서, 참았던 울음을 터뜨렸다. 금은 그녀를 안았다. 그리고 독일어로 이렇게 말하고, 그녀에게 입을 맞추었다.

"두 비스트 알레스 퓌어 미히."

그러면서 작고 가녀리고 사연 많을 이 귀여운 여인이 사라

질세라 꼭 껴안았다. 이틀째인 3월 1일 토요일, 원래의 여행 계획은 주말의 도로 사정을 감안해서 일찍 숙박지를 떠나 서울로 돌아오는 거였다. 하지만 전날 밤, 너무 많은 얘기를 나누느라 늦잠을 잔 두 사람은, 출발 시간이 예정보다 늦었다. 서울을 떠나는 하행선이 아닌데도 3·1절 연휴의 경춘가도 상행선은 오후 들어 차량이 증가하면서 정체가 심했다. 오후 2시에 출발한 두 사람은 저녁 7시쯤에서야 남양주 요금소를 거쳐 강변북로를 탈 수 있었다.

"미안한데, 렌트 시간이 촉박해서 집에 데려다주질 못하겠어."
"괜찮아요. 가는 길에 적당히 세워주세요."
"그래도 집이 어디라고 그랬어? 평창동?"
"아뇨, 그냥 세종문화회관 근처도 좋고, 편한 곳에 세워주면 되요."

광화문 근처에서 내린 금은 어머니에게 전화를 했다. 어머니는 토요일 8시였는데도 가게에 있었다. 택시를 타자, 골동품 가게가 있는 아현동까지 금세 도착했다. 이사를 하던 날 빈 가게에 골동품을 가득 실은 이삿짐을 부려놓은 뒤로, 처음 와보는 가게였다. 택시에서 내리자 어머니가 차려놓은 가게의 간판 불빛이 보였다. '빛고을 골동사'. 어머니는 광주에서 했던 가게 이름을 그대로 사용하고 있었다. 환한 간판 불빛을 보면서 금은 죄를 지은 듯한 느낌이 들었다.

'죄?'

'죄?'라고 마음속으로 반문하고 나서, 그렇게 느꼈던 자신의 감정을 다시 한 번 살펴보니, 그건 죄가 아니라 '배반'에 더 가까운 거였다. 생각해보면, 사춘기 시절 비슷한 연배의 여자 친구들과 이런저런 풋비린내 나는 연애 감정이 없었던 것도 아니었지만, 단연코 금이 아는 여자라고는 어머니밖에 없었다. 그런데 이틀 동안이나 어머니 몰래 연상의 여인과 욕정을 불태우다 돌아왔으니, 어머니를 배반한 거나 마찬가지였다.

'모든 남자들이 다 나처럼 어머니를 배반했다는 이런 압도적인 감정에 시달렸을까? 석가모니도, 공자도, 예수도? 아니, 예수님은 아니신가? 다들 그러면서 어른이 되는 건가?'

내부가 환히 들여다보이는 가게 앞에 당도하자 문 윈켠에 세로로 된 정겨운 목재 현판이 보였다. 어머니가 광주에서 뜯어 온 것이다. 그걸 보는 순간 금은 핑, 눈물이 돌았다. 그러고 있는데 어머니가 밖에 서성이는 아들을 보고, 문을 열고 나왔다.

"어이구 우리 아들, 여행 재미있었어? 왜 안 들어오고 있어?"

그러면서 어머니는 금을 꼭 껴안고 뺨에 입을 맞추었다. 금은 배신자가 된 자신이 부끄러워져서 어머니를 밀쳐냈다.

"아, 엄마. 사람들이 보는데, 내가 무슨 어린애야?"

실제로 가게 안에서 유리문 밖의 모자를 쳐다보는 호기심 어린 일행이 있었다. 어머니보다 먼저 서울에 자리 잡은 여고 동창들이 있었다. 가게 안에 들어가 어머니의 친구들에게 인사를 하고 나서, 그들의 입성을 보니 웬만큼 사는 티가 역력했다. 어머니의 친구들은 한마디씩 친구의 아들을 칭찬했다. 키 크고 인물 훤칠하고, 부모 속 썩인 일 없고, 공부까지 잘해서 명문 대학에 합격한 금!

광주에서보다 조금 더 커진 가게를 구경하고 있을 때, 어머니와 어머니의 친구들이 먹으려고 미리 주문해놓은 게 분명한 중국 요리가 배달됐다. 금은 어머니와 어머니의 친구들이 같이 먹자는 청을 뿌리치고 밖으로 나왔다.

"즐겁게 노시다가 가세요."

금이 인사를 하고 가게에서 나가자, 어머니가 따라나왔다.

"금아, 처음 엄마 가게에 왔는데, 오늘이 좀 그러네. 용돈 없지?"

"엄마, 내가 무슨 어린애야? 돈, 많이 남았어."

어머니가 호주머니에서 돈을 꺼내려고 하자, 금은 약간의 반발심이 생겼다. 이미 어머니를 배반한 지 오래인데, 용돈이나 타 쓰는 어린애 취급이라니. 금은 어머니를 찾아온 자신마저 역겨워졌다.

"애는? 그러면 네가 어른이야? 네가 아무리 커도, 엄마한테는 애야."

금이 돈을 꺼내는 어머니를 만류하고 아무 방향이나 되는 대로 길을 걸어가자, 어머니가 금을 다시 불러 세웠다.

"내일 아버지하고 같이 외식하자. 월요일부터는 개학이잖아."

"그래요."

턱없이 모자란 돈에도 불구하고 아버지가 평창동에 집을 얻었던 것은, 대통령을 좀 더 가까이에서 보좌하고 싶었기 때문이다. 실제로 청와대 보좌관은 대통령이 필요로 할 때 언제나 지척에 있어야 했고, 국내나 국외에서 벌어지는 불시의 사태에 대처하기 위해 항상 대기하고 있어야 했다. 때문에 역대 청와대 보좌관들 가운데는 업무의 특성상 청와대에서 먼 거리의 집에서 출퇴근하기보다 아예 청와대에서 가까운 호텔에 장기 투숙하거나 따로 집을 얻어놓고 잠만 자는 사람들도 있었다.

하지만 청와대에서 지척인 곳에 집을 얻어놓고서도 아버지는 가끔씩 귀가를 하지 않는 날이 있었고, 귀가를 하더라도 밤늦은 시각에 와서 새벽같이 출근하고는 했다. 눈코 뜰 새 없이 바쁜 와중에 한 번씩 대면하곤 했던 아버지의 표정은 늘 보람에 차 있었다. 그런데 어느 날부터인가 아버지의 표정이 어두워지기 시작했다. 실은 어제 금이 어머니의 가게를 찾아갔던 것은 그게 궁금해서였다.

오랜만에 가족이 함께 모인 일요일 정오, 금의 부모는 오랜만에 아들을 데리고 집 앞에 있는 호텔의 뷔페식당을 찾았다. 두 사람 모두 공무와 개업으로 바빴던 탓에 아들에게 무심했던 것이 미안했다. 하지만 아들은 밝고 활기찼다. 눈 밑이 거무스레한 것이 눈에 띄었지만 그건 여행시에 이틀 내리 밤샘을 한 때문이라고 짐작했고, 금의 부모는 거무스레해진 아들의 눈 밑을 '친구들과 원만하게 지내는 중'이라는 표시로 여기고 안도했다. 좋은 친구들과 활력 있는 우정을 나누는 것이야말로 심신이 건강하다는 증거였다.

반고경과의 만남이 사랑이라고는 아직 확신할 수 없지만, 거의 매일 무제한적으로 성욕을 충족시키고 있는 금으로서는 자신의 현재가 행복하기 그지없었다. 기껏 열아홉 살밖에 되지 않은 대한민국 남자 가운데 도대체 누가 금과 같은 행운을 누리고 있다는 말인가? 하지만 부모의 눈에 비친 아들의 모습과는 반대로, 아들의 눈에 비친 부모들의 표정에는 어두운 그늘이 있었다. 금은 뷔페를 즐기는 사이사이에, 아버지는 어머니 몰래, 어머니는 아버지 몰래, 서로에게 들키고 싶지 않은 근심이 노출되는 것을 목격했다. 어른들이 보기에 이제 막 고등학교를 졸업한 철부지에 불과했지만, 그렇다고 해서 아버지의 고민을 전혀 짐작하지 못할 만큼 아들이 숙맥이었던 것은 아니다. 금이 아버지에게 맥주를 따르며, 무심을 가장해서 물었다.

"지난 26일 대북송금 특검법안이 국회에서 통과되었던데, 노무현 대통령은 거부권을 행사할 건가요? 김대중 전 대통령께서는 아무 일 없는 거죠?"

아버지는 뜻밖의 질문에 얼굴 표정을 움찔거렸다. 그러고 나서 크게 웃으셨다.

"정치를 공부하겠다더니 벌써부터 본색을 드러내는 거냐? 선생님한테 무슨 일이 있고 없고가 문제가 아니다. 있으려야 있을 일도 없고. 다만 저러다가는 민주당이 깨어질까 겁난다. 또 저렇게 하면 북한은 다시는 한국 정부와 아무것도 도모하지 않으려고 할 거 아니냐. 원래 외교는 상대국의 체면을 세워주면서 하는 거고, 일의 성격상 국내의 정치처럼 내막을 다 밝힐 수 없는 게 있어. 그걸 속속들이 다 밝히면 불신만 생겨. 선생님이 평생 고민하신 게 통일이었는데……."

"그걸 한나라당이나 자민련이 모르는 건가요?"

"잘못된 정치가들은 선도 악도 가리지 않아. 득이 크면 무조건 하는 거야. 그런데 많은 경우 그 득은 정치를 하는 사람들한테만 나누어지고, 국민이나 국가에까지는 안 돌아가는 경우가 많아. 두 당이 공조한 이번의 특검법이 그렇지."

"그러면 대통령이 거부권을 행사하시겠네요."

"민주당에서는 거부권을 행사하라고 강하게 요구하지만, 대통령은 특검안을 수용할 거야. 송금 과정이 명백하지 않을 경우 국민여론이 참여정부의 발목을 계속 잡게 될 것인 데다가, 여소야대의 상황에서 거부권 정국으로 가면 정치권이 통제 불능 상태가 돼. 우선은 국민의 정부 인사들이 타격을 입겠지만, 특검안을 수용하는 것으로 대통령이 먼저 야당에게 손을 내미는 게 통합이고 상생의 정치야. 그러면서 햇볕정책과 대북사업도 좀 더 투명한 궤도에 올려놓고."

개학을 하기 하루 전인 일요일, 금의 부모가 금과 함께 호텔 뷔페를 즐기며 아들의 대학 입학을 다시 한 번 축하했듯이, 은네 역시 그랬다. 은의 어머니는 하루 전날인 토요일, 가정부와 함께 잔치를 해도 될 만큼 많은 식재료를 사왔다. 그리고 가정부와 함께 갖은 음식을 만들었다. 일요일 아침, 은의 아버지와 어머니는 아들에게 축하의 말을 건네는 것과 함께 두둑한 용돈을 내놓았다.

"넌 너무 숫기가 없고, 몸도 약해. 좋은 친구들도 많이 사귀고, 시간 날 때마다 운동도 열심히 해. 남자는 돈과 배짱으로 말하는 거란 걸 명심하고."

"그래, 은아, 미팅도 하고……. 엄마는 대학을 못 가서 미팅도 한 번 못했다."

"아니, 그래서 억울하단 거요?"

"아이, 당신도. 그래서 당신을 만나게 되어 이렇게 행복하단 말 아니에요?"

이미 그릇을 더 놓을 수도 없는 식탁 위에 가정부는 자꾸만 새로운 음식 그릇을 올려놓았다. 아버지가 말했다.

"여기 자리도 넓고 의자도 많은데, 그만하고 같이 먹읍시다."

너무 큰 식탁이 적적하다며, 어머니도 아버지를 도와 함께 동석하기를 권했지만, 어머니와 비슷한 나이의 가정부는 끝내 주인들의 식탁에 함께 앉지 않았다. 은이 생각하기에, 함께 식사하자는 주인의 동석 권유를 거부하는 가정부의 사리판단이야말로 자신의 비천한 직분을 드높이면서 자존심을 지키는 올바른 행위로 느껴졌다.

"내일 입학식에 아빠하고 엄마가 데려다줄게."

"뭐? 초등학교 입학하는 것도 아닌데 왜 그래? 누가 대학교 입학식 때 부모를 데리고 가? 그리고 난 입학식엔 안 갈 거야."

5

구월의

이틀

 같은 학교 사회과학대학에 입학한 금과 사범대학교 국어교육과에 입학한 은은, 별 특별한 이유도 없이 신입생 오리엔테이션에 참석하지 않았다. 이사다 뭐다 어영부영하는 사이에 일정을 놓쳐버린 것이다. 대신 임시소집일 때 수강 신청에 대한 기본적인 설명과 졸업에 필요한 학점을 계산하는 방법을 들어두었기에 큰 어려움은 없었다.

 금과 은은 대학과 전공이 달랐지만, 교양 필수 과목 가운데 하나인 금요일 오전의 '현대문학의 이해'를 함께 들었다. 첫 수업이 시작되는 날, 금과 은은 강의실에서 자리를 찾다가 우연히 눈을 마주쳤다. 그 순간은 아무런 생각이 없었으나, 각자 자리를 찾아 앉고 나서, 두 사람은 고개를 돌려 상대방을 쳐다보았다. 어디선가 본 듯한 얼굴인데도, 통 기억이 나지 않았다. 두 사람은 서로를 초등학교 적 친구라고 착각하면서 강의를 기다렸다.

강의 시간에 맞춰 들어온 교수는 한 손에 두툼한 A4 용지를 들고 있었다. M자형 대머리를 한 키 작은 교수는 자신의 이름과 수업 내용을 잠시 설명했다. 그리고 이렇게 덧붙였다.

"지금부터 2주 동안이 강의 정정 기간이라 출석을 부르는 게 크게 의미가 없으니, 출석은 생략합니다."

교수는 제일 앞줄에 앉은 학생들에게 가지고 온 A4 용지를 한 손씩 떼어주었다. 그리고 뒤에 앉은 학생들에게 용지를 넘겨가면서 각자 한 장씩 나누어 가지라고 말했다.

"지금 여러분이 한 장씩 나누어가진 용지에는, 내가 20대부터 좋아했던 시가 인쇄되어 있습니다. 이 시를 쓴 사람은 나의 선배인데, 현재는 명상가로 활동할 뿐 시를 쓰지는 않습니다. 혹시 이 가운데는 명상서적이나 인도여행기 등을 통해 그 이름을 들어본 학생도 많겠죠."

교수는 그러면서 지금은 명상가로 알려진 시인의 본명을 알려주었다. 금은 물론이고 시집을 꽤 읽었던 은 역시 시인의 이름은 처음이었다. 그러나 곧이어 널리 알려진 명상서적과 인도 여행기를 쓴 시인의 또 다른 필명을 교수가 가르쳐주자, 여기저기서 고개를 끄덕이는 학생도 있었다. 금과 은에게도 낯설지 않은 이름이었다.

"자, 여러분에게 나누어준 시는 그 시인의 가장 아름다운 시입니다. 나는 원래 이 시를 매해 구월이 되면, 혼자 소리 내어 읽어보곤 했습니다. 이 시가 발표되고부터니 거의 20여 년 넘게 그렇게 해왔지요. 그런데 내가 대학에서 강의를 하면서부터는 매해 3월이 되면 갓 대학생이 된 신입생들에게 이 시를 읽어줍니다. 자, 그러면 지금부터 여러분이 찬찬히 이 시를 읽을 수 있도록 시간을 주겠습니다. 그러고 나서 이 시를 가지고, 내가 여러분께 하고 싶은 말을 하도록 하겠습니다. 눈으로 한 번 묵독하고 나서, 두 번째 읽을 때는 꼭 소리 내어 읽어보세요."

교수는 학생들이 시를 음미할 수 있도록 10분의 시간을 주었다. 금과 은은 한 번씩 묵독을 하고 나서, 입으로 소리 내어 두 번을 읽었다.

"자, 다들 한 번 이상씩 읽었을 테죠? 그러면 내가 한번 낭송해보겠습니다. 구월의 이틀."

교수는 낮고 부드러운 목소리로 시를 읽었다. 금과 은은 교수가 읽는 것을 눈으로 따라 읽으며, 어디서 호흡을 끊어 읽어야 할지 애매했던 대목들이 명확해지는 것을 느꼈다.

소나무숲과 길이 있는 곳
그곳에 구월이 있다 소나무숲이
오솔길을 감추고 있는 곳 구름이 나무 한 그루를
감추고 있는 곳 그곳에 비 내리는
구월의 이틀이 있다

그 구월의 하루를
나는 숲에서 보냈다 비와
높고 낮은 나무들 아래로 새와
저녁이 함께 내리고 나는 숲을 걸어
삶을 즐기고 있었다 그러는 사이 나뭇잎사귀들은
비에 부풀고 어느 곳으로 구름은
구름과 어울려 흘러갔으며

그리고 또 비가 내렸다
숲을 걸어가면 며칠째 양치류는 자라고
둥근 눈을 한 저 새들은 무엇인가
이 길 끝에 또 다른 길이 있어 한 곳으로 모이고

온 곳으로 되돌아가는
모래의 강물들

멀리 손을 뻗어 나는
언덕 하나를 붙잡는다 언덕은
손 안에서 부서져
구름이 된다

구름 위에 비를 만드는 커다란 나무
한 그루 있어 그 잎사귀를 흔들어
비를 내리고 높은 탑 위로 올라가 나는 멀리
돌들을 나르는 강물을 본다 그리고 그 너머 더 먼 곳에도
강이 있어 더욱 많은 돌들을 나르고 그 돌들이
밀려가 내 눈이 가닿지 않는 그 어디에서
한 도시를 이루고 한 나라를 이룬다 해도

소나무숲과 길이 있는 곳 그곳에
나의 구월이 있다
구월의 그 이틀이 지난 다음
그 나라에서 날아온 이상한 새들이 내
가슴에 둥지를 튼다고 해도 그 구월의 이틀 다음
새로운 태양이 빛나고 빙하시대와
짐승들이 춤추며 밀려온다 해도 나는

소나무숲이 감춘 그 오솔길 비 내리는
구월의 이틀을 본다

교수는 낭송을 마친 뒤 잠시 침묵을 지켰다. 그러고 나서 방금 읽은 시에 대한 해설이 따랐다.
"이 시를 몇 번이고 찬찬히 읽어본 사람이라면, 이 시가 매우 음악적이라고 생각했을 것입니다. 물론 여기서 음악적이라고 했을 때, 음성률이나 음수율을 뜻하는 게 아니라 내재적인 운율이란 것은 각자가 느꼈을 테죠. 이 시에서 느낄 수 있는 음악성은 그런 외형적인 게 아니라, 연쇄적 연상이 물수제비처럼 퍼지고, 다시 반복되는 것에서 찾을 수 있죠."
교수는 연쇄적 연상이 어떻게 1연 전체를 구성하고 있으며, 그것이 매 연마다 어떻게 변주·반복되었는지 그리고 첫 연에 펼쳐놓은 모든 이미지가 마지막 연에 가서 어떻게 발전된 형태로 되돌아왔는지를 부연했다. 은에겐 교수의 설명이 잘 이해되었지만, 금에게는 모호하기만 했다. 그래서 어쨌다는 말인가?
"이 운율적인 시에서 가장 놀라운 것은, 작품 전체를 지배하는 쉴 새 없는 '운동'과 거기에 무심한 부동의 '정지'가 서로 묘한 대조를 이루고 있다는 거죠. 자, 한번 열거해볼까요, 그 쉴 새 없는 운동을?"

그러면서 교수는 시 속에 나열된 차례대로 '감춘다, 내린다, 부푼다, 자란다, 모인다, 되돌아간다, 뻗는다, 부서진다, 만든다, 흔든다, 올라간다, 나른다, 본다, 나른다, 밀려간다, 이룬다, 날아온다, 튼다, 빛난다, 춤춘다'와 같은 동사를 쭉 열거했다.

"한 마디로 이 시는 국어사전에 등재된 동사들이 총출동된 형국입니다. 하지만 그 숨 가쁜 운동 속에서 묘하게 정지된 것이 있습니다. 그게 뭘까요? 저 모든 동사들의 공격 앞에서도 끄덕하지 않는 것?"

60여 명의 학생들 가운데 '소나무 숲'이라고 대답한 학생은 꽤 있었지만, 교수가 원하는 답을 제대로 짚은 사람은 없었다. 교수의 질문에 유일하게 답한 사람은 은이었다.

"이틀입니다."

"왜 그냥 이틀이지? 구월의 이틀이 아니고?"

"저 시를 보면, 그 이틀이 꼭 구월의 이틀이 아니어도 상관없기 때문입니다."

"그래, 맞다. 네 이름이 뭐냐?"

"은입니다."

이렇게 해서 금은 은의 이름을 알게 됐다.

"맞습니다. 이 시 속의 화자는 오로지 이틀에 못 박혀 있습니다. 새로운 도시가 서고 나라가 만들어질 동안, 아니, 빙하시대가 새로 등장할 만큼 압도적인 시간의 변화에도 불구하고 시적 화자는 한갓된 구월의 이틀에 고정되어 있습니다. 이 배짱 좋은 시적 화자는 대체 무얼 믿고 이틀이라는 짧은 시간만 갖고서 영겁에 맞섰던 걸까요? 영겁과도 맞바꿀 수 없는 그 이틀을 우리는 원체험이나 각성의 순간, 또는 시적 화자가 간직한 정신적 외상이라고 부를 수도 있을 것입니다. 때문에 이 시의 시적 화자에게 그 이틀은 절대적인 것이며, 세상의 그 무엇과도 바꿀 수 없는 것입니다."

이 모든 해석이 은에겐 납득되었지만, 문학 서적과는 담을 쌓고 지냈을 뿐 아니라, 그 쪽 방면의 감수성이 연마되지 않은 금에게는 모호하기 짝이 없었다. 그래서 뭘 어쨌다는 말인가?

"세상의 그 무엇과도 바꿀 수 없는 이 시 속의 이틀은, 우리에게 두 가지 비의를 가르쳐줍니다. 구월은 30일이나 되지만 시인이 이 시를 쓰는 데는 단지 이틀만 필요했다는 것. 나는 이 대목이 문학에 관한 어떤 비밀을 함축하고 있다고 생각합니다. 흔히 많은 어른들은 '내가 살았던 것을 그대로 적으면 소설 몇 권 분량이 된다'고 말하는데, 육십 평생의 행적이 몇 권 분량의 다큐멘터리는 될 수 있을지언정 그것이 '소설'로 화하지는 않습니다. 예술은 우리의 원체험, 각성의 순간 혹은 내면에 억압된 정신적 상처와 같은 숨어 있는 이틀을 끄집어내는 것이지,

자신의 인생 전체를 나열하는 게 아닙니다. 이게 '현대문학의 이해'를 여러분께 가르쳐야 하는 내가, 이 시로부터 찾아낸 문학의 비밀입니다. 무슨 뜻인지 아시겠죠? 문학은 내 삶을 구구절절이 받아 적는 다큐멘터리가 아니라, 내 삶이 망각해버린 이틀, 혹은 내 무의식 속에 숨어 있는 2인치를 찾아내는 겁니다."

금은 그제야 고개를 끄덕였다. 문학에 대한 교수의 비유가 완벽히 이해된 것은 아니지만, '숨어 있는 이틀' 또는 '숨어 있는 2인치'라는 비유가 갑자기 아무에게도 알리고 싶지 않고, 스스로도 잘 설명이 되지 않는 반고경과의 비밀스러운 관계를 떠올려주면서, 한 번도 진지하게 생각하지 않았던 문학을 어렴풋이 긍정하게 됐다.

"「구월의 이틀」이 우리들에게 가르쳐주는 또 하나의 비의는 인생 혹은 청춘에 관한 것입니다. 그걸 말하기 전에, 여러분도 익히 알고 있을 또 다른 시의 한 구절을, 「구월의 이틀」과 겹쳐 읽어보겠습니다. 전문을 다 쓸 수는 없고 몇 구절만 써보지요."

교수는 화이트보드에 검은 매직으로 썼다.

> 5월 어느 날, 그 하루 무덥던 날
> (······)
> 모란이 지고 나면 그뿐, 내 한 해는 다 가고 말아

삼백예순 날 하냥 섭섭해 우옵니다.

"이 시의 제목과 시인을 모두들 알고 있겠죠?"
학생들이 시인의 이름과 제목을 말했다.
"맞아요. 「모란이 피기까지는」이죠. 그런데 이 시를 쓴 시인에게는 모란이 져버린 5월 어느 날, 그 '하루'만 살아 있는 날일 뿐 나머지 삼백예순 날은 아무런 뜻도 없는 날입니다. 단순히 모란이 져버린 것만이 아닌 게 분명한 그 하루만이 이 시의 시적 화자에게 의미가 있을 뿐, 나머지 삼백예순 날은 「구월의 이틀」을 썼던 시인이 말한 것처럼 아무런 의미 없는 빙하시대, 짐승들이 춤추며 몰려오는 야만적 시간에 불과합니다. 「구월의 이틀」에 나오는 이틀과 「모란이 피기까지는」에 나오는 하루는 같은 겁니다."

교수의 말은 현란한 묘기 같았다. 그래서? 은은 상징과 은유로 가득한 '말의 힘'에 매혹된 채, 다음 말을 기다렸다.
"나의 어머니는 늘 말씀하셨습니다. '삶의 어느 한 때를 가리켜 인생이라고 할 뿐, 일평생이 인생은 아니다.' 다시 말해 나의 어머니의 말씀에 따르면 '인생이란 20대의 어느 한 때를 가리킬 뿐'이랍니다. 나머지는 인생이 아니라 '그냥 어영부영', '쓰게다시', '덤', '부록', '죽지 못해', '타성'일 뿐이랍니다. 무슨 말인 줄 알겠죠? 지금 막 여러분을 찾아온 청춘, 열여덟이거나 열아홉 혹은 스무 살일 나이인 바로 이때가, 저 두 시에 나오는 하루이거나 이틀에 해당한다는 것입니다. 막 대학교에 입학한 여러분, 빙하시대를 불태워버릴 열정으로 이틀 혹은 하루뿐인 당신의 인생을 사십시오. 이 짧은 청춘의 날이 지나가고 나면, 여러분은 삼백예순 날 하냥 섭섭해 울게 됩니다."

2교시에 시작되는 '현대문학의 이해'는 원래 두 시간 연강이지만, 첫날이라 강의 내용 소개와 교수가 대학 신입생에게 하는 개인적인 당부를 전하는 것으로 일찍 마쳤다. 처음 강의실을 들어올 때는 떠들썩했던 학생들이, 강의실을 나갈 때는 진지해진 표정들이었다. 금과 은 역시 수업을 듣기 위해 강의실에 들어섰던 1시간 전보다는, '정신의 키'나 의지의 용량이 확연히 늘어난 것을 느꼈다. 은이 강의실 문을 열고 인문관을 빠져나갈 때, 누군가가 그의 이름을 불렀다. 은이 뒤돌아보자, 강의 전에 앉을 자리를 찾다가 눈이 마주쳤던 금이었다.

"이름이 참 특이하더군요."

"아, 예……."

은을 불러 세운 학생은, 네모진 턱에 짙은 눈썹 그리고 순한 눈을 가진 건장하고 잘생긴 남자였다.

"내 이름도 특이한 편인데, 난 금입니다."

"금?"

은은 금의 이름을 듣고 웃었다. 그러자 금이 따라 웃으며 말했다.

"우리 친구 하죠. 금과 은, 아마 잘 어울릴 겁니다."

은도 대답했다.

"금과 은…… 우리가 친하게 되면 사람들이 우리 이름을 놓고 놀릴지도 모르죠."

두 사람은 또 다시 웃었다. 그리고 누가 먼저랄 것도 없이 손을 내밀어 악수를 했다.

"아까, 아무도 모르는 '이틀'을 어떻게 알았어요?"

"아, 그거요? 난해한 시작품을 놓고 묻는 질문에는 당황하지 말고, 무조건 그 시의 제목으로부터 답을 찾아보면 돼요. 그러면 최상의 해석은 못 되더라도, 모범답안 정도는 되죠."

은은 너무 잘난 체를 하는 것으로 보일지도 모른다고 조심하면서, 별 중요한 것도 아니라는 듯이 말하고 나서 이렇게 덧붙였다.

"이거 다 수업시간에 꼰대들이 가르쳐준 거예요."

모범생처럼 순한 인상은 분명 아니었다. 하지만 희고 곱다란 얼굴과 가녀린 몸집을 가진, 숫기 없어 보이는 은이 '꼰대'라는 말을 쓰자, 금은 다시 웃음이 났다.

"그러고 보니, 생각이 나네요. 제목은 작가의 의도와 작품 전체가 요약된 것이다. 해석을 하다가 안 되면, 무조건 제목으로 되돌아가라. 우리 학교 꼰대들도 그렇게 가르쳐줬는데, 내가 문학엔 좀 어두워서……."

두 사람은 그동안 순화하고자 애썼으나 끝내 없애지 못했던 사투리를 통해, 서로의 고향을 짐작했다. 우연히 만난 사람들끼리 동향이란 것을 알게 되어 더 가깝게 되는 경우가 확률상 높은 것은 맞지만, 금과 은은 상대가 자신의 고향과 심리적으로 거리를 둔 지역에서 왔다는 것을 감지했으면서도 친구가 되고 싶다는 서로의 욕망을 포기하지 않았다. 혹시 아는가? 동향이나 서울보다 타향 출신의 친구를 사귀어놓으면, 방학이 되어 상대방의 고향을 번갈아 방문하며 공짜로 재미난 구경을 하고 추억을 쌓게 될지?

몇 분 후에 두 사람은 인문관과 붙어 있는 학생 휴게실에 마주 앉아 커피를 마시고 있었다. 은이 물었다.

"조금 전에 들었던 강의, 좋았어요?"

"예. 필수 교양이라기에 마지못해 했는데, 지금 이때가 내 삶에서 딱 한 번밖에 없는 '이틀'이라니, 약간 충격 먹었어요. 인생이 무슨 매미도 아니고."

"매미?"

"매미는 고작 1~2주를 살기 위해 캄캄한 땅 속에서 7년 동안이나 알, 애벌레, 성충이 되는 단계를 거친다고 하잖아요?"

"그렇네요. 언젠가 국어 교과서에도 글이 실려 있는 유명 수필가의 「봄」이라는 수필을 읽었는데, 거기에 '인생은 사십부터라는 말은, 인생은 사십까지라는 말이다. 다른 것은 몰라도 내가 읽은 소설의 주인공들은 93퍼센트가 사십 미만의 인물들이다'고 쓴 걸 보고 그냥 피식 웃었는데, 오늘 강의를 들으니 진짜 빙하시대를 불태울 열정으로 이 짧은 청춘을 살아야겠다는 생각을 했어요."

"그래요? 그렇지만 이제는 그 수필에 나오는 연령을 좀 높여야 하지 않을까요? 한 60 정도로 말입니다."

"그건 무슨 말인지요?"

"글쎄요, 모르긴 해도 그 수필가가 그 작품을 썼을 때는 예순 정도가 우리나라 사람들의 평균 수명이었을 때였을 거예요. 그런데 지금은 여든, 아흔을 거뜬히 넘기는 고령화 시대니 그 수필을 다시 써야 하지 않을까요?"

금의 설명을 들은 은은 레몬 맛 비타민을 입에 머금은 미소를 지으며 말했다.

"날카로운데요?"

"그런데 어떻게 그렇게 문학 작품을 많이 읽었죠? 나는 사회과학대학교에서 정치외교학을 전공할 건데 거기는 무슨 과죠?"

금이 자신의 전공을 물어오자, 은은 약간 망설였다. 구제금융기 이후, 사범대학교의 인기가 하늘을 치솟을 정도로 높아진 것은 맞다. 하지만 전공을 물어올 때마다 주눅을 들게 하는 알 수 없는 무력감은 대체 뭐란 말인가? 안정된 밥그릇에 젊은이의 패기를 저당 잡혔다는 자괴감 혹은 보신주의에 대한 반감? 은은 앞으로 금이 전공하겠다는 정치외교학이 부러웠다.

"사범대학 국어교육과입니다. 좀 우습죠?"

금은 해사한 얼굴을 스쳐가는 은의 자조를 눈치 챘다.

"그래요? 나는 우스운 줄 모르겠는데요. 그쪽이 국어교육과에 간 것은 문학, 그게 하고 싶어서였겠죠?"

"아뇨. 어머니가 바라셨어요. 이것도 우습죠? 난 좀 마마보이거든요."

"그래요? 혼자만 그런 줄 아시나본데, 지금 내가 이 자리에서 일어나서 '이 가운데 마마보이 아닌 대한민국 남자 있으면 일어나 보시오!'라고 소리쳐볼까요? 아마 다들 못 들은 척할 걸요."

금은 진짜 자리에서 일어날 듯이 몸을 반쯤 일으켰다.

"아, 맞아요. 그쪽 말이 맞을 거예요. 그러고 보니 나는 내가 어딜 들어가서 뭘 하고 싶은지도 모르는 상태에서 지망했던 사대 국교과를 어머니 탓으로 평계를 댄 거였어요. 초·중·고등학교를 12년이나 다녀놓고서, 내가 절실히 원하는 게 뭔지도 모르고 있다니……."

그렇다. 사대 국어교육과의 첫 수업 때, 한 교수는 이렇게 말했다.

"좋은 책을 많이 읽으라, 읽으라고 하는데, 어떤 게 좋은 책인지 말해볼 사람? 고전이 좋은 책인가요? 다들 그렇다고 하죠. 무슨 기관이나 신문 또는 유명 대학에서 선정한 '대학생이 꼭 읽어야 할 명저 100권'이 좋은 책인가요? 다들 그렇다고 하죠. 아니면 텔레비전의 도서 프로그램에 소개된 책인가요? 그럴 수도 있겠죠. 그런데 내가 보기에는 다 엉터리입니다. 좋은 책이란, '나한테 절실한 책'입니다. 예를 들어 당장 제빵 기술을 배워야 하는 사람에게는 제빵 기술을 써놓은 책이 최고의 양서고, 지금부터 내가 누군가와 법정에서 싸워 이겨야 한다면 육법전서가 바로 그런 책입니다. 그러니 고전이다 '명저 100선'이다 하는 책은 이제부터 다 잊으세요. 당장 오늘 집에 가서 '내게 가장 절실한 것은 무엇인가?'에 맞추어 자신이 읽어야 할 도서목록을 각자 만들어보십시오. 누구든 그걸 만들어 내게 가지고 오면, 내가 따로 조언을 해주겠습니다. 그런데 매해 이렇게 말해도 그걸 만들어서 가져오는 사람은 다섯 손가락에 꼽는 정도더군요. 그런데 여기 온 학생들의 초롱초롱한 눈을 보니, 올해는 좀 기대해봐도 괜찮을 것 같습니다."

초·중·고등학교 12년 동안, 은에겐 한 번도 절실한 게 없었다. 아니, 절실한 게 없었던 게 아니라, 그걸 '나 대신 누가 만들어주었다'는 게 문제다. 부모와 학교가 앞장서서 '나의 절실함'을 만들어 모든 학생들의 머리에 골고루 뿌렸다. 성적을 올려라, 영·수를 해라, 논술을 해라, 좋은 대학, 좋은 과에 들어가야 한다! 교육이란 게 제대로 되자면, 각자의 절실함을 찾을 수 있게 도와주고 그걸 이룰 수 있게 해주는 것일 텐데, 12년 동안의 교육 끝에 은이 얻은 거라곤 '나의 절실함', 다시 말해 '내가 진정 하고 싶은 것'을 찾아내는 능력을 빼앗긴 거라니!

금은 은이 툭툭 던지는 자조적인 말을 들으면서 예민하고 내성적이면서 공격적인 성향을 쉽사리 파악했다. 고등학교 시절 외향적인 동향 친구들만 보아왔던 금은, 예민하고 내성적이면서 공격적인 반고경과 흡사한 은에게 자꾸 끌리는 자신을 느꼈다. 금이 물었다.

"아르바이트에 대해서 어떻게 생각해요? 거기도 교수님처럼 생각해요? 난 안 그런데."

아까 끝난 강의에서 교수는 이렇게 말했다.

"자, 그러면 지금 막 대학교에 입학한 여러분이 빙하시대를 녹일 만한 열정으로 해야 할 것은 무엇이냐? 딱 두 가지가 있습니다. 그런데 지금 내가 말해줄 이 두 가지를 빼고는, 실은 여러분들이 딱히 할 수 있는 것도 없을 겁니다. 말하자면 여러분이 지금 돈을 벌겠습니까, 정치를 하겠습니까, 결혼을 하겠습니까? 여러분이 대학 4년 동안 해야 할 일은 딱 두 가지입니다. 하나는 죽어라고 공부하는 거고, 두 번째는 죽어라고 노는 것입니다. 이게 대학생이 할 일입니다. 공부와 놀기를 물과 기름처럼 여기고 이 두 개를 따로 따로 하는 사람도 많은데, 잘 찾아보면 공부와 노는 것을 같이 할 수 있는 것도 많습니다. 내 생각에는 순수한 전공 서적은 공부겠지만, 전공 서적이 아닌 문학이나 인문 교양서를 읽는 것은 공부와 놀기를 함께 하는 방법 가운데 진수에 속합니다. 그리고 각종 전시회나 음악회는 물론이고, 열정을 쏟기에 따라서는 영화 관람도 충분히 공부와 놀기를 동시에 하는 것에 속합니다."

아르바이트에 대한 화제는 위의 이야기에 이어진 것이었다.

"여러분들은 어떻게 생각할지 모르지만, 공부도 아니요 그렇다고 해서 노는 것도 아니기 때문에, 나는 학생들에게 아르바이트를 권하지 않습니다. 어떤 사람들은 아르바이트를 하게 되면 사회를 빨리 경험하게 되고 경제관념을 터득하게 된다는데, 내 생각은 좀 다릅니다. 여러분들이 졸업하면 배우기 싫어도 배워야 하는 게 사회입니다. 그거 배우는 데는 단 며칠, 아니 몇 시간이면 됩니다. 눈치로 다 된다는 거죠. 눈치로 못 배우면, 책을 펴놓고서도 못 배우는 게 사회입니다. 그러니 공부를 하거나 맘껏 놀 시간을 할애해서 일부러 배우지 않아도 됩니다. 청춘은 원래 가난하다는 뜻입니다. '뜨거운 아이스크림'이 형용모순이듯, '돈 많은 대학생'이란 어색하기 짝이 없습니다. 동서고금에 학생이 있어온 역사는 오래됐지만, 학생은 원래 가난한 겁니다. 설혹 돈이 있다손 치더라도, 여러분은 그를 우러러보지 않을 겁니다. 어떻습니까? 여러분은 주위에 돈 많은 학생이 있으면 존경합니까?"

교수가 묻자, 학생들은 "아니오"라고 대답했다.

"그렇죠? 아니죠? 돈 많은 학생, 돈 많은 친구가 있으면 존경하기보다는 저거 어떻게 한번 벗겨 먹을까, 이 궁리만 하죠? 여러분의 전 인생을 통틀어, 가난하고 돈이 없어도 전혀 손가락질 받지 않고 허물이 되지 않는 유일한 시기가 바로 대학생 시절입니다. 그러니 내가 벌어서 가족을 벌어 먹여야 하는 소년·소녀 가장이 아니라면 될수록 아르바이트는 하지 마세요. 그거 해서 재벌 됩니까? 티셔츠 한 장 사고, 신발 한 켤레 사고, 또 뭡니까, 친구들한테 한 턱 쏘고, 그러면 끝 아닙니까? 나 같으면 그 청빈을 그냥 견디겠습니다. 왜냐하면 청빈도 오로지 청춘의 전유물이니까요. 생각해보세요, 어른이 되어서 처자식이

딸리면 그것마저도 할 수 없습니다. 그때는 청빈이 아니라 궁상이죠. 죽도록 공부하고, 죽도록 노는 게 대학입니다. 여러분 전체 인생에서 실컷 공부하고 실컷 놀라고 주어진 시간은 이틀밖에 되지 않습니다."

오늘 강의에서 교수로부터 아르바이트에 대한 난데없는 당부를 듣기 이전에, 은은 한 번도 아르바이트에 대해 깊이 생각해본 적이 없었다. 잦았던 아버지의 부도를 보면서 은은 일찌감치 돈에 대한 신뢰와 기대를 거두었다. 돈이란 그저 있으면 편하고 없으면 불편한 것일 뿐, 그걸 쫓는 게 얼마나 허망한 것인가를 은은 일희일비하는 아버지의 삶을 보면서 가상학습을 했다. 그래서 아르바이트 같은 비루한 일은 은의 사전에 없었다. 그랬던 은에게 교수의 당부는 자신의 생각을 더욱 단단히 굳히는 계기가 됐다.

금의 생각은 은과는 반대였다. 아르바이트에 대한 잡설을 듣는 동안, 금은 교수가 무척 순진한 이상주의자라고 느꼈다. 저 교수가 어느 시절에 대학을 다녔는지는 모르겠지만, 금과 같은 세대가 처한 상황은 다르다. 예전에는 대학에 다니는 자식들이 아르바이트를 하겠다면 대부분의 부모들은 도리어 용돈을 올려주면서까지 말렸다지만, 1997년 구제 금융기 이래로 중산층이 쑥밭이 되고 나서는 부모들의 태도가 바뀌었다. 미국 영화에 나오는 부모가 대학에 다니는 자식에게 하듯이, 그처럼 매정하게 남남을 선언하지는 않지만, 부모의 휘어진 등골은 은근히 원한다. 내 자식이 아르바이트를 하기를!

다행히도 은의 부모가 자식에게 원치 않듯이, 금의 부모 역시 아들의 아르바이트를 바랄 만큼 경제적으로 쪼들리지는 않았다. 그럼에도 불구하고 금은 교수의 당부에 내심으로 반발했다. 금은 자신의 생각을 은에게 밝혔다.

"교수님은 대학생의 아르바이트가 백해무익한 것처럼 말씀하셨지만, 너무 이상적으로 느껴지더군요."

"글쎄요. 나는 절대 동감했는데요. 노동이나 직장을 어떤 듣기 좋은 말로 치장하더라도, 노동은 내 시간과 자유를 저당 잡히는 거라고 생각해요. 철저하게 위에서 내려오는 명령이나 임무를 따르는 거죠. 아르바이트뿐 아니라, 나는 그런 끔찍한 세계는 평생 피하고 싶어요. 물론 언젠가는 나도 일을 하지 않으면 안 되겠지만, 교수님 말씀처럼, 지금 이 때만은 사절하고 싶어요. 금형은 안 그런가 보죠?"

금은 아버지로부터 항상 노동의 숭고함과 일하는 사람의 가치에 대해 배웠고, 일하는 사람이 역사를 만들어왔다고 누누이 들어왔다. 때문에 은의 말이 도리어 솔깃하고 신선하게 들리기도 했다.

"글쎄요. 이건 내 목표인데, 대학교를 졸업하기 전에 100번의 아르바이트를 거쳐보고 싶어요. 남자는 100번의 아르바이트를 해봐야 비로소 어른이 된다, 뭐 이런 건데, 과장이 심하죠? 그런데 우리 나이도 같아 보이는데, 서로 말을 트면 어떨까요?"

"그러죠. 그래."

두 사람은 오랜 수다 끝에 서로 말을 텄다. 그걸 기다렸다는 듯이 아까부터 궁금했던 것을 은이 물었다.

"저, 그런데 내 착각인지는 모르겠지만, 우리 어디서 본 적이 있지 않아?"

"그래. 나도 아까부터 그게 궁금했어……."

두 사람은 초등학교에서부터 고등학교 때까지 기억을 더듬어봤지만, 두 사람은 한 번도 고향을 떠나 살아본 적이 없었다. 금은 자신이 고등학교 1학년 때까지 쫓아다녔던 아이들 그룹의 공연장 얘기마저 꺼내보았으나, 은은 어떤 그룹을 막론하고 가수들의 공연장엔 얼씬도 하지 않았다. 온갖 사소한 사항을 다 동원해도 기억이 맞지 않자, 서울로 이사 오게 된 시기를 맞추어보았다. 가만히 날짜를 더듬어보니, 신기하게도 두 집안이 이사한 날짜가 같았다. 그래서 서울로 올라온 경로를 다시 맞추어보았다. 금과 은의 머릿속에서 동시에 불이 '반짝' 하고 켜졌다.

"아, 맞다! 우리는 사고 현장에 같이 있었어!"

두 사람은 그날 똑같은 교통사고를 목격했다. 서울에 올라온 금과 은은 인터넷 뉴스 검색을 통해 그 사건에 대해 자세히 알아두었다. 그만큼 강한 충격을 뇌리에 남겨놓은 교통사고였던 것이다.

경부선 상행 고속도로에서 승용차와 지프차가 충돌. 2명 사망. 1명 중태. 금일(2월 5일) 오후 12시 10분경, 금강 휴게소에서 20킬로미터 떨어진 경부고속도로 상행선 지점에서 무리하게 차선을 추월하려던 지프가 앞서가던 승용차를 들이받고 두 차 모두 도로에 전복되는 사고가 일어났다. 이 사고로 승용차를 운전하던 김모씨(32세)가 즉사하고 뒷좌석에 앉아 있던 부인 양모씨(29세)가 병원으로 후송 중에 숨졌고, 지프차 운전사 박모씨(54세)씨는 중태에 빠졌다. 생후 13개월 된 아이를 안고 있다가 사고를 당한 김씨의 부인 양모씨는 사고가 난 순간, 아이가 받을 충격을 자신의 몸으로 보호한 것으로 보인다. 목격자 민모씨(43세)와 정모씨(31)는 사고 직후 아이를 껴안은 엄마가 문 밖으로 기어 나와 기절했다고 증언했다. 현재 아이는 무사하다.

두 사람이 인터넷 뉴스를 뒤져본 것은 아이 때문이었다. 은이 말했다.

"사고가 나는 순간 어머니가 끝까지 아이를 감싸고 있지 않았다면 어떻게 됐을까? 아이가 살아 있는 건 기적이야."

"어른들도 즉사할 정도니, 당연 죽었겠지. 그 와중에도 아이를 껴안고 밖으로 나왔다니, 그 어머니의 괴력은 어디서 났을까?"

"그러니 우리가 마마보이가 되는 건, 다 그런 이유가 있는 거네."

금은 고개를 끄덕이며, 잠시 말문을 닫았다. 이사를 마친 금이 인터넷을 통해 서둘러 그 사건을 검색한 이유는, 일차적으로는 아이의 생존이 궁금해서였다. 하지만 뭔가에 홀린 듯이 그처럼 열심히 인터넷을 뒤졌던 진짜 이유는 따로 있었다. 그 젊은 부부가 사고 직전에 점심 식사를 하기 위해 들렀던 고속도로 휴게실 식당에서 대체 무슨 일이 있었던 것일까? 선해 보이던 그 젊은 부부는 노인들로부터 왜 그토록 무지막지한 포악질을 당하고, 그토록 험악한 비난을 들어야 했던가?

만약 그때 그 남편이 아무런 소동 없이 편안히 식사를 할 수 있었다면, 그런 사고가 일어나지 않았을 수도 있지 않을까? 그때 받은 모욕이 젊은 운전자의 심리를 계속 격동하게 했고, 그게 원인이 되어 사고가 났을 가능성이 없다고 누가 자신 있게 말할 수 있을 것인가? 사람의 운수란 그만큼 복잡한 인간 심리가 만들어낸 단순한 결과일 수도 있다. 하지만 6하 원칙에 의해 작성된 짧은 교통사고 기사가 금의 의문을 해소해줄 리 만무했다. 말하자면 젊은 부부가 노인들에게 포악질을 당했던 원인이야말로, 금이 일평생을 찾아도 끝내 찾을 수 없는 숨어 있는 '2인치'일지도 모른다. 한국사회가 감추고 싶어 하는 2인치, '빨갱이 콤플렉스'를 파보아야만, 빨갱이라는 죄목을 뒤집어쓰고 옥고를 치러야만 했던 아버지의 사정도 환히 밝혀질 수 있을 것이었다.

"혹시 그 교통사고 현장을 보기 전에, 고속도로 휴게실에서 밥을 먹지는 않았어?"

"응, 먹었지. 왜?"

"그럼…… 그 젊은 부부가 노인들에게 욕을 당할 때 거기 있었어?"

"아, 그거…….

젊은 부부와 노인들이 마주 보고 앉은 식탁 바로 뒤편에 앉아 있었던 은은, 그 싸움의 단순한 전말을 정확히 알고 있었다. 은네 가족이 먼저 차지한 자리 앞에 50대 후반에서 60대 초반으로 보이는 세 명의 노인이 먼저 백반정식인가 뭔가를 먹고 있었고, 그 식탁의 빈 곳을 발견한 부부가 자신들의 음식을 가지고 와서 앉았다. 그때 그들이 앉은 식탁 바로 머리맡에 설치된 텔레비전에서 대통령 인수위원회의 활동과 장관 인선 작업에 대한 아나운서 멘트와 함께, 노무현 대통령 당선자의 모습이 나왔다. 그러자 젊은 남편이 가슴 앞으로 돌려 맨 포대기에 안겨 있는 아이의 고사리 손을 두 손으로 잡고 이렇게 말했다.

"야, 우리 대통령이다. 박수……."

그렇게 말하면서 아이의 고사리 손을 잡고 박수를 치는데, 느닷없이 맞은편에 앉아서 밥을 먹던 노인이 다짜고짜 소리를 질렀다.

"야, 밥 안 넘어 간다. 조용해!"

아이를 안은 젊은 남자를 향해 노인 하나가 숟가락을 휘두르며 새된 고함을 질렀다. 그러자 영문도 모른 채 꾸지람을 당한 젊은 아빠가 조용히 응대를 했다.

"아니, 어르신들. 제가 뭘……."

그러자 세 명의 노인이 번갈아가며 발작적으로 소리를 질러댔다. 바로 금도 들었던 두 번째 고함이다.

"그래, 빨갱이들 세상이 되니 좋니? 좋아?"

젊은 남자는 '빨갱이'라는 말에 허탈해진 표정이었고, 그 옆의 아내는 새파랗게 기가 질렸다. 하지만 노인들은 같은 말을 되풀이하는 걸 멈추지 않았다. 아이를 싼 포대를 가슴 앞으로 돌려 메고 있던 젊은 남편이 기가 차서 말했다.

"진짜 빨갱이는 박정희 아니었습니까? 그때는 어떻게 가만히 사셨습니까?"

그러자 세 노인 가운데 한 명이 자기 앞의 식판을 들어 아이를 안고 있는 남자를 향해 냅다 끼얹었다. 그때 은은 충격을 받았다. 박정희가 빨갱이라니? 어떻게 저런 유언비어를 퍼뜨리는 사악한 사람을 그냥 놔두는 것인가? 은은 자신이 나서서 저 젊은 부부를 고발하고 싶었다. 고속도로 휴게실 식당에서 박정희가 빨갱이라는 말을 들었을 때의 충격은, 은이 고등학교 1학년 때 받았던 어떤 충격을 훨씬 상회했다.

2000년 12월 어느 날 저녁, 학원이 밀집해 있는 서면의 단과학원에서 수업을 마치고 버스를 탔을 때, 버스 기사가 켜놓은 라디오에서 뉴스가 흘러나왔다. 김대중 대통령의 노벨평화상 수상 소식이었다. '드디어 한국 사람도 노벨상을 탔구나!' 뉴스를 들으면서 그런 흐뭇한 생각에 잠겨 있는데, 학원을 마친 고등학생들로 가득 찬 버스 속에서 어느 고등학생이 같이 탄 친구에게 이렇게 말하는 것이었다.

"저거 다 김정일한테 퍼줘 갖고 타는 거 아니가."

그 말을 들은 은은, 순간 머릿속이 하얗게 바래질 정도로 충격을 받았다. 어떻게 대한민국 대통령이 노벨평화상을 받기 위한 개인적 욕심에서, 호시탐탐 남한을 노리고 있는 북한에 뇌물을 쓰기까지 한다는 말인가? 자기 또래의 다른 학생들이면 누구나 다 알고 있는 저런 엄청난 사실을, 자신만 모른 채 흐뭇해져 있었다니? 은은 그때, 엄청난 충격을 받았다. 그리고 결심했다.

'내가 이렇게 한심스럽고 현실에 어두운 까닭은, 다 시집을 끼고 살기 때문이야. 조금만 생각해보면 다 아는 것을 나만 모르는 것은 그래서야. 그러니 사람을 철없고 한심스럽게 만드는 이런 문학과는 어서 결별하는 게 좋아. 그런데…… 내게 그것이 가능할까? 내가 시 쓰기를 그만둘 수 있을까?'

아이를 안은 남자는 아내에게 팔이 잡힌 채, 못내 끌려가듯 식당 밖으로 나갔다. 그러자 식판의 음식을 젊은 남편에게 부었던 노인이 부부의 뒤통수를 향해 마지막 비수를 꽂은 뒤에, 피가 흐르는 그 자리에 승리의 깃대를 세우듯 의기양양하게 외쳤다. 은은 노인네의 마지막 말에 기립 박수를 쳐주고 싶었다.

"북한에나 가서 살아!"

6
자연선택이야!

개강 첫 주는 경황도 없이 흘러갔고, 두 번째 주도 어수선함을 떨치 어려웠다. 하지만 금과 은은 금세 대학 생활에 적응했다. 12년 동안 초·중·고등학교를 다녔다면, 대학이 낯설 이유가 없었다. 수업을 듣고, 중요한 내용에 밑줄을 치고, 암기하고, 때에 맞춰 성실히 쓴 리포트를 낸다. 그게 동서고금의 학생들이 해온 일이다.

오히려 적응이 잘 안 되는 것은 금과 은이기보다, 서울로 근거지를 옮긴 금과 은의 부모들이었고, 아버지들이었다. 은의 아버지는 부산 가출 소동이 있고 나서 풀이 죽은 기색이 완연했다. 학교에 가기 위해 은이 거실을 지날 때마다 은의 아버지는 아예 보란 듯이 커다란 벽걸이 텔레비전이 켜진 거실의 소파에 앉아서 소주를 마셨다. 어느 날 하루는 은이 거실로 내려가자, 술잔을 들어 입으로 가져가던 아버지가 다른 손에 들고 있는 텔레비전의 리모컨을 무슨 트로피처럼 번쩍 들며 말했다.

"여, 우리 아들. 한 잔 하자!"

부산 가출 소동을 피운 뒤로도 아버지는 술도 깨지 않은 상태에서 1억이 넘는 외제차를 몇 번이나 몰고 나갔다. 그러다가 교통순경의 검문에 걸려서 200만 원의 벌금과 함께 면허가 취소되자 기겁을 한 어머니는 외제차의 열쇠를 감추었다. 아버지는 그 일이 있고 난 후로, 다시는 운전을 하지 않았다. 운전면허가 없어서 아예 포기한 건지, 아니면 외제차에 중독되어 큰형이 남겨둔 또 다른 고급 국산차나 어머니의 국산차는 타고 싶지 않은 건지 이유는 알 수 없었다.

은의 아버지가 알코올에 차츰 젖어들고 있을 무렵, 금의 아버지는 점점 무기력 속으로 빠져들어 가고 있었다. 개학 2주차였던 수요일 저녁, 금의 아버지는 새로 사귄 과의 친구들과 늦게까지 술을 마시고 들어온 금에게 은의 아버지가 한 것과 똑같은 말을 건넸다.

"여, 우리 아들. 한잔하자!"

새로 생긴 아버지의 고민은 무르익어가는 이라크 파병 건이었다. 그런데 이상한 것은, 평생 반미주의자로 일관했던 아버지의 입장이었다. 분명 아버지의 신조대로라면 이라크 파병에 반대해야 옳은데도 불구하고 이라크 파병을 적극 지지하는 것이었다.

이라크 파병 건으로 생긴 고민은 전라도 출신 청와대 보좌관으로서 겪어야 했던 대북송금 특검 수용 건과는 질이 달랐다. 그때 아버지는 동향의 선배와 동료들로부터 견딜 수 없는 질책과 비난을 들었다. 임명권자인 대통령과 오랫동안 고락을 같이했던 고향 친구들 사이에서 아버지는 그야말로 '샌드위치'가 되었다. 그 사이에서 균형을 잡기 힘들었다. 그러나 이번의 고민은 달랐다. 철저히 임명권자인 대통령 편에 서서, 이라크 파병 결정으로 이탈될 게 빤한 현 정권과 대통령의 지지층을 어떻게 설득할 수 있을까가 문제였다. 새로 생긴 고민은 앞서의 고민보다 마음은 편하지만, 묘약이 따로 없기로는 앞서의 고민보다 더했다. 얼마나 답답했으면, 아들을 붙들고 하소연을 하는 걸까?

"이라크 파병에 대해 너는 어떻게 생각하니?"

노무현 대통령은 당선권 내에 있었던 우리나라 역대 대통령 후보 가운데, 한 번도 미국을 방문하지 않고 대통령이 되었던 사람이다. 대통령 선거 때 한나라당에서는 그것을 물고 늘어졌다. 미국을 의식적으로 방문하지 않은 것은 반미주의자라서가 아니냐고? 금의 기억이 정확하다면, 그때 노무현 대통령은 "미국에 한 번도 안 가면 어떻습니까? 또 반미면 어떻습니까?"라고 응대했다. 이라크 파병이 어떤 외교적 맥락에서 이루어지며 파병으로부터 얻을 국익이 무엇인가를 따지기 전에, 저 말을 기억하고 있는 전통적인 노무현 지지자들은 이라크 파병이 청와대에 들어가기 전의 대통령의 신념과 일치하지 않는다고 느낄 것이다.

　이처럼 고향에서 서울로 근거지를 옮긴 금과 은의 아버지가 각기 모순과 알코올에 빠져 있을 때, 두 사람의 아내들은 서울 생활에 훨씬 더 잘 적응하고 있었다. 모든 장사는 단골을 보고 한다는 말이 있듯이, 골동품 역시 그랬다. 그래서 낯선 도시에 이전 개업을 한 금의 어머니는 생돈을 깨서 첫 달 월세를 내야 될지도 모른다는 걱정을 하기도 했다. 다행히도 아는 지인들이 일부러 찾아와 매상을 올려주는 개업특수를 톡톡히 본 어머니는 한숨을 돌리는 눈치였다.

　은의 아버지가 집 안에 웅크리고 알코올 속으로 퇴행하는 것과 달리, 어머니의 활동 영역은 하루가 다르게 확장됐다. 처음에는 가까운 백화점의 지하 슈퍼마켓 정도를 들락거리는 정도였는데, 차츰 헬스클럽과 피부 미용실 등지로 발을 넓혔다. 그러나 그런 사소한 나들이보다 어머니의 활동 범위를 광역화시켜놓은 주범은 큰아주버니가 위임해놓은 몇 채의 빌딩 관리였다. 그 일은 여상을 졸업하고 7여 년 가까이 경리 생활을 했던 어머니의 왕년을 오롯이 되살려주었다.

개학 두 번째 주 금요일, 금과 은은 '현대문학의 이해'를 듣고 나서 학교 앞에 있는 식당 겸 주점에 앉았다. 두 사람은 노란색 양은 도시락에 밥을 담아주는 '옛날 도시락' 두 개와 맥주 한 병을 시켰다. 금이 말했다.

"그래, 생각해봤어?"

"응. 그런데 난 진짜 들어가고 싶은 데가 없어."

지난 주 금요일에 처음 수인사를 나누었을 때였다. 이런저런 얘기를 끝맺음하고 헤어질 찰나에, 금이 은에게 이런 제의를 했다.

"들어가고 싶은 동아리 있어? 생각해놓은 데가 있거나, 좋은 데가 있으면 같이 하자. 우리 둘이 가면 어딜 가도 인기 있을 거야."

하지만 은은 사범대학교 합격 통보를 받은 그 순간, 이미 재학 기간 동안 어떤 동아리 활동도 하지 않으리라고 결심해두었다. 은은 다짐했었다. 어떤 동아리에도 출입하지 말고, 어떤 친구와도 사귀지 말자고. 조용히 학교 강의실과 집만 오가자, 아무에게도 보이지 않는 사람으로 학창 시절을 건디자고.

은이 그런 결심을 하게 된 원인은 자기모멸과 연관 있다. 어머니의 은근한 간청을 거절하지 못하고 사범대학교에 지원했을 때, 은의 자긍심 한 모서리엔 금이 가 있었다. 사범대학교가 한 청년의 자긍심에 상처를 낼 만큼 하찮은 데라는 뜻이 결코 아니다. 자신의 의지대로 하지 못했다뿐 아니라, 입시 지원서를 내는 순간까지 '내게 절실한 것'을 찾지 못했다는 것. 그런 뒤늦은 자각이 합격 통지를 받은 은을 기쁘게 하기보다는 자기모멸로 빠트렸고, 딴에는 극단의 소외라는 형벌로 자신을 벌하려고 했던 것이다. 하지만 은은 자기 내면 속에서 들끓는 이런 심리적 아우성을 금에게 온전히 전달하기 어려웠다. 그 자신도 이런 무의식적인 동기를 어렴풋이 감지하고 있을 뿐 논리적으로 설명하기는 힘들었기 때문이다.

은이 심드렁하게 대꾸하자, 금은 그럴 줄 알았다는 표정으로 자신의 륙색을 열었다. 거기엔 학교 곳곳에 탁자를 내놓고 신입생들을 상대로 신규 회원을 모집하고 있는 온갖 동아리의 가입 안내서가 가득 들어 있었다.

"자, 이걸 하나씩 검토해보자고."

금은 아무런 동아리에도 들지 않겠다는 은의 결심과는 정반대로, 될수록 많은 동아리 활동을 할 작정이었다. 우선 한 열 개 정도의 동아리에 가입한 다음, 차차 가짓수를 줄여가다가 마음에 드는 서너 개의 동아리에만 열중할 계획이었다. 금이 탁자에 펼친 동아리의 종류는 다양하기 그지없었다. 그렇지만 탁자에 가득 펼쳐진 그것도, 80개가 넘게 등록된 동아리 가운데 반 정도만 선별해서 가져온 거였다. 금이 가져온 가입 안내서는 주로 순수 학문 연구와 문화 예술 방면의 것이었지만 체육 분야, 봉사 활동 분야, 종교 단체 동아리의 것도 간혹 눈에 띄었다. 정치외교과로 진로를 잡게 될 예정인 만큼 금은 학생 활동과 정치 관련 동아리의 가입 안내서를 알뜰히 챙겨왔으나, 창업·취업·시험과 연관된 동아리의 가입 안내서는 아예 한 장도 가져오지 않았다.

은은 금이 수집해온 여러 동아리 가입안내서를 보면서, 세상과 인간 정신의 다양함에 대해 새삼 놀랐다. 두 사람은 동아리 가입 안내서를 품평하는 게 아니라, 세상과 다양한 인간 정신 자체를 품평했다. 어느 동아리든 금이 긍정적으로 평가할라 치면, 은은 부정적으로 평가했다. 벌써 두 시간째 그런 얘기를 하고 있을 때, 껌 상자를 든 노인이 두 사람의 자리에 다가와서 껌 한 통을 내밀었다. 금은 고개를 흔들었다.

"우린 안 사요."

노인이 뒤돌아서자, 전혀 예기치 않게 은이 노인을 불렀다.

"내가 살게요."

금은 아직 한 번도 거지에게 적선을 하거나 껌팔이에게서 껌을 사준 적이 없었다. 가난은 경제적인 불평등과 정책적인 모순을 근본적으로 고쳐야 비로소 해결되는 것이지, 개인의 선행으로 해결되지 않는다고 믿기 때문이다. 물론 이런 금의 생각은 아버지로부터 배운 것이기도 했다. 반면 은은 그렇지 않았다. 노인으로부터 껌을 사는 은을 보면서 금이 "너, 저런 거 다 사주니?"라고 놀리듯 물었을 때, 은은 이렇게 대답했다.

"껌 한 통 사주는 것으로 저 할아버지를 가난으로부터 구제해주지는 못하겠지만, 그래도 할 수 있는 사람이 해야 한다고 생각해."

채 정리가 되지 않은 논리라 길게 설명하지는 못했지만, 소위 '노블리스 오블리제'를 입증해야 할 위치에 있는 사람들은 그걸 발휘해야 한다는 게 은의 생각이었다. 나라님도 구제하지 못한다는 가난을 일개인의 자선이 결코 해결할 수 없음은 당연하다. 그러나 그렇다고 해서 개인적인 자선을 발휘할 수 있는 능력이 충분한 사람들이 제도나 구조를 내세워 자선을 할 수 있는 기회를 방관하거나 꼭 도움이 필요한 사람들의 구조 요청을 거부한다면, 그건 죄악이다. 은은 바로 이런 신념을 가지고 있는 사람들을 '도덕적 엘리트'라고 여겼고, 입만 떼면 제도나 구조 탓을 하는 사람들을 '도덕적 지진아'들로 간주했다.

도덕적 행동이란 각 개인의 자각이 전제된 끝에 나오는 것이고, 그런 자각에 이른 사람이 도덕적 군자다. 그런데 좌파들은 도덕적 행동이나 자각조차도 국가가 함양할 수 있을 뿐 아니라, 강요하기까지 해야 한다고 여긴다. 국가가 강제적으로 길러준 도덕은 그 도덕을 지탱해왔던 국가가 흔들리면 모래성처럼 흩어져버린다. 고등학교 시절을 통틀어 은에게 가장 중요한 영향을 끼쳤던 마지막 학년 담임선생님은 이렇게 말했다.

"조선이 망해도 한국인들에게 유교적 겸양이나 염치 같은 도덕이 그대로 남아 있는 것과 소련이 망하면서 그 많던 사회주의 인간형이 하루아침에 증발해버린 걸 비교해보면, 왜 틀에 박힌 도덕을 국가가 강요해서는 안 되는지를 알 수 있을 거다."

금과 은은 어떤 의미에서는 극단적인 모범생들이었다. 그들은 집안의 부모 친치나 학교의 선생님들이 가르쳐준 가치관을 고스란히 내면화했고, 자신들이 자라면서 접했던 지역 사회의 정서를 육화했다. 정리하자면, 두 사람은 그들을 낳아준 가족과 그들을 키워낸 지역에 대해서는 철저히 모범적이었던 만큼 서로에 대해서는 이질적일 수밖에 없었다. 금과 은은 두 사람의 우정 앞에 가로놓인 모순을 서로 잘 인식하고 있었다.

그럼에도 불구하고 그들이 친구가 될 수 있었던 이유는 무엇일까? 한 번도 그 문제를 화제로 입에 올린 적은 없었지만, 두 사람은 그런 의문을 서로 몰래 간직했다. 그리고 똑같이 입에 내어 말하지는 않았지만, 거의 공통적인 결론에 도달했다. 끝내 만나지 못하는 평행선처럼, 도저히 친구가 되지 못할 두 모범생들이 친구가 될 수 있었던 이유는 간단하다.

"자연선택이야!"

가혹한 자연 조건 속에서 생존하기 위해 모든 생물은 환경에 적합한 방법으로 진화해왔다. 몇 만 년에 걸쳐 지속된 진화는 순수한 혈통끼리 교배하는 것보다 서로 이질적인 잡종 교배가 생존에 훨씬 유리하다는 지혜를 모든 생물의 유전자 속에 아로새겨놓았다. 잡종은 순혈보다 자신의 종을 널리 퍼뜨리는 데에 유리했고, 잡종은 일종의 보험처럼 예측할 수 없는 환경에 내던져진 종의 생존율을 높였다. 몇 만 년에 걸쳐 터득된 진화의 지혜야말로 서로 이질적인 두 사람을 친구로 묶어주는 보이지 않는 끈이었다.

오늘 은을 만나기 전에 금은 이미 자신이 가입하고 싶은 동아리를 열 개나 꼽아놓았다. 문화 예술 방면에서부터 체육 분야, 봉사 활동·정치 관련 동아리에까지 금이 염두에 둔 동아리는 다양했다. 문제는 은과 함께 할 수 있는 동아리를 찾는 거였다. 단 한 번 만났을 뿐인 친구를 위해 애를 쓰는 금의 태도는 은의 입장에서는 조금 부담스러운 것일 수도 있었다. 하지만 은을 위해 애쓰는 금의 자상함이나 일방성은, 흔히 외향적이고 활동적인 사람이 내성적이고 은둔적인 사람을 만날 때 보여주는 전형적인 태도다. 외향적이고 활동적인 사람이 내성적이고 은둔적인 사람을 만나면 자신도 주체할 수 없는 사명감이 생겨난다. 상대방의 내성적인 성격을 변화시키고 은둔에 대한 취향을 깨트려주어야 한다는 고귀한 임무가 바로 그것이다.

"가입하고 싶은 동아리가 하나도 없다"고 대답하긴 했지만, 그건 은의 거짓말이다. 실제로는 금과 함께 가입할 만한 동아리를 찾느라 일주일 동안 고심했던 것이다. 오늘은 한 장도 가져오지 않았지만, 은은 금이 류색에서 꺼내놓은 것보다 더 많은 동아리 가입 안내서를 수집해서 방 안의 침대에 누워 꼼꼼히 들여다보았었다. 그것을 한 장 한 장 넘기는 중에, 단번에 마음이 빼앗긴 동아리가 있었다. 보디빌딩 동아리였다. 그걸 본 뒤로는 어느 동아리도 성에 차지 않았다.

정말 엉뚱했다. 초·중·고등학교 시절 은이 제일 싫어한 것은 체육시간이었다. 그리고 체육시간보다 더 싫어한 것은, 자신의 몸을 남에게 내보이는 거였다. 초등학교 시절부터 은은 자신의 체구를 또래 남자들과 비교해왔다. 그때마다 은은 너무 마르고 연약해 보이는 자기 몸과 계집아이들의 것처럼 희고 매끄러운 피부가 부끄러웠다. 그래서 한사코 목욕탕 가기를 싫어했으며, 수영장은 물론이고 삼복더위에도 반바지를 입지 않았다. 그랬던 은이 보디빌딩 동아리에서 근육질의 학우들과 함께 운동을 한다거나 팬티 바람으로 사람들 앞에 나선다는 것은 상상만으로도 불가능한 일이었다.

그런데도 은은 몇 일간이나 보디빌딩을 수련하는 망상에 허우적질쳤다. 그 상상이 그토록 끈질길 수밖에 없었던 이유는 두 가지다. 하나, 유소년기가 지나고 청년기에 도달했으니 이제껏 도외시해왔던 남성성(男性性)을 이제부터라도 가꾸어야 한다는 것. 고등학교에 다닐 때, 은은 근육 자랑을 하거나 완력을 시위하는 동료들을 조소하는 한편으로, 자신의 연약한 신체를 동시에 혐오해왔다. 그러면서 근육과 완력을 남성성의 전부인 듯 과시하는 껄렁한 동료 남학생들과 나약한 자신의 신체적 한계를 동시에 극복하는 방법으로 시 쓰기에 매달렸다.

내가 부리는 글들이 논리만으로는 좀체 포획되지 않는 세계의 어느 과녁을 적중시키고, 나의 표현이 대상과 혼연일체가 되는 시의 세계는 중학교 때부터 은을 괴롭혀온 병적일 정도의 신체적 열등감을 보상해주었고, 걸핏하면 근육과 완력을 뽐내는 뒷자리의 동료 남학생들을 비웃을 수 있게 해주었다. 하지만 시작 노트를 과감히 불태우고 사춘기적 문학 소년의 감성과 깨끗이 결별한 지금, 은에게 남아 있는 길은 그토록 자신이 없었던 남성성, 한사코 비루하게 보아 넘겼던 근육과 완력을 공들여 가꾸는 일밖에 남아 있지 않은 듯했다.

 그게 모두는 아니다. 어울리지 않게 은이 보디빌딩 동아리에 가입하려고 했던 두 번째 이유, 그건 금 때문이었다. 은은 금과 함께 보디빌딩 동아리에 가입해서 잘 발육되고 멋있게 균형이 잡혀 있을 금의 벌거벗은 상체를 보고 싶었다. 아무 생각 없이 우연히 집어온 보디빌딩 동아리의 가입 안내서를 보고서 며칠 동안 열병을 앓았던 두 가지 이유 가운데, 어느 것이 더 본질적이었는지를 판정하는 일은, 은 본인에게도 어려운 일이다.

 절대 가능하지 않은 것을 꿈꾸었다고 해도 좋을 만큼, 보디빌딩에 대한 망상은 끈질겼다. 함께 땀을 쏟으며 운동을 하고, 서로의 근육을 품평하거나 자세를 바로잡아주고, 운동이 끝나면 실오라기 하나 걸치지 않은 벌거벗은 몸을 아무렇지도 않게 내보이며 샤워를 하고, 샤워를 하면서 비누가 흘러내리는 상대방의 등줄기나 엉덩이를 맨손으로 또는 물에 젖은 수건으로 철썩철썩 소리 나게 때리며 웃고…… 이런 꿈같은 망상을 가차

없이 깨트려준 것은 금의 말이었다. 처음 만난 지난 주 금요일, 헤어지기 직전에 금은 이렇게 말하지 않았던가?

"들어가고 싶은 동아리 있어? 생각해놓은 데가 있거나, 좋은 데가 있으면 같이 하자. 우리 둘이 가면 어딜 가도 인기 있을 거야."

그 말을 떠올리면서 은의 망상은 무참히 깨어져나갔다.

"금은 보디빌딩 동아리에 가면 당연히 인기 있겠지. 잘생기고, 키도 크고, 옷을 벗으면 '갑바'도 좋을 테니까. 나는 꾸어다놓은 '보리 문둥이' 같겠지."

여럿이 모여 있는 자리에서 아무 말이나 행동도 하지 않고 한 구석에 가만히 있는 사람 또는 주위 사람과 잘 어울리지 못하는 사람을 비유적으로 일컫는 속담으로 '꾸어다놓은 보릿자루'란 말이 쓰이는 건 맞지만, '꾸어다놓은 보리 문둥이'란 속담은 원래 없다. 그런데도 은은 자신이 속담을 틀리게 인용한 것도 의식하지 못했다. 흔한 심리학 이론은, 실언이나 농담은 그것을 행한 사람의 진심이 무의식중에 드러난 것이거나, 무의식의 검열을 받아 왜곡된 것이라고 말한다. 그렇다면 자신도 모르게 틀려버린 속담이 드러내거나, 드러내지 않기 위해 안간힘 썼던 진심은 대체 무엇이란 말인가? '보리 문둥이'가 경상도 사람을 지칭하는 말이고 보면, 겉으로는 내색하지 않았지만, 은의 무의식 속에서는 '금은 전라도 사람이고, 나는 경상도 사람이다'는 분별이 작동하고 있었다고 해석할 밖에.

두 사람은 거의 세 시간째, 식당 겸 주점에 붙박이로 앉아 함께 가입할 동아리를 놓고 의견을 나눴다. 은은 자신의 우스꽝스러운 망상을 아예 거론하지 않았고, 금이 최종적으로 제시한 동아리는 1.영화, 2.국제관계, 3.전통문화 동아리였다. 후보를 세 개로 압축해놓고, 금은 다시 맥주를 시켰다. 벌써 다섯 병째였다. 모르는 사람이 보면 얼굴이 빨개진 은이 다 마신 것 같지만, 겉모습과 달리 은은 맥주 한 잔에 취기를 느낄 만큼 술이 약했고, 금은 고등학교 3학년 시절 어쩌다 마신 소주가 혼자 두 병을 넘길 정도로 술이 받는 체질이었다.

새로 맥주를 시킨 금과 은은 다시 머리를 맞대고 의논을 시작했다. 무슨 서류들을 식탁에 늘어놓고 낮은 목소리로 의견을 나누는 두 사람의 모습은, 오래 사귄 학생회 간부처럼 보였다. 은이 말했다.

"난 아무거나 좋아. 세 개를 압축하느라 애썼으니, 마지막 낙점도 네가 해라."

"그래? 그럼 영화 동아리 어때?"

두 사람 모두 영화를 썩 좋아하지는 않았다. 우습지만 금은 한 번도 영화를 끝까지 본 경험이 없었다. 30분만 지나면 코를 골았던 것이다. 은은 금보다 더 심한 경우여서, 아예 영화와는 담을 쌓고 지냈다. 영화 동아리 가입은 서로의 우정을 나누는 상징적인 제의였을 뿐이며, 그런 용도라면 영화 동아리 가입이 무난한 선택이었다. 금과 은은 다음 주 화요일 오후에 학생회관 앞에서 만나 영화 동아리에 함께 가기로 했다. 금은 남은 맥주를 마저 마셨다. 은이 물었다.

"아르바이트 자리는 정했어?"

금은 아르바이트 자리를 아직 구하지 않았다. 아무리 적응이 쉽다지만, 그래도 좀 더 알아두어야 할 대학 생활의 요령이 있을 것 같았다. 게다가 학기 초인 3월 말과 4월 초에는 반별로 이루어지는 신입생 엠티가 있었다. 아르바이트는 그 일을 치러놓고 나서 알아볼 작정이었다. 이번엔 금이 물었다.

"너도 바쁘지?"

은은 신입생환영회나 엠티에 참석하고 싶은 생각이 전혀 없었다. 음주가무와 선배들의 군기 잡기로 시종되는 그까짓 학내 행사. 은은 몇 번이나 대학을 미리 다녀봐서 알고 있는 것처럼, 대학교에서 이루어지는 온갖 회합 문화의 특징을 잘 알았다. 하긴 대학교의 회합 문화가 어떤 것인지는 꼭 겪어봐야 알아지는 것도 아니었다. 매해 대학교가 개학하는 신학기마다 과음을 못 이겨 죽거나, 술에 취해 실족사하거나, 술김에 서로 싸우다 죽는 일이 봄철의 단골 뉴스였으니 말이다. 은의 생각으로는, 그런 일이 있으면 당연히 대학 총장이 사퇴를 하는 게 상식일 것 같았지만 실제는 그렇지 않았다. 참 이상했다. 그런 사건이 일회적이고 우발적인 것이라면 누가 책임지고 말 것도 없겠지만, 그것과 유사한 크고 작은 사건들이 번번이 일어난다면 그런 구조를 방치한 수장이 책임을 지는 게 맞다고 은은 생각했다.

다음 주 화요일 오후, 두 사람은 약속된 시간에 학생회관에서 만나 영화 동아리를 방문했다. 두 사람의 새내기를 맞이한 동아리 선배들과 금과 은의 회원정보를 기입하던 여자 선배는 함께 동아리에 가입하러 온 금과 은을 고교 동문이거나 동향이거나 같은 학과로 알았다. 하지만 전혀 그런 관계가 아니라는 것을 알고, 고개를 갸웃거렸다. 뒤에 동아리 사람들로부터 "두 사람이 어떻게 만났느냐?"는 질문을 받을 때마다 두 사람은 이렇게 대답했다.

"방학 때 오토바이를 타고 여행을 하다가, 대전 근방의 국도에서 만났어요."

이런 거짓말을 즉흥적으로 꾸민 사람은 금이었고, 은도 맞장구를 쳤지만, 은은 그런 거짓말이 그렇게 재미나진 않았다.

3월은 금세 지나갔다. 열 개나 되는 동아리에 가입한 금은 그야말로 몸이 열 개라도 모자랄 지경이었다. 동아리의 분위기를 파악하기 위해 금은 하루에도 몇 군데씩이나 동아리를 돌며 얼굴을 내밀고 다녔다. 동아리 모임은 동아리방에서도 이루어졌지만, 대개는 술집에서 이루어졌다. 그러면서 서로 얼굴을 익히는 거였다. 하루에도 몇 건씩이나 모임의 내용이 다른 술집을 다니다 보니, 그게 마치 금의 미래처럼 여겨지기도 했다. 지금 금은 선거유세에 나선 국회의원 후보자가 온갖 유권자들을 모아놓은 행사에 겹치기 출연을 하는, 저 위대한 미래를 연습하고 있는 것이다.

금이 늘 바쁘게 휘돌아다니는 3월을 은은 조용하게 보냈다. 어느 학과 모임에도 나오지 않고 사범대학교 안의 어떤 동아리에도 가입하지 않는 은을 동료와 선배들은 비사회적인 외톨이로 바라보았고, 그리 길지도 않은 한 달째부터는 은을 요주의 인물로 취급했다. 동료나 선배들이 보기에 은은, 그들이 학창시절에 한 번씩은 겪었던 '사이코'를 떠올리게 해주었다. 말하자면 은은 '저런 사람이 어떻게 선생이 되었을까?'라고 비웃음을 당하게 될, 싹수 노란 예비 교사였다.

은은 강의실과 도서관, 그리고 마침 금요일 오전의 수업이 끝난 뒤에 영화 동아리에서 주최하는 영화감상회에만 충실했다. 그 밖의 시간엔 점점 그 인상이 흐려져 가는 '환영의 소녀'

를 찾아 화랑과 미술관을 순례했다. 흐려져 가는 소녀의 인상을 잡아놓기 위해, 핸드폰으로 찍어놓았던 그녀의 뒷모습을 컴퓨터의 바탕 화면에 깔아놓았지만, 컴퓨터로 옮겨놓은 사진의 해상도는 핸드폰과는 비교가 안 될 만큼 형편이 없었다. 핸드폰에서는 그나마 형체가 감지되었던 소녀의 뒷모습이, 컴퓨터의 바탕 화면에서는 우주선이 찍은 화성의 표면처럼 기괴했다.

3월 마지막 수요일, 금은 1학년 반 신입생환영회에서 술을 마시고 만취했다. 그 다음 날 아침, 어머니는 한 솥이나 되는 북엇국을 끓였다. 남편은 남편대로 아들은 아들대로, 어떤 날은 부자가 번갈아가며 또 어떤 날은 부자가 짝을 지워 술을 마시고 귀가했다. 대학 신입생인 아들은 동료 선배들과 어울린다고 그랬고, 이달 들어 술자리가 폭증한 남편은 국론 분열 양상마저 보이면서 절정을 향해 치닫고 있는 이라크 파병이 문제였다.

노무현의 참여정부가 김대중의 국민의 정부를 막 승계하려던 순간의 한미관계는 이혼 직전이었다. 게다가 부시와 네오콘은 북한을 폭격할 수도 있는 사람들이었다. 국민의 정부로부터 정권을 인수받은 노무현 대통령은 전임 정권이자 자신의 정치적 모태이기도 한 김대중 전 대통령을 향해 '햇볕정책의 기조는 변함없다'는 언질을 계속해서 보내면서, 한편으로는 미국과의 관계 개선에도 나서야 했다. 신임 대통령이 후보 시절에 내

뱉었던 '자주성 발언'으로 생겨난 미국의 의심을 그대로 방치하면, 가뜩이나 김대중 정부 때 틀어졌던 한미관계는 이혼으로 치달을 수도 있었다. 그래서 신생 정부가 얻게 될 것은, 미군 철군이나 대북 개전 가능성 등으로 한반도에서 고조될 긴장이었다.

미국 정부의 파병 요청은 양국이 동맹을 유지할 수 있는지에 대한 시험이었다. 이라크 파병을 결정한 노무현 대통령은 자신의 지지층이 이탈해 나갈 것을 각오해야만 했다. 아니나 다를까, 청와대에서 이라크 파병 가능성이 솔솔 피어나자, 대북송금 특검 수용으로 1차 균열이 시작된 노무현 지지 세력은 2차 분열을 시작했다.

3월 20일, 미군 공군의 폭격으로 이라크전이 발발하자, 시민단체들은 재빠르게 반전 시위를 조직했다. 그 다음 날인 3월 21일 오전 9시, 청와대 수석보좌관회의에서 금의 아버지는 시민단체들이 주도하는 반전 촛불시위 상황을 보고했다.

그날 정오, 대통령은 주한미국상공회의소 회장 등 외국인 투자기업 최고경영자들을 청와대로 초청해 각종 경제 현안을 주제로 오찬 간담회를 가졌다. 거기서 대통령은 외국인 투자기업들이 가장 불안해하는 북핵과 전쟁 발발에 대해 안심시켰다.

금의 아버지는 이라크 참전에 필요한 우호 여론을 만들기 위해 시민사회의 운동가들과 빈번히 접촉을 가졌으나, 큰 성과를 거두지는 못했다. 대통령을 찍어준 지지 세력이나 시민단체의 이해는 구하지 못한 대신, 대통령의 파병 결정과 파병에 필요한 우호 여론을 만들어야 하는 임무를 띤 아버지를 지켜준 원군은 따로 있었다. 바로 보수언론들이었다.

전통적인 지지 세력으로부터는 외면을 당한 채 사사건건 대통령 때리기에 앞장섰던 보수언론의 열렬한 지지를 받는 역설을 경험하면서, 아버지는 주량이 늘었다. 일사천리로 진행된 파병 계획은 4월 2일 파병결의안이 국회를 통과하고, 4월 30일엔 공병지원단과 의료지원단으로 구성된 1진이 현지로 떠났다. 그 사이에 미국의 이라크 침공을 반대하던 반전 촛불시위는 노무현 정권의 파병 반대 시위로 성격이 바뀌었다. 노무현 대통령이 자신의 지지자들에게 할 수 있는 그나마의 변명은, 전투 부대를 보내지 않았다는 것과 파병 다음 날인 5월 1일 조지 부시가 종전을 선언해버린 일이다.

청와대와 국회에서 파병이 본격적으로 논의되기 시작한 3월 말부터 파병결의안이 국회를 통과하고 파병부대가 현지로 떠난 4월 30까지, 대한민국은 온통 파병을 둘러싼 찬·반 여론으로 들끓었다. 찬·반이 팽팽했던 3월 31일, 아주 재미있게도 어느 진보적 신문의 여론조사 결과는 이렇게 요약됐다. ⅰ)미국의 이라크 침공에는 반대하지만(74%), ⅱ)파병 찬성이 반대보다 많았고(50.6% : 47.4%), ⅲ)파병이 국익에 도움이 된다는 의견이 아니라는 의견보다 압도적이었다(74.7% : 21.7%).

2003년 3월과 4월의 대한민국은 4천만 국민 전체가 파병에 대한 자신의 입장을 밝히는 들끓는 도가니였다. 그런데도 은은 그런 일에 관심이 없었다. 졸업을 하면 곧바로 전원 취업이 보장되어 있는 사범대학교는 원래 정치나 사회 문제를 논의하는 일에 무척 소극적이었다. 자신들의 밥그릇만 건드리지 않으면 아무래도 상관없다는 데가 사범대학교다. 학교 분위기가 그런 데다가 철저한 주변인을 자처한 은은, 금만 아니라면 누구하고도 파병 문제로 얼굴 붉히며 다툴 일이 없었다.

파병에 찬성하는 금과 달리, 은은 파병 반대론자였다. 그렇지만 신기하게도 은의 반대론에는 정치나 이념과 같은 한갓된 논리가 끼어들지 않았다. 은은 늘 강한 것을 꿈꾸어왔고 독립된 것을 좋아했다. 파병의 경우, 미국의 부탁을 '쿨'하게 거절하는 게 강하고 독립된 것이었다. 그것은 강하고 독립적으로 살고 싶은 은의 성향이었을 뿐, 어떤 정치적 입장이나 이념을 나타낸 게 아니었다. 거기에 비해 금은 훨씬 정치적이고 현실적인 판단을 하고자 했다.

"이것도 자연선택이야!"

자연계에서 그 생활 조건에 적응하는 생물은 생존하고 그렇지 못한 생물은 저절로 사라지는 일을 자연선택이라고 하듯이, 국제정치 질서 속에서도 국가는 생존하기 위한 자연선택을 해야만 했다. 가혹한 자연조건하에서 생존율을 높이기 위해 이질적인 종을 만나는 것과 마찬가지로, 국제정치라는 자연계 속에서는 동류끼리 합치는 일도 생존의 방편이었다.

은은 금의 아버지가 청와대 보좌관이라는 사실을 알지 못했다. 금은 은에게뿐 아니라, 학과나 동아리 어디에서도 그런 사실을 밝히지 않았다. 특히 언제까지가 될지는 모르지만 아버지가 청와대에 있는 한은, 정치적인 화제가 자주 오르내릴 수 있는 정치외교학과를 졸업할 때까지 그 사실을 숨기고 싶었다. 그래서 은하고나 잠시 이라크 파병 건을 얘기했을 뿐, 금 역시 다른 친구들이 있는 곳에서는 입을 닫았다.

그 사이에 신문 지면과 방송 마이크를 특권적으로 전세 낸 사람들, 글깨나 쓴다는 사람들과 가방 끈 긴 사람들은 이라크 파병을 놓고 말잔치를 벌였다. 그 가운데서도 이라크 파병에 반대하는 진보 진영의 논리는, 금이 느끼기로는 한 마디로 맹인모상(盲人摸象)이었다. 젠체하는 말, 기본도 안 된 말, 튀기 위해 해보는 말, 한심한 말, 두서없는 말, 유치한 말, 근거를 찾기 힘든 말, 전혀 믿음이 안 가는 말, 자신도 무슨 뜻인지 모르는 말……. 그런 말 안 되는 말 속에 금이 허우적질친 것은 아주 잠시였다. 어떤 사건이 그를 말의 수렁에서 번쩍 들어올려, 자신이 처한 대학의 현실을 대면하게 해주었기 때문이다.

"현진이가 죽었어."

고등학교 동기면서 같은 대학의 공학부에 입학한 해성으로부터 전화가 걸려온 것은, 학과 엠티에 참석한 금이 경주 부근의 펜션에서 이틀째 묵던 날 아침이었다. 워낙 감정이 없는 해성이가 울먹이며 전해준 말은 간단했다. 모 전문대학교 경호학과에 입학한 현진은 금과 똑같은 날짜에 강원도 정선으로 학과 엠티를 떠났다. 거기서 선배들이 강제로 마시게 한 술을 마시고, 엠티 장소였던 청소년 수련원 운동장에서 밤늦게 기합을 받다가 갑자기 호흡곤란을 일으키며 쓰러졌다는 것이다.

전화를 받은 금은 인솔 책임자인 선배들에게 사정을 말하고 엠티 장소를 떠났다. 사고를 낸 학교에서 학교장을 치르기 위해 빈소를 차려놓은 강북구의 한 병원에 금이 부리나케 도착했을 때가 오후 네 시. 경주에서 대구를 거쳐 서울의 빈소까지 달려왔던 금의 심신은 곤죽이 되어 있었다. 술에 취한 현진과 그의 동급생들이 운동장에 모여 경호학과 선배들에게 기합을 받고 있을 그 시간에, 금은 동료 선배들과 어울려 셀 수도 없을 만큼 많은 소주잔과 맥주잔을 비웠었다.

빈소에는 비보를 듣고 한달음에 달려왔을 현진의 부모와 식구들이 넋을 잃은 채 앉아 있었다. 금은 현진의 영정에 절을 하고 나서, 현진의 부모에게 위로의 인사를 드렸다. 현진의 어머니는 금의 등을 쓰다듬으며 울었고, 현진의 아버지는 "금이냐, 현진이 보러 왔냐?" 하며, 너털웃음을 웃었다. 그러자 금의 두 눈에서 왈칵 눈물이 쏟아지면서, 울음이 터져 나왔다.

잠시 후, 훌쩍이면서 자리를 둘러보니 먼저 온 친구들이 보였다. 서울에 진학한 동기라고 해봤자 열 명이 채 되지 않았는데, 오늘 모인 사람은 모두 여섯 명이었다. 그들 외에도 외진 자리에 몇 명이 침울하게 앉아 있었는데, 현진의 중학교 동기들로 보였고, 그 속엔 여자도 한 명 끼어 있었다. 상근이 현진의 중학교 동창인 듯한 여학생을 힐끗 쳐다보고 나서 말했다.

"야 이놈아, 현진아! 광주의 여고생이 다 네 것이라더니, 어째 한 명밖에 안 보이냐?"

여기 모인 여섯 명의 동기생들은 서울에 올라온 뒤로 함께 모여본 적이 한 번도 없었다. 다니는 대학이 제각기인 데다가, 친소 관계가 조금씩 달랐기 때문이다. 하지만 그런 친소 관계가 오늘은 아무 의미가 없었다. 그저 조용조용히 현진이와의 추억이며, 고등학교 시절의 추억을 나누었다.

"바보, 현진. 걔가 고3이 되면서부터 아예 노래를 지어 부르더라. 경호학과 출신 연예인이라면 좀 신비스럽지 않느냐고."

"뭐, 신비? 너한테는 그랬어? 나한테는 '가오'가 잡히지 않느냐고 했는데……."

문상객을 접대하는 사람들은 모두 검은 넥타이에 검은 정장을 한 금 또래의 학생들이었다. 현진이 다녔던 경호학과의 동료나 선배들이 분명했다. 금이 고등학교 동기들이 앉아 있는 자리를 보고 거기 와서 앉자, 곧바로 접대를 맡은 학생이 와서 음식 주문을 받았다. 접대를 하면서 보여주는 절도 있고 예의 바른 언행들이 처음에는 밉상으로 보이지 않았는데, 시간이 흐르면서 점점 가식 덩어리처럼 느껴졌다. 금만 그렇게 느낀 것이 아니었는지, 새로 시킨 음식 접시를 가져온 접대 요원에게 태진이 야유를 하기 시작했다.

"어 이봐, 나한테 이렇게 해봐."

구레나룻이 멋있게 나 있는 태진은 바닥에서 엉덩이를 뗀 자세로 반쯤 상체를 일으켜 앉았다. 그리고 두 팔을 무릎께로 내린 채, 양쪽 어깨는 곧추세우고 고개는 푹 숙였다. 전형적인 조폭의 자세였다.

"형님, 오셨습니까요?"

그걸 본 경호학과 소속 접대 요원은 아무 대꾸 없이, 자리를 피했다. 그러자 태진이 다시 말했다.

"어, 어. 형님, 작업하러 나가십니까요?"

그러고 나서 금과 태진은 그들이 앉은 탁자 옆으로 접대 요원이 지나가기만 하면, 반쯤 상체를 일으킨 다음, 조폭처럼 인사를 했다.

"형님, 오셨습니까요?"

"형님, 작업하러 나가십니까요?"

치졸한 행동이긴 했지만, 그렇게라도 하지 않으면 현진의 넋을 달랠 수 없을 것 같았다. 접대 요원들이 끝내 말을 받아주지 않자, 이번에는 술에 취한 상근이가 화장실을 다녀오면서 대학 본부 직원이거나 경호학과 교수인 듯한 사람들이 앉아 있는 자리로 가서 소리를 질렀다.

"야, 내 친구가 입학한 경호학과가 조폭학과였어? 엉, 너 조폭이지, 조폭교수지!"

참을 만큼 참았던 경호학과의 접대 요원들이 자기 선생들의 명예를 지킨답시고 상근이를 그 자리에서 떼어내며 주먹질을 했다. 그걸 본 금의 친구들이 한때는 현진이의 대학교 동기였을 접대 요원들에게 우르르 돌진했다. 체력적으로도 머릿수로도, 중과부적일 수밖에 없었다. 그러자 이번에는 외진 자리에 앉아 있던 현진의 중학교 동창생들이 금의 친구들을 돕기 위해 합세했다. 장례식장이 아수라장이 된 것은 삽시간이었다.

7

**이히 뫼히테
디히 하이라텐**

반복은 지옥이다. 지옥은 반복이다. 반복과 지옥은 이음동의어다. 동서양의 지옥도는 하나같이 현란하고 그래서 매혹적인 풍경으로 덧칠되어 있지만, 실제의 지옥은 그런 지옥도가 보여주는 것보다는 훨씬 단순하다. 실제의 지옥이란 끓는 기름물이 튀고, 불로 달군 쇠꼬챙이가 난무하는 풍경을 뜻하지 않는다. 우리가 지옥에 빠진다는 말은, 다름 아닌 반복의 지옥에 빠진다는 말이다. 그래서 이생에서 도둑질을 한 사람은 지옥에서도 계속 심장이 터질 듯한 긴장을 견디며 도둑질을 반복해야 하고, 살인을 했던 사람은 계속 그날의 처참했던 도끼질을 반복해야 하며, 근친상간을 했던 사람은 계속 자기 두 눈이 제 눈두덩이 속에서 섞여버릴 것만 같았던 부끄러운 육정을 반복해야 한다. 그게 지옥이다. 다시 말해 벌겋게 단 쇠꼬챙이로 혀를 뽑고, 귀 속에 뜨거운 쇳물을 붓고, 불에 달군 쇠말뚝을 당신 항문에 쑤셔 넣는 형벌장이 곧 지옥은 아니란 말씀.

다시 쓴다. 반복은 지옥이다. 지옥은 반복이다. 이때 지옥과 반복은 이음동의어다. 지옥은 결코 바로크적인 현란함으로 우리를 현혹하지 않는다. 동서양의 지옥도는 하나같이 끔찍하고 외면하고 싶은 형벌을 세세히 묘사했지만, 그런 형벌을 거듭해서 몇 번 당하고 나면 그 정도쯤이야 간지럼처럼 받아넘길 수 있는 내성이 생긴다. 자꾸 하다 보면 불로 내 살갗을 지지는 형벌 따위도, 쑥뜸을 뜨는 일과 같아진다. 그래서 언젠가는 그런 벌도 코딱지를 후비는 것만큼 시원한 일로 바뀐다. 말하자면 사람들이 지옥을 혹형의 세기[強度]로 오해하고, 그걸 묘사한 게 바로 동서양의 지옥도였다. 하지만 우리는 지옥을 좀 더 단순하게 이해해야 한다. 지옥이란 그냥 반복을 가리킬 뿐, 혹형의 강도가 아니다.

그러므로 지옥에 있게 될 때, 우리가 간구하게 될 사항은 뻔하다. 지옥에 던져진 우리가 바라는 희망은 단순하다. 이 반복으로부터 우리를 구해달라는 것! 그럴 때, 반복으로부터 우리를 가장 크게 구해내는 건 사랑이다. 사랑만이 우리를 반복의 지옥으로부터 구해낸다. 그런데 곰곰이 생각해보면, 사랑은 반복의 지옥에 빠진 우리를 번쩍 들어 단숨에 변화의 신세계에 올려주지 않는다. 역설적이게도 사랑은 반복되는 나날과 삶으로부터 우리를 일탈시켜주거나 해방시키는 것이 아니라, 반복을 온 마음으로 기다리게 하는 것으로 우리를 구원한다. 또 보고 싶고, 또 만나고 싶고, 또 만지고 싶다. 또 보고 싶고, 또 만나고 싶고, 또 만지고 싶다. 또 보고 싶고, 또 만나고 싶고, 또 만지고 싶은 것을 영원히 반복하고 싶다! 그래서 사랑은 가장 큰 희망이다. 그것은 반복으로부터의 탈출이 아닌, 반복 가운데서 쉬게 하고, 반복 가운데 힘을 얻게 하며, 반복 가운데서 자유를 얻게 한다. 우리가 죽지 않고도 겪게 되는 지옥, 바로 반복으로 점철된 '지금-여기'라는 삶 속에서, 우리를 구해주는 것은 사랑이다. 사랑은 반복이라는 무의미한 형벌로 가득한 삶을, 반복이란 행위로 감싸고 돌파하는 양식이다.

7월 18일, 아침 9시. 잠에서 깨어난 금은 침대에 누운 자세로 반고경이 가르쳐준 독일어 문장을 되뇌었다.

"이히 리베 디히."

"두 마흐트 미히 글뤼클리히."
"두 비스트 알레스 퓌어 미히."
"이히 베어데 디히 니 페어겟센."

열려진 커튼 틈을 뚫고 들어온 눈부신 햇살이 방 안을 훤히 비췄다. 옆자리엔 얇은 이불로 엉덩이의 일부만 가린 채 온통 벌거벗은 몸을 드러낸 반고경이 자고 있었다. 오늘 아침을 기점으로 반고경과 금의 만남은 6개월째로 접어든다. 금은 손을 뻗어 반고경의 젖가슴을 살짝 쥐었다 놓았다. 볼 때마다 만져보고 싶고, 한 입씩 베어 물고 싶은 젖가슴이었다. 참아보려고 했지만 손은 저절로 반고경의 젖가슴을 희롱했다. 그러면서 다시 한 번 사랑의 주문을 외웠다.

"이히 리베 디히."
"두 마흐트 미히 글뤼클리히."
"두 비스트 알레스 퓌어 미히."
"이히 베어데 디히 니 페어겟센."

옆에 그녀가 잠들어 있기 때문이 아니었다. 금은 반고경에게 저 문장을 처음 배웠던 2월 28일 이래로, 매일 아침 잠에서 깨어날 때마다 위의 문장을 되풀이했다. 금은 반고경을 사랑했다. 그야말로 또 보고 싶고, 또 만나고 싶고, 또 만지고 싶었다. 아무리 똑같은 행위가 반복되어도 질리지 않았고 오히려 반복되는 행위 속에서 새로운 열정이 샘솟고, 미래에의 비전이 영글어갔다. 반고경은 굶주리고 병들고 똥을 싸는 누추한 신체를 사용해 하늘에까지 가닿는 기쁨을 누리는 요령과 그것을 통해 자신을 긍정하는 법을 어린 연인에게 가르쳤다. 금이 반고경과 결혼을 하고 싶다는 엉뚱한 열정에 빠져드는 것은 시간 문제였다. 아침에 눈을 뜨면 바로 암송했던 저 문장들은 그녀와 자신을 연결하는 주문이며, 세상에서 가장 아름다운 시였다.

강원도 여행을 다녀온 뒤, 개학을 하고서도 금은 거의 사흘에 한 번씩 그녀를 만났다. 때문에 금은 아직껏 '남자는 100번의 아르바이트를 해봐야 비로소 어른이 된다'는 자신의 신념을 실천하지 못했다. 10개나 되는 동아리는 한 달 사이에 두 개로 정리됐지만, 그 후로도 편히 아르바이트를 할 수 있는 오후의 알짜 시간은 반고경을 위해 비워놓아야 했다. 처음에는 '약속 장소→식당→모텔/호텔'이란 그야말로 단순한 코스를 벗어나지 않았으나, 거기에 영화관이나 술집이 추가되면서 차츰 많은 시간이 소요됐다.

그래서 눈을 돌린 게 교통량 조사나 전단지 배포와 같은 단발성 아르바이트였다. 그럴 때마다 금은 혼자 가는 게 심심하다며, 가기 싫다는 은을 꾀어서 갔다. 은은 아르바이트가 싫다면서도 시간이 있을 때마다 선선히 금을 따라나섰고, 당일치기 아르바이트를 마치고 난 저녁에는 온갖 종류의 술집을 찾아 다니며 술을 마셨다. 그런 두 사람에게 당일치기 아르바이트는 돈을 모으려는 목적에서도 아니었고, 그 일을 통해 사회의 단면을 관찰하고 경험해보겠다는 의식도 없었다. 금과 은은 당일치기 아르바이트를 마치고 난 느지막한 저녁시간에, 그 날의 시급에 걸맞은 술집을 찾아 맛있는 음식과 술을 먹고 마시며 오늘의 경험을 얘기하는 재미야말로 청춘의 백미처럼 느껴졌다.

 은은 술을 즐기지도 않는 데다가 술을 많이 마시지도 못하는 편이었지만, 한 번씩 번갈아 술값을 계산하는 일에 인색하지 않았다. 때문에 미안하기로는 술도 잘 못 마시는 은을 데리고 술집을 전전한 금이 더해야 했을 것이지만, 술을 마실 때마다 미안한 사람은 오히려 은이었다. 금과 대작을 하기 위해 매번 주량을 늘이는 실험을 해봤지만, 보통은 맥주 한 잔에 나가떨어졌다. 금은 그런 은을 택시에 태워 집에까지 바래다주곤 했다. 그러지 않으면 무슨 일이 있을지 은 자신도 가늠할 수 없었다.

 막 기말고사를 마치고 방학이 시작되기 직전 6월 어느 날, 금과 은은 한강변에 있는 어느 동네로 전단지 아르바이트를 하러 갔다. 요즘 여기저기서 유행처럼 생겨나는 공동어시장의 개업 전단지였다. 금과 은은 저녁 9시쯤이 되어서야 맡겨진 1천

장의 전단지를 다 뿌렸다. 그리고 강을 건너면 바로 은의 집인 그 동네의 호프집에서 술을 마셨다. 화제는 대학교 1학년생이 할 수 있는 세상의 모든 것. 1학기 중간고사를 치렀으니, 고대했던 대학 생활의 반년을 마친 거나 같았다. 술자리의 화제는 차고 넘쳤다. 대학은 무엇이고, 거기서 우리는 무엇을 배웠는가?

두 사람은 12시가 넘어서 자리를 털고 일어났다. 한 잔에 불과한 주량을 늘이겠다고 은은 그날도 두 잔째 맥주를 시켜놓고, 반 잔 정도를 마신 상태였다. 그날따라 몸 상태가 따라주었는지 은은 멀쩡하게 보였다. 그런데 술집을 나와서 주차해둔 차량으로 즐비한 어두운 골목을 걸어갈 때였다. 갑자기 은이 바지를 내리더니 오줌을 누기 시작했다.

"야, 너 어디에 오줌 누는 거야?"

은이 어디에 오줌을 누는지를 알고 난 금은 기겁을 했다. 누군가가 실수로 운전석의 유리창을 열어놓은 채 주차를 해놓았는데, 열려진 유리창 너머의 운전석에다 오줌을 내갈기고 있는 거였다. 말릴 때가 이미 지난 데다가 마침 요기를 느낀 참이기도 한 금은 장난기가 발동해서 은 옆에 서서 바지를 내렸다. 그리고 은과 함께 열려진 유리창 너머의 운전석 안으로 오줌줄기를 정조준했다. 킬킬거리며 오줌을 거의 다 누어갈 때쯤, 골목 끝에서 누군가가 나왔다. 술이 번쩍 깬 두 사람은 바지를 후딱

올리고, 차에서 슬그머니 떨어졌다. 그리고 빠른 걸음으로 골목을 빠져나가다가 후다닥 뛰기 시작했다. 한참을 도망친 금과 은은 어느 주택가의 어린이 놀이터를 발견하고 거기에 드러누워 헐떡였다.

"야, 은. 왜 그랬어? 차 주인한테 붙잡혔으면 우린 뼈도 못 추렸어."

"그냥…… 어둑한 구멍을 보니 뭔가 속에서 솟구치더라. 거기 오줌을 싸고 싶더라고. 그런 기분 너도 알지? 네가 먼저 봤더라면, 너도 그랬을 거야."

"미친 놈, 너 동정이지? 여자하고 한 번도 안 해봤지?"

"그럼, 넌 해봤어?"

"……아니, 나도 아직이야."

만약 금이 반고경이 아닌 또래의 여대생을 만났다면, 데이트 비용 때문이라도 '남자는 100번의 아르바이트를 해봐야 비로소 어른이 된다'는 자신의 신념에 충실했을 것이다. 그러나 연상의 여인과의 만남에서는 데이트 비용을 걱정할 필요가 없었다. 아니, 바로 말하자면 그 비용은 금이 걱정할 정도가 아니라, 애초에 감당할 수 없는 거였다. 이번 여행만 해도 그렇다. 일주일 전, 마포에 있는 관광호텔 바에서 술을 마실 때 그녀가 물었다.

"우리 여행가지 않을래? 이틀 뒤면 우리가 만난 지 꼭 다섯 달째 되는 날이야."

"좋아요. 생각한 데 있어요?"

그래서 온 곳이 제주도다. 두 사람은 반고경이 사흘 동안 예약해놓은 중문단지의 호텔에 간단한 여장을 풀었다. 그리고 서둘러 수영 용품을 챙겨 호텔 앞의 해변으로 달려갔다. 아직 뜨거운 햇살이 남아 있는 오후 4시였다. 두 사람은 수영복만 입은 채 서로의 허리에 한 팔을 두르고 바다를 향해 걸어갔다. 그리고 해변을 거슬러 오르는 흰 파도 거품이 두 사람의 발등을 핥는 곳에 이르러 입을 맞추었다.

7월의 해는 뜨거웠고, 해변은 눈부셨다. 금이 입맞춤 중이던 반고경의 허리를 잡아당겨 자신의 몸 쪽으로 바싹 끌어당기자, 반고경은 금의 허리에 둘렀던 한 팔을 풀고 두 팔로 금의 목을 껴안았다. 사람의 몸은 세월이 써놓은 조서(調書)와 같아서, 웬만한 전등 불빛 아래서도 낱낱이 그 흔적을 드러내 보인다. 하지만 백주 대낮에 비키니를 입고 선 반고경에게서는 마흔 살된 여자의 흔적이 전혀 보이지 않았다. 금이 반고경을 끌어안고 연상의 여인이 뿜고 있는 온갖 매력에 찬탄하고 있을 때, 그녀가 금의 귓가에 이렇게 속삭였다.

"넌 진짜 금(金)이야. 사람들이 난 거들떠도 안 보고, 다 너만 쳐다봐."

 실컷 수영을 하고 돌아온 첫날 저녁, 두 사람은 방으로 돌아와 옷을 갈아입고 호텔에 딸린 씨 푸드 레스토랑에서 저녁을 먹었다. 자리에 앉아 음식 주문을 하면서, 금이 포도주를 시켰다. 주문을 하고 나서 얼마 뒤, 음식과 함께 포도주가 왔다. 웨이터는 익숙한 솜씨로 마개를 따고 두 사람 앞에 놓인 잔에 포도주를 따른 다음, 포도주병을 얼음 통에 재웠다. 두 사람은 잔을 들어 가볍게 부딪쳤다. 반 잔 넘게 포도주를 마시고 잔을 바닥에 내려놓은 금이, 반바지 호주머니에서 손바닥에 쏙 들어가는 조그마한 선물 상자를 꺼냈다.
 "이거, 선물이에요."
 반고경이 상자를 묶은 끈을 풀고 종이 포장을 벗긴 다음 상자 뚜껑을 열어보니, 반지였다. 금이 말했다.
 "다른 말은 다 가르쳐줘 놓고, 이 말은 안 가르쳐주었더군요. 이히 뫼히테 디히 하이라텐(당신과 결혼하고 싶습니다)."
 금은 반고경과 제주도로 여행을 하기로 약속한 다음 날, 모아놓은 용돈으로 두 돈짜리 금반지를 샀다. 그녀에게 청혼을 하기로 결심한 것이다. 금은 선물 상자 속에 든 반지를 보며 말을 잇지 못하는 연상의 여인에게 연이어 말했다.
 "철없는 아이의 객기라고 여기지 마세요. 오래 생각했어요.

우리 결혼해요."

 반고경은 반지를 꺼내보지도 않고 뚜껑을 닫았다. 그리고 선물 상자를 소리 없이 탁자 위에 내려놓고 나서, 금 쪽으로 밀었다.

 "나, 몇 살인지 알지? 마흔이야. 지금은 내가 금에게 30대처럼 보일지 몰라도, 난 이제부터 금방 늙어. 어떡할 거야? 금이 겨우 서른 살일 때, 나는 쉰이야. 그리고 금이 마흔 살일 때, 난 예순이 되고. 생각해봐. 대문만 나서면 젊고 예쁜 여자들이 득시글거려. 그런데 저녁에 집에 들어오면 웬 할머니가 앉아 있는 거야. 그걸 서로 어떻게 견디니? 결혼 못해."

 그게 문제라면, 금도 미리 생각해둔 게 있다.

 "저도 처음에는 그렇게 생각했어요. 그래서 너무 괴로웠어요. 방금 했던 계산처럼 제가 서른일 때 당신은 쉰이 되고, 제가 마흔이면 당신은 예순이 돼요. 그런데 이런 건 생각해봤어요? 우리가 그 나이가 되기도 전에 어느 한 사람이 자동차 사고나 병으로 먼저 죽을 수도 있고, 또 살다가 싸움을 하고 헤어질 수도 있어요. 뿐 아니라 기적이 일어나 제가 폭삭 늙어버리고, 당신이 더 젊어질 수도 있어요. 그러니 나이 같은 건 다 잊어버리고 우리 결혼해요."

 "금이 말하는 그런 일이 안 일어나면? 누가 먼저 죽지도 않고, 싸움을 하고 헤어지지도 않고, 그러면서 계속 사랑하는 사이면? 그럴 때는 독약을 마시고 함께 죽어야 하는 거니?"

금은 한숨을 쉬었다.

"그럴 땐, 당신에게 이렇게 이해를 구하겠어요. '나는 여전히 당신을 사랑한다. 하지만 당신이 나를 만족시켜주지 못하기 때문에, 젊은 애인을 한 사람 두고 싶다'고요."

반고경은 머리를 뒤로 젖혀가며 눈물이 나도록 한참 웃었다. 그러고 나서 왼손을 금 앞으로 뻗치고 다섯 손가락을 활짝 폈다. 금은 선물 상자의 뚜껑을 열고 반지를 꺼냈다. 금은 자기 앞으로 내어 뻗은 반고경의 손을 가볍게 잡고, 오른손에 든 반지를 그녀의 약지에 끼웠다. 그러고 나자 반고경이 상체를 일으켜 금의 양쪽 뺨에 입을 맞춰주었다. 금이 뭐라고 말을 하려고 하자, 반고경은 그녀의 검지손가락으로 금의 입을 막았다. 들어보지 않아도 충분히 예상이 가능한 말이었다. '결혼할 거죠?' 혹은 '이제 약속했어요!' 반고경은 금의 입술에 검지손가락을 대고 말했다. 상처를 주고 싶지 않았다.

"쉬!"

금이 반고경에게 청혼을 하고 약혼반지를 선물하던 시간에, 은은 금과는 달리 동갑내기 여자 친구 한 명을 세 번째로 만나고 있었다. 그녀와 처음 만난 날은 금과 함께 공동어시장의 개업 전단지 아르바이트를 한 다음 날이었다. 열려진 운전석 안으로 사이좋게 오줌줄기를 내갈겼던 바로 그 다음 날 오전, 은은 예상치 못했던 전화를 받았다. 바로 지혜였다.

"나, 지혜야. 권지혜. 내가 누군지 기억도 못하지?"

처음에는 또렷이 기억이 나지 않았지만, 통화를 하던 중에 그녀의 이름과 얼굴이 어렴풋이 떠올랐다. 지혜는 부산 시내의 고등학교 문예반 연합 동아리의 회원이었고, 은은 거기서 그녀를 만났다. 기억은 그게 끝이었다. 은은 2학년 1학기가 끝나기 전에, 문예반 연합 동아리를 탈퇴했다. 탈퇴라고 하면 거창하고, 그냥 시부적이 나가지 않았던 게 탈퇴였다.

"중간고사 잘 치렀니? 우리 한번 만나자."

약속 장소에서 만난 지혜는 은이 어렴풋이 상상하던 모습과 차이가 있었다. 은이 기억하는 그녀의 대체적인 모습은 아이의 얼굴과 같이 희고 곱상한 동안(童顔)에 통통한 모습에다 안경을 쓴 거였다. 그런데 홍대 앞의 어느 카페에서 만난 그녀의 모습은 완전히 달랐다. 고등학생 때에도 저렇게 키가 자랄 수 있나 싶게 키가 커졌고, 통통한 체구는 균형 잡힌 건강미로 바뀌어져 있었다. 카페에서 서로를 알아보고 손짓을 한 다음, 마주 보고 앉은 자리에서 그녀가 했던 첫 마디.

"나, 라식 수술했다."

안경을 쓰고 있었을 때는 미처 몰랐는데, 라식 수술을 하고 안경을 벗은 그녀의 눈은 크고 눈동자가 맑았다. 참 아름다운 눈이었다.

"나, 네가 다니는 학교에서 가까운 학교에 다녀."

그녀는 은의 동기생들에게 그가 다니는 학교를 알아냈다. 우연히도 은이 다니는 학교는 그녀가 다니는 학교와 지하철역을 같이 사용하는 권내에 있었다. 그녀는 "이런 게 다 인연이 아닐까?" 하고 그 일에 의미를 부여했다. 그러면서 하루에도 몇 번씩 은에게 전화를 할 생각을 했는데, 그럴 때마다 용케 참았다. 기말고사를 마치고 방학을 보내러 고향으로 내려가기 직전에 나 만나보자고, 은과의 해후를 멀찍이 설정해놓았다.

"너, 문예창작과 갈 거라고 하지 않았어? 그런데 왜 사범대 국교과엘 간 거야? 시 쓰면 배고플 것 같아서? 창남처럼 될 것 같아서?"

은은 고개를 저었다.

"창남? 몸 파는 남자 말야? 그게 무슨 뜻이야? 뭘 말하는지 모르지만, 난 이제 그런 거 안 써."

은은 부산 시내의 고등학교 문예반 연합 동아리 전체에서 가장 시를 잘 쓰는 학생이었다. 지혜가 기억하기로는 동아리의 상급생들도 이제 1학년에 불과한 은의 시를 부러움과 놀라움으로 바라보았다. 은이 다니는 고등학교의 선생이자 예전에 시를 쓰기도 했다던 연합 동아리의 고문 선생은, 어쩌다 참석한 합평회때마다 은의 시를 침이 마르도록 칭찬했다. 그러던 은은 2학년에 진학하면서부터 연합 동아리에 출석하는 횟수가 줄었다. 그리고 사범대학교를 목표로 공부에 전념한다는 소식이 들렸다.

"나도 문예창작과에 가고 싶었지만, 너 때문에 영문과를 선택했어. 네 시를 볼 때마다 난 안 되겠다는 생각이 들었거든. 대신 영문과에서 문학 이론이나 평론 공부를 해보면 어떨까, 생각한 거야."

그러면서 지혜는 은이 마지막 합평회에 냈던 시를 암송했다. 자신도 기억하고 있지 못하는 습작을 누군가가 외우고 있다니, 그저 놀라운 노릇이었다.

> 인터뷰를 마치고 술을 마셨다.
> 까만 눈동자에 도톰한 입술을 가진 년
> 고 계집이 자꾸 이렇게 물었지.
> 에스콰이어, 당신은 몇 만 볼트죠?
> 시는 섹스를 방전하는 거라죠?
> 아브라카다브라
> 그래서 나는 능력을 보였지.

숭구리 당당 숭당당
누군가가 버린 장갑, 헛
말을 탄 카우보이
변기의 줄을 내리는 갱
맨발로 초승달의 모서리를 깎는 비보이!
누군가가 주운 모자, 헛
슬럼가를 어슬렁거리는 멋쟁이
원숭이 맘보
세상의 모든 보행법!
그녀는 크게 웃으며 취재 수첩을 덮었지
바보, 그러면 누가 넘어가던가요?
나는 그녀의 옷자락을 잡은 채
Oh no no, Do think twice!
인터뷰에 패하고 혼자 술을 마셨다.
쓰러뜨리고 싶었던 년
고 계집에게 나는 자꾸 물었었지.
에스콰이어 기자 노릇은 어때?
나는 혀가 타서 물었지
남창처럼 물었지
사장님이 너를 무릎 위에 앉혀놓고
이렇게 말씀하시지는 않니?
이번 달엔 좀 더 넣었다고!
월급봉투를 살찐 젖무덤에 끼우면서 말이야.

"우리는 네가 그 시를 내고 나서 다시는 합평회에 오지 않자 속았다는 생각을 했어. 너는 우리를 비웃고 떠났어. ……누군가가 버린 장갑, 말을 탄 카우보이, 변기의 줄을 내리는 갱, 맨발로 초승달을 깎는 비보이! 누군가가 주운 모자……. .그건 어떤 유명한 미국 가수의 공연 장면을 변주한 거지? Do think twice는 그 노래 가사였고. 왜 그랬니? 우리가 그렇게 보기 싫었니? 아니면 시에 '오바이트'를 하고 싶었니?"

"미안해. 우선은 그 모임이 점점 싫어졌어. 이유는 없어. 결국은 내가 싫어진 거였고, 시가 싫었던 거였으니까, 너희들한테는 아무 감정 없어."

창작은 포기했다지만, 지혜는 여전히 문학소녀였다.

"다시 한 번 생각해봐. 넌 시를 쓰는 순간, 가장 너 자신을 실감한다고 했잖아. 그런데 어떻게 그걸 포기하니? 난, 네가 국어선생이 되려는 이유를 알아. 창남처럼 매문은 하지 않겠다는 거잖아? 그러니 넌 아직 시를 버린 게 아니야."

은은 아무 말 없이, 커피를 한 모금 마셨다. 그리고 속으로 중얼거렸다.

'쳇, 이건 뭐 일진회야, 뭐야?'

은이 커피를 한 모금 마시고 잔을 내려놓자, 지혜가 탁자에 놓인 냅킨꽂이에서 냅킨 한 장을 뽑았다. 그리고 은이 마신 커피 잔을 살짝 돌려, 은이 입을 댄 자리에 난 커피 자국을 닦았다. 그것을 보는 순간, 은은 그녀와 사귀고 싶은 생각이 불쑥 치솟았다. 하지만 그 충동은 금세 사그라졌다. 그녀를 좋아하기에는, 젖가슴이 너무 컸다. 은은 터질 듯이 튀어나온 여자의 젖가슴을 보면, 모든 성적 의욕이 수축했다. 그걸 알 리 없는 지혜가 은에게 말했다.

"우리, 술 한잔해!"

자리에서 일어나는 지혜를 따라 은도 일어났다. '현대문학의 이해'의 첫 시간에 교수는, 대학생이 해야 하고 또 할 수 있는 일은, 죽도록 공부하는 것과 죽도록 노는 일뿐이라고 했다. 하지만 고작 1학기 동안이긴 하지만, 은의 눈에 비친 우리나라 대학생은 그 두 가지 일과는 거리가 먼 일을 더 잘, 죽도록 했다. 학생들이 신명을 바쳐서 하는 그 일은 교수의 말처럼 공부하는 것은 분명 아니요, 노는 것은 더더욱 아니었지만, 역설을 무릅쓰고 단언하자면, 그래도 그 일이 가깝기로는 분명 노는 일에 가까웠다. 그게 뭐냐면, 바로 죽도록 술을 마시는 일이다.

바로 그날, 지혜와 은이 그랬다. 은의 주량이라고 해봤자 보잘것없는 거였지만, 지혜는 그렇지 않았다. 은은 여중생처럼 앳된 얼굴을 지닌 지혜가 500cc 생맥주를 무려 다섯 잔이나 마시는 걸 경이의 눈으로 지켜보았다.

"나, 월요일 부산 가. 은, 너는 언제 가?"

"가족이 모두 이사 왔다고 했잖아. 벌써 몇 번째야?"

"아, 그래. 그랬지. 그럼 방학 동안 부산에서는 만날 수 없겠네."

지혜는 석 잔째부터 혀가 꼬였고, 했던 말을 되풀이했다. 그런데도 지혜는 만류를 뿌리치고, 넉 잔째 잔을 시켰고, "이제 마지막"이라면서 다섯 잔째 잔을 시켰다. 마지막 잔을 바닥까지 비운 지혜는 자신을 자취방까지 데려다 달라고 부탁했다.

지혜가 자취를 하는 원룸은 두 사람이 앉아 있던 호프집에서 그리 멀지 않았다. 술에 취해 비틀거리는 그녀를 부축해서 3층에 있는 그녀의 방문 앞까지 데려다주었다. 뒤돌아서서 가려는 은을 지혜가 붙잡았다.

"안까지 데려다줘야지. 자, 열쇠 번호 가르쳐줄 테니 열어. 52114."

은은 지혜가 가르쳐주는 대로 전자 자물통의 번호를 눌렀다. 그리고 문을 열었다. 그러자 지혜가 은의 목을 두 팔로 끌어안고 방 안으로 끌어들였다. 그리고 은의 목을 잡은 채로 바닥에 쓰러졌다.

"내 방 열쇠 번호가 왜 5.2.1.1.4인 줄 알아? E 5, U 21, N 14. 그래서 52114야. 잘 알아 둬, 그게 내 방 문을 여는 비밀번호야."

그러면서 지혜는 은의 입술을 찾아 입을 맞추었다. 제대로 숨을 쉬지도 못할 만큼 길고 깊은 입맞춤이었다. 지혜는 은의 입술에 혀를 넣으면서, 한 손으로 은의 손을 잡아, 자기 젖가슴으로 가져갔다. 브래지어가 밀려 올라간 젖가슴에 은의 손이 닿자, 한없이 부드럽고 따뜻한 여자의 살덩이가 만져졌다. 그 순간 은은 갑자기 속이 메슥거려왔다.

"나, 올라올 것 같아."

은은 지혜로부터 몸을 일으킨 다음, 방문을 박차고 나왔다. 그런 직후, 은은 심각한 자기 혼란에 빠졌다.

'왜 그랬을까? 왜 그랬을까?'

여자를 안을 수 있는 거의 완벽한 기회가 주어졌는데도, 그걸 마다하다니! 지혜가 은의 손을 끌어당겨 젖가슴께로 손을 가져갔을 때, 은이 느낀 구역질의 정체는 아무리 스스로를 변명해보고 위장해보아도, 한계에 달했던 자신의 주량 때문만은 분명 아니었다.

은의 손이 지혜의 물컹한 젖가슴에 닿았을 때 느낀 메슥거림의 정체를 밝힐 시간은 의외로 빨리 왔다. 지난 7월 10일께였다. 첫 경험을 할 수 있는 절호의 기회를 스스로 내버리고 나서 느낀 약간의 혼란이 가라앉을 때쯤, 지혜가 전화를 걸어왔다.

"나야, 지혜."

"부산이니? 거기 시원하지?"

"아니야, 서울이야."

지혜는 열흘 정도만 부산에 있다가, 친구들과 스터디 그룹을 하기 위해 올라가야 한다고 부모님을 속이고 서울로 돌아왔다. 두 번째로 만난 장소는 은의 집과 가까운 동네에 있는 대형 서점에서였다. 장소는 크게 달랐지만, 두 사람은 첫 번째 만났을 때와 거의 흡사한 과정을 되풀이했다. 은은 자기 주량의 최대치인 500cc 한 잔을 마셨고, 지혜는 다섯 잔이나 되는 맥주를 마시고 했던 말을 되풀이하고 또 되풀이했다.

"내가 왜 이렇게 빨리 서울에 왔는지 알아?"

"응, 나하고 같은 하늘 밑에 있고 싶어서."

"아니, 너 그걸 어떻게 알았어?"

"벌써, 다섯 번째다."

여름의 해는 길었다. 두 사람은 그 긴 해가 다 빠지도록 카페에서 서로의 몸을 껴안고 맥주를 홀짝였다. 그러면서 은은 열흘 전의 기회가 다시 주어지길 간절히 바랐다. 지혜가 말했다.

"너, 호텔 구경해봤니?"

"응."

"호텔 방 안은 어떻게 생겼어? 살림집과 똑같이 진짜로 냉장고도 있고 텔레비전도 있는 거야? 목욕탕에는 이태리타월도 있고?"

은은 '이태리타월' 이야기에 그만 크게 웃고 말았다.
"나, 여기 오기 전에 인터넷으로 검색해봤다. 최고급 호텔이 몇 개나 있던데?"

지혜의 말처럼 두 사람이 만난 대형 서점 근처에는 최고급 호텔이 몇 개나 포진하고 있었다. 은과 지혜는 술을 마시던 카페에서 가장 가까운 호텔로 향했다. 방을 빌린 두 사람은 엘리베이터를 타고, 두 사람이 가닿아야 할 층수의 번호를 눌렀다. 은과 지혜는 엘리베이터가 멈추면서 종소리를 낼 때까지 입을 맞추었다.

절망과 좌절. 그날 은은 자살하고 싶도록 깊은 자기모멸에 빠져들었다. 엘리베이터를 타고 올라오는 도중에 잘 발기했던 은의 성기는, 카드 열쇠로 열고 들어간 객실의 문이 등 뒤에서 소리를 내며 닫히는 순간부터 급격히 수축하고 말았다. 나신이 된 지혜가 오그라든 은의 남성을 키우기 위해 손으로 열심히 만져주었지만, 그것은 다시 일어설 줄 몰랐다. 절망과 좌절로 죽고 싶은 생각마저 치민 은이 언뜻 구강 애무를 떠올려보기도 했지만, 아직 남자 경험이 한 번도 없는 지혜에게 그런 뻔뻔한 짓을 시킬 수는 없었다. 은의 성기를 일으켜 세우기 위해 한참 동안 손으로 애무를 하던 지혜가 말했다.

"술을 마시면 발기가 안 되는 남자들이 있다더니, 정말이네.

우리 다음에 해."

모두 지난 목요일에 있었던 일이다. 그날 밤 은은 순전히 자의도 아니면서 '여자와 한 방에서 자면서, 아무 짓도 안했다'는 저 60년대나 70년대의 한국 소설이 종종 보여주었던 유치한 기사도를 재현했다. 그러면서 밤새도록 끝없는 자기모멸에 시달렸다. 아침이 되어, 지혜가 어제 밤에 했던 노력을 다시 하고자 했을 때, 은은 그것을 저지했다. 자기모멸의 긴 밤을 지새우면서 은은 깨달았다. 자신은 '술을 마시면 발기가 안 되는 남자들'에 속하지 않는다는 것을.

지혜에게서 다시 전화가 온 것은 일주일이 지난 뒤였다. 그날은 금이 반고경과 제주도에서 하룻밤을 자고 난 다음 날이었고, 은이 방청객 아르바이트를 하러 가는 날이기도 했다. 은은 아주 우연히 이름난 금요일 저녁의 생방송 심야 시사토론회에 작은아버지가 출연하는 것을 알게 됐고, 방청 아르바이트를 신청했다.

"몇 시부터야?"

"응, 열 시부터."

오후 네 시께, 지혜와 은은 인사동에서 세 번째로 만났다. 은이 방청 아르바이트를 가야 했기 때문에 술을 마실 수 없었던 두 사람은, 화랑 구경을 했다. 이미 반 년째 화랑을 섭렵하고 다닌 은은 눈을 감고도 인사동의 화랑 지도를 작성할 수 있을 정도였고, 화랑마다의 특성을 간파할 정도가 됐다. 이 모두가 '환영의 소녀' 덕분이지만, 은은 일절 지혜에게 그런 말을 않았다.

'환영의 소녀'. 학기 중에는 그녀를 찾기 위해 화랑을 찾는 발길이 뜸했었다. 그녀를 찾기 위한 노력이 다시금 맹렬해진 것은, 방학을 맞으면서부터다. '환영의 소녀'를 찾는 노력이 맹렬히 타오르면 타오를수록, 마음 한구석에서는 싸늘한 체념도 함께 생겨났다.

'찾아도 찾아도 찾기지 않는 것은, 내 마음에 문제가 있기 때문이다.'

두 시간 정도 화랑을 전전한 다음, 저녁을 먹었다. 그리고 여덟 시쯤엔 지혜와 헤어져 일찌감치 여의도로 향하는 버스를 탔다. 방송국에 도착한 은은 로비에서 신분증을 맡기고 방청권을 받았다. 그리고 한 시간 넘게 토론이 벌어지는 스튜디오에서 기다린 다음, "절대 조시면 안 됩니다"라는 방송 제작 요원의 당부를 들었다.

토론 주제는 '깨끗한 정치-정치자금법 개혁'. 등받이도 없는 불편한 의자에 앉아 꼼짝 못하고 앉아 있어야 하는 일이 아무리 고역이라도, 상대방의 말을 듣지 않고 일방적인 자기주장만 쏟아내는 토론 태도며 논리에 닿지 않는 정파적 발언만큼 고역이지는 않았다. 두 시간 가까운 토론 중에 그래도 제일 건질 만한 것은, 작은아버지의 말이었다. 사회자가 다섯 명의 출연자들에게 각자 2분씩 마지막 발언을 하라고 했을 때였다.

"고비용 선거 구조를 고치지 않는 한은, 정당이 기업을 돌아다니며 '삥'을 뜯는 한국식 저급 정치는 사라지지 않습니다. 그건 삼척동자도 압니다. 문제는 이런 부조리를 종식시키기 위한 방법입니다. 그러기 위해서는 먼저 열린우리당이 한나라당을 향해 '차떼기'니 뭐니 하면서 윽박지르는 행위를 중지해야 합니다. 그건 치졸한 야당 박해로 비춰질 수 있습니다. 정부 여당은 이제 정부 여당다워야 합니다. 야당을 향해 '차떼기'라고 윽박지를 게 아니라, 자신의 잘못을 먼저 고해하고, 솔직히 반성하는 일이 필요합니다. 여당은 '차떼기' 운운하는 야당 공격을 멈추십시오. 정부 여당이 먼저 매를 맞는다는 자세가 없으면, 검은 돈, 부패 정치는 영원히 청산되지 않습니다."

작은아버지가 발언을 하는 중에, 방청석 한 쪽에 앉아 있던 젊은 남녀 방청객들이 환호와 함께 박수를 쳤다. 그들은 토론 도중에 뜨거운 열기를 잠시 식히고 가겠노라고 사회자가 방청객들에게 마이크를 넘겼을 때, "저희는 한국의 자유 민주주의를 걱정하는 전국 대학생 연합회 '자유의 나무' 회원입니다"고 밝혔던 학생들이었다.

방송이 끝나자 은은 작은아버지에게 인사를 하러 갔다. 그러나 은보다 먼저 작은아버지에게 환호했던 '자유의 나무' 소속 대학생들이 작은아버지를 에워쌌다. 은은 작은아버지가 학생들과 일일이 악수를 하며 간단한 인사를 주고받는 것을 지켜보았고, 그게 끝나자 작은아버지에게 인사를 했다.

"은, 왔구나. 방청석에 있는 걸 봤다. 집안엔 별고 없지? 이 학생들과 뒤풀이를 할 거니까 같이 가자."

방송을 마친 출연자들은 각자 편을 지어 스튜디오를 빠져나갔다. 은은 작은아버지를 위요한 젊은 대학생들과 함께, 작은아버지를 따라 여의도에서 가까운 영등포 시장의 먹자골목으로 갔다. 시장통의 회집을 찾아들었을 때, 일행은 14명이나 되었다. 작은아버지는 젊은 대학생들을 섬기듯, 학생들의 술잔 하나하나에 소주를 채웠다. 그리고 건배사를 했다.

"한 번이면 끝날 줄 알았던 좌파 정권이, 자유민주주의 이념으로 건국된 대한민국을 두 번째로 접수했습니다. 모두들 입만 떼면 자유가 소중하다고들 말하지만, 지금 대한민국을 보면 그 소중한 자유가 발밑에서부터 허물어지고 있습니다. 숭북·종북 주의자들이 자유 민주의의 모든 가치들을 부정하면서, 대한민국을 좌파 일색으로 물들이고 있는데도 목숨을 내걸고 그것을 저지하려는 사람들은 소수입니다. 여러분들은 빛과 소금 같은 존재입니다. 저는 여러분이 있어서 얼마나 마음 든든한 줄 모릅니다. 70~80년대에 대학의 정치 운동은 한 줌의 활동적인 좌파들에게 저당 잡혀 있었습니다. 그 한 줌의 좌파들보다 침묵하는 다수가 실은 더 많았는데도, 자유민주주의 진영은 한 줌도 못되는 좌파 책동가들에게 농락당했습니다. 바로 그 힘이 좌파를 두 번이나 연임하게 만든 숨은 정체입니다. 여러분들 '자유의 나무'가 소중한 것은 바로 그 때문입니다. 이제 우익 청년 대학생도 조직해야 합니다, 의식화해야 합니다, 투쟁해야 합니다. 자, 말이 길었습니다. 지금은 자유의 나무에 물을 줄 때, '자유의 나무'를 위하여!"

'자유의 나무' 회원들은 큰 소리로 화답했다.

"'자유의 나무'를 위하여!"

은은 작은아버지의 건배사에 감동했다. "이렇게 함께 가는 거다!" 은은 고속도로 휴게실 식당에서 오싹할 정도로 심각하게 느꼈던 공포와 충격을 이제야 극복할 수 있을 것 같았다. 비로소 자신이 헌신할 데를 찾은 것이다. 박정희를 빨갱이라고 부르대는 철부지들을 박멸해야 한다! 바퀴벌레 잡듯 잡아야 한다! 놈들의 창자를 꺼내야 한다!

건배사를 마치고 한 순배의 술이 돈 다음, 작은아버지는 은을 '자유의 나무'의 회장에게 소개했다. 회장은 흔히 매스컴을 통해 은이 다니는 학교와 여러모로 경쟁 관계에 있는 것으로 비교되는 학교의 학생이었다.

"아, 반갑습니다. 저는 허재원입니다. 교수님의 조카시라니, '자유의 나무'에 대해서 잘 아시겠군요."

"아, 예. 그냥 이름만 들어본 정도입니다."

"그래요? 이 '자유의 나무'란 이름을 지어주신 분이 바로 교수님이십니다."

작은아버지는 '자유의 나무'란 이름을 제3대 미국 대통령이었던 토머스 제퍼슨의 연설에서 따왔다. 회장이 이름의 유래를 설명했다.

"토머스 제퍼슨은 이렇게 말했죠. 자유의 나무는 때때로 애국자와 독재자의 피로 씻겨야 한다."

은은 회장의 말에 진심으로 공감했다.

"자유의 나무를 키우기 위해 애국자는 피와 땀을 아끼지 않는 헌신을 해야 하고, 반대로 자유의 나무를 고사시키려고 드는 독재자들에겐 죽음의 형벌을 내려야 합니다. 현재 대한민국은 민주주의자로 위장한 종북주의자들에게 위협받고 있습니다. 상황이 급박합니다. 지금은 자유의 나무에 물을 줄 때! 은 씨도 우리와 함께하는 거죠?"

은은 즉석에서 '자유의 나무'의 회원이 되었다.

8
비바람이 치던 바다

3박 일정으로 떠났던 제주도 여행은, 하루를 더 연장한 4박으로 끝을 맺었다. 김포공항에 내린 금과 반고경은 각자 택시를 타고 집으로 돌아갔다. 공항의 택시 정류장에서 반고경을 먼저 태워 보낸 금은, 그녀가 택시에 오르기 전에 반지를 낀 왼손 약지에 입을 맞추었다.

반고경과 헤어진 금은 택시를 타고 곧바로 집으로 가려다가, 어머니의 가게에 들렀다. 오후 두 시였다. 금이 가게에 들어섰을 때 어머니는 중국 조선족 말씨를 쓰는 40대의 남자와 이야기를 나누고 있었다. 무역 등록이니 통관 절차니 하는 말이 오가는 것으로 보아, 중국의 골동품을 취급하려는 모양이었다. 그러고 보니 가게에는 광주에서 보지 못한 가구들이 보였다. 의자며 탁자 모두, 한눈에 보기에도 중국에서 건너온 것들이었다. 조선족 말씨를 쓰는 남자는 한 10여 분 정도 더 이야기를 하고서 가게를 떠났다.

"조선족이야?"

"응, 그래. 중국 골동품이 조금씩 들어오고 있어. 정확하게 말하면 골동품은 아니고, 그냥 평범한 중국 가정에서 쓰는 의자나 탁자와 같은 생활가구들이야. 그런데 이게 워낙 싸서 물건을 얻기도 쉽고, 팔기도 좋아. 그래, 제주도는 어때? 엄마는 신혼여행 때 가보고 아직 못 가봤어."

금은 건성으로 제주도 얘길 한 다음, 망설이던 얘기를 꺼냈다.

"엄마, 나 여자 친구 생겼어."

"그래? 몇 살이야?"

"어, 나이는 뒤에 말하고…… 나 그 여자한테 청혼했어."

"그럼 그 여자하고 제주도에 같이 갔던 거야?"

"응. 아니야. 엄마한테 말도 않고, 어딜 다른 여자하고? 거기가서 생각을 정리하고 왔어."

어머니는 아들의 말을 믿지 않았지만, 그렇다고 크게 걱정을 하지도 않았다. 이제 겨우 열아홉 살짜리가 "여자한테 청혼했다"는 말을 곧이곧대로 듣고서, 크게 반색하거나 충고하는 일이 애당초 가당치 않은 거였기 때문이다.

"그래, 알았어. 잘해봐. 진짜 생각 있으면 한번 데려와 보고."

내심 어머니의 강렬한 관심이나 반대를 바랐던 금은 겸연쩍은 웃음을 빼물고 가게를 나섰다. 혼자 빈집에 들어선 금은 허전했다. 마음 한구석에 똬리 틀고 있으면서 불쑥불쑥 의식 밖으로 튀어나오던 황음(荒淫)이란 이름의 두더지를, 사랑이라는 고무 방망이로 아무리 합리화해보아도 종내 개운해지지 않았다. 샤워를 하기 위해 옷을 벗고 거울에 상반신을 비쳐보니, 반고경이 깨물어놓은 이 자국이 낭자했다. 금은 그것을 보면서, 자신의 이를 악물었다.

"이게, 사랑이야."

온몸에 비누를 칠하며 노래를 흥얼거리기까지 했던 금은, 젖은 몸을 닦고 옷을 갈아입은 뒤에 자신의 책상 앞에 앉았다. 금은 책꽂이에 꽂혀 있는 전공서과 부교재들의 책들을 손가락으로 훑으며 한 권 한 권, 제목을 되뇌어보았다. 책의 제목은 방학을 한 몇 주 사이에 이국의 문법교본처럼 낯설어져 있었다. 금은 책꽂이에 꽂힌 책 가운데 한 권을 뽑아 건성으로 면수를 넘겨보았다.

"대체 나는, 대학에 입학한 첫 학기를 어떻게 보내었나? 뭘 배웠나?"

욕심을 부려 여기저기 가입했던 동아리로부터는 아무것도 얻은 게 없었고, 건실한 아르바이트 하나 제대로 하지 못했다. 그렇다고 해서 친구를 사귀었느냐 하면, 그것도 아니었다. 반고경에게 흠뻑 빠진 금에겐 친구를 따로 사귈 시간이 남아나지 않았다. 그마나 은과 지내는 시간이 길긴 했지만, 반고경과 함께하는 시간에 비하면 자투리 시간에 불과했다. 금은 허전한 마음을 비집고 올라오는 누추한 황음의 감정을 다스리기 위해 반고경에게 전화를 했다. 이열치열이었다. 하지만 통화가 되지 않았다.

"지금 거신 전화는 없는 번호입니다. 다시 확인하시고 걸어주시기 바랍니다."

반고경으로부터 전화번호를 바꾼다는 말은 듣지 못했다. 금은 전화를 끊고 이번에는 은에게 전화를 했다.

"잘 있었니? 뭐해?"

"응, 책 읽어. 고향 갔다 오니 좋아?"

"그래. 넌 서울에만 있었어?"

금과 은은 이번 방학에 자동차 면허를 따놓기로 하고, 금이 반고경과 제주도로 떠나기 이틀 전에 필기시험을 통과했다. 필기시험에 합격한 두 사람은 축하주를 하자며 맥줏집을 찾았다. 은이 물었다.

"기능시험과 도로주행 마치려면 학원에 다녀야겠지? 내일이라도 당장 등록하자."

"어, 그래? 다음 주 월요일부터 하자. 나, 가족들이랑 고향에 며칠 갔다 와야 해."

금은 반고경과 함께 제주도에 간다는 것을 은에게 속였다. 그러지 않으면 동정이라고 속였던 것 하며, 은에게 설명해야 하는 것들이 많아서였다. 그런데 지금은 왠지 모든 것을 말하고 싶었다. 제주도에서 약혼반지를 끼워주고, 청혼까지 하고 왔기 때문이다.

"원래는 어제 서울로 왔어야 했는데, 하루 더 머물렀어. 월요일부터 운전학원에 다니자고 해놓고 말이야."

"괜찮아. 내일부터 가자."

두 사람은 비용이 많이 드는 전문 학원을 피해 일반학원에 가기로 하고 전화를 끊었다. 냉장고에서 맥주 한 병 꺼내온 금은, 전등을 꺼서 캄캄해진 자기 방의 침대에 누워 라디오를 들으며 맥주를 홀짝였다.

다음 날 아침, 일찍 눈을 뜬 금은 핸드폰을 열어 문자 메시지부터 확인했다. 반고경으로부터 새로 바뀐 전화번호가 전송돼 있을 줄 알았는데, 아직 오지 않았다. 금은 어제 했던 전화번호로 다시 전화를 걸었다.

"지금 거신 전화는 없는 번호입니다. 다시 확인하시고 걸어주시기 바랍니다."

제주도 여행에서 돌아와 김포공항에서 헤어진 이후, 반고경으로부터는 일주일째 아무런 연락이 없었다. 금은 그제야 깨달았다. 그녀에 대해 알고 있었던 것이라고는 이제는 쓸모가 없어진 전화번호밖에 없었다. 8년간 독일 유학을 했던 사실이나, 그녀의 가족이 캐나다, 프랑스, 호주, 중국 등지에 흩어져 살고 있다는 사실은 우선 확인 불가능하기도 했지만, 그것을 단서로 삼더라도 별안간 사라진 그녀를 찾을 방법은 없을 것 같았다.

아무리 기억을 뒤져봐도 그녀가 무엇을 하는 사람인지 추론할 방법이 없었다. 그것보다 더 중요한 것은, 궁극적으로 금과 어떤 관계를 맺으려고 했는지 또 제주도에서의 청혼을 얼마만큼 진지하게 받아들였는지조차 말짱 오리무중이 되었다.

금은 반고경과 연락이 되지 않는 사흘째부터, 운전교습을 마치면 서둘러 은과 헤어졌다. 그리고 반고경과 만났던 장소들을 찾아갔다. 숱한 모텔과 호텔들. 금은 그곳으로 찾아가 길에 선 채 반고경과 함께 투숙했던 방을 손가락으로 짚어보거나, 호텔

로비에서 서성거렸다. 그러면서 자기도 모르게 눈물을 흘렸다.

　은은 고향에 갓다왔다는 금의 얼굴에서 어두운 그늘을 보았다. 금은 이전보다 확연히 말수도 줄어들고 침울해졌다. 방학을 하고 나서 고향에 다녀오기 직전만 해도, 금은 언제나 그랬듯이 화제를 독점했고 항상 유쾌했다. 은은 광주에 남아 있다는 금의 일가에 좋지 않은 일이 있었던 것이라고 어렴풋이 짐작했다. 나흘째 운전교습을 마친 날, 오랜만에 마주 앉은 맥줏집에서, 금은 울었다. 다 큰 남자가 어떻게 저렇게 서럽게 울 수 있을까 싶을 정도였다.

　"왜 그래? 고향에 가서 안 좋은 일이 있었어?"

　간신히 울음을 멈춘 금이 말했다.

　"은, 너 사랑해본 적 있어?"

　그제야 은은 전후맥락을 새로 구성할 수 있었다. 아마 여자친구와 함께 피서 여행을 갔는데, 그것이 곧바로 이별 여행이 되었던 것이다. 금은 받아들이려고 하지 않았지만, 실제가 그랬다. 하루하루, 금은 그 사실을 받아들이고 있는 중이었다. 하지만 그것은 감기에 걸린 어린아이가 식전에 한 숟가락씩 받아먹는 약물이 아니었다. 감기약은 받아먹을수록 병이 낫지만, 서로가 합의한 적이 없는 일방적인 이별의 슬픔은 잊히는 게 아니라, 가슴 깊숙이 지울 수 없는 상처로 자랐다.

운전교습을 마친 엿새째 날도, 금은 은과 함께 찾아 들어간 호프집에서 멍하니 앉아 있다가 눈물을 주르르 흘렸다. 어제는 너무 갑자기라 그냥 바라보기만 했지만, 오늘은 금이 눈물을 보이자 은이 금의 옆자리로 가서 앉았다. 그리고 금의 어깨를 가만히 껴안았다. 그리고 이렇게 말하지 못하는 게 안타까웠다.

'내가 너의 여자였으면…… 그러면 이렇게 슬프지 않겠니?'

그날 은은 정신을 잃도록 취했다. 500cc 잔으로 두 잔이나 되는 맥주를 마셨으니, 과장하자면 치사량에 가까웠다. 금은 순식간에 몸을 가누지 못할 정도로 취해버린 은을 택시에 태워 집까지 바래다주었다. "사랑해 본 적 있"냐니? 한 번도 여자를 사귀어보지 못했다는 은에게, 괜한 얘기였는지도 몰랐다.

저녁 9시, 은을 대문 안까지 바래다준 금은 곧바로 집으로 돌아가지 않고, 은네 집 앞에 펼쳐져 있는 청담동 카페 거리를 걸었다. 대낮의 더위가 식은 금요일 저녁의 거리는 붐볐고, 유리창 너머로 보이는 카페나 주점의 손님들은 행복해 보였다. 길거리나 카페에 앉아 있는 사람들 가운데 금의 눈에는 유독 남녀 연인들만 보였고, 연인들을 새로 발견할 때마다 눈물이 흐르려고 했다. 그렇게 걷는 중에 한 카페의 문에 붙은 구인 광고가 눈에 들어왔다. '남자 아르바이트 구함'. 흰색과 검은색, 통유리와 나무로 1층 가게 전체를 디자인한 널찍한 바였다.

다음 날은 운전 실기연습을 하러 학원에 가지 않았다. 금이 학원으로 가려고 막 집을 나서려는 때에, 은에게서 전화가 왔다. 밤새도록 구토를 하며 시달리다가, 한밤에 부모와 함께 병원에 가서 링거를 맞고 돌아와 누웠다는 것이다. 금은 자신의 방으로 돌아가 책상 앞에 앉았다. 아무 일도 아닌데, 다시 눈물이 났다. 어서 운전면허를 따면, 그녀를 찾으러 다니고 싶었다.

집 안에서 보낸 토요일과 일요일 동안, 금은 아무것도 먹지 않았다. 텔레비전도 보지 않고, 책도 읽지 않으면서 그저 침대에 누워 내처 잤다. 어머니는 일요일에도 쉬지 않고 가게로 나섰고, 금의 아버지는 아버지대로 일요일을 집에서 쉬지 못했다. 이라크 파병 문제가 한 단락 나자, 이번에는 행정수도 이전과 관련한 업무가 폭주했다.

일요일 자정이 지나고 월요일로 날짜가 바뀐 새벽 2시, 금의 핸드폰이 울렸다. 금은 전화를 받기도 전에 발신자가 누구인지 직감했다. 반고경이었다.

"지금 나올 수 있어?"

금은 급히 옷을 챙겨 입고, 집 앞에서 택시를 잡아탔다. 그녀가 오라는 장소는 몇 번이나 투숙한 적이 있는 강남에 위치한 호텔이었다. 호텔에 당도한 금이 엘리베이터를 타고 그녀가 미리 가르쳐준 객실로 올라갔다. 벨을 울리자 기다렸다는 듯이 반고경이 문을 열어주었다. 그리고 금이 뭐라고 말을 하기 전에 입을 맞추었다. 그 순간 일주일 동안 금의 뇌리에 저장된 온갖 질문과 가슴 속에 쌓인 분노가 한꺼번에 휘발됐다.

반고경은 금의 입 속에 혀를 넣은 채 길게 입맞춤을 했다. 한참이나 그러고 나서 그녀는 벽에 등을 기대고 선 금 앞에 꿇어앉았다. 그리고 금의 사타구니에 자신의 양 뺨을 비볐다. 금은 자신의 바지 앞섶이 불룩해지는 것을 느꼈다. 반고경은 거기에 양 뺨을 비빈 다음, 금의 혁대 버클을 끌렀다. 금이 혁대를 끄르는 반고경의 손을 내려다보니, 왼손 약지에는 제주도에서 끼워준 반지가 반짝이고 있었다. 그걸 보자, 모든 걸 용서할 수 있었다. 혁대를 푼 반고경은 금의 오른손을 펴고, 혁대의 한 쪽 끝을 감아주었다.

"나, 믿지? 그치?"

금 앞에 꿇어앉은 반고경은 금의 오른손에 혁대를 감아서 쥐어준 다음, 턱을 든 자세로 금을 빤히 쳐다봤다.

"때려······. 난 맞아야 해."

자신을 때려달라고 간청하는 반고경의 표정은 용서를 구하는 것도 아니었고, 그렇다고 비장한 것도 아니었다. 그저 장난기가 가득했다. 금은 혁대가 감긴 손을 들어 반고경을 때리는 대신, 자신이 등을 기대고 있는 벽을 내리쳤다. 한 번, 두 번, 세

번…… 다섯 번…….

"한 번만 더 이러면, 죽여버릴 테야."

금은 또 눈물을 흘리고 있었다.

"한 번만 더 이러면, 같이 죽는 거야."

반고경은 혁대로 등 뒤편의 벽을 치며 눈물을 흘리는 금을 빤히 올려다보며, 경멸의 표정을 지었다. 그러나 그 표정은 너무나 짧은 순간의 것이어서, 금은 그것을 보지 못했다. 혁대로 등 뒤의 벽을 무수히 내리친 금은, 별안간 혁대를 바닥에 팽개치고 반고경 앞에 같이 꿇어앉았다.

"사랑해…… 사랑해…… 널 사랑해."

그건 더 이상 유희가 아니었다. '이히 리베 디히'가 아니었다. 모국어였다.

"사랑해……. 죽도록 사랑해."

금은 반고경의 옷을 벗겼고, 그녀를 바닥에 눕혔다. 침대까지 갈 이유가 없었다. 반고경은 바닥에 누우면서 자신을 덮친 금의 옷가지를 벗겼다. 두 사람은 이제껏 한 번도 만나지 않았던 사람처럼 서투르게, 그러나 지금까지 벌였던 모든 정사를 합한 것보다 더 뜨겁게 서로를 부여안았다.

이런 일에는 공식이 있다. 새벽에 갈증으로 눈을 떴을 때, 아니, 엊저녁에는 한 잔의 술도 마신 일이 없으니, 갈증보다는 어떤 조바심에 겨워 금이 눈을 떴을 때, 반고경은 없었다. 금이 침대 곁에 있는 보조등을 켜자, 보조등 밑에 놓인 호텔의 메모지 위에 반지가 놓여 있었다. 금은 반지를 집어 들어 엄지와 검지로 굴리다가, 자신의 오른손 가운뎃손가락에 끼웠다. 그리고 며칠 동안의 불면을 잊고, 코까지 골면서 푹 잠이 들었다. 아침에 일어나면 세상에서 가장 맛나고 푸짐한 스테이크를 먹으리라!

아무 꿈도 꾸지 않고 단잠을 자고 일어났을 때는 정오가 가까워져 있었다. 금은 서둘러 샤워를 하고, 호텔 지하로 내려가 스테이크에 맥주를 곁들여 먹었다.

식사를 하고 난 금은 혼자서 운전면허 실습장으로 갔은 에게 전화를 했다. 은은 혼자 운전 교습을 마치고 인사동으로 가는 중이었다.

"인사동은 왜 가는데?"

"응, 그림 구경하러."

"그림 구경? 야, 너 별거 다한다. 그거 재미있어?"

언제부터인가 은의 마음속에서 '환영의 소녀'를 찾기 위한 순례는 끝이 났다. 그런데도 화랑을 다니는 것은 몇 달이 넘게 지속된 습관 탓이기도 하지만, 아름다움에 대한 탐닉 때문이었다.

통화를 마친 두 사람은, 인사동 초입에 있는 찻집에서 만나기로 했다. 약속 장소에서 두 사람이 해후했을 때는 한참 햇볕이 따가운 오후 2시였다. 시원한 찻집에서 냉커피를 마시며 이야기를 하는 중에 은은 금의 손가락에 끼워진 반지를 발견했다. 가슴 한 쪽이 아려왔다.

"그거 무슨 반지야?"

"어, 이거. 그냥…… 어른이 된 기념으로."

"어른? 미친 놈. 네가 어른이면 나는 아직 애냐? 여자하고 헤어졌나보네."

은은 금의 연사를 확실히 듣지 못했다. 지난 금요일 "은, 너 사랑해본 적 있어?"라는 금의 말을 듣자마자 단숨에 500cc 맥주잔을 들이켜고, 정신을 잃었기 때문이다. 금이 집까지 바래다준 택시 속에서 은은 술주정을 했다.

"그 따위 사랑 얘기, 듣고 싶지 않아. 여자하고 어쩌고 하는 그런 질척한 얘기 따위, 듣고 싶지 않다. 더구나 금, 네가 겪은 거라면 더욱 말이야!"

은은 며칠 사이에 금의 얼굴이 눈에 띄게 밝아진 게 보기 좋았고, 되찾은 달변도 듣기 좋았다. 두 사람은 여름 대낮의 열기가 지나가기를 기다려, 찻집에서 나왔다. 그리고 은이 앞서는 대로 화랑 구경을 나섰다. 어머니가 골동품을 취급했기 때문에 미술에 대해 완전한 문외한이라고는 할 수 없었지만, 추상이나 개념 미술은 금에게 낯설었다. 그런데도 은은 그런 그림에 더 큰 흥미를 나타냈다. 열 군데가 훨씬 넘는 화랑을 헤집고 다니자 배가 고파졌다. 금이 말했다.

"은, 금강산도 식후경이라니 뭘 먹는 게 어때?"

"응, 이 골목 끝에 작은 화랑이 하나 더 있어. 거기만 보고 가자."

은의 말처럼 화랑이 있을 것 같지 않은 짧은 골목 끝에 작은 화랑이 나타났다. 화랑 입구에 포스터가 붙어 있었다.

전하경-보트하우스전(展)

문을 열고 들어가니, 시원한 에어컨 바람이 불었다. 화랑은 열 평 남짓했고, 전시된 작품이라고는 전지 두 장을 합친 크기의 그림 네 장이 네 면의 벽에 한 점씩 걸려 있는 게 다였다. 전지 두 장을 합친 커다란 백지에 그려진 그림은 단순했다. 우선 네 점의 그림은 모두 같은 발상에서 나온 연작이었다. 수채 물감으로 된 간단한 선 몇 개로 엉성하게 묘사된 보트가 네 그림 모두에 등장했고, 그림 속의 보트는 하나같이 흘수선이 수면 아래로 위태롭게 잠겨 있거나 이물[船首]과 고물[船尾] 가운데 어느 한 쪽이 기우뚱하게 가라앉고 있는 형국이었다. 그리고 폭 1센티미터가량의 청테이프를 2~7센티미터 길이로 점점

이 잘라 붙인 것이 물이나 파도인 모양이었다.

금과 은은 열고 들어간 문에서 시계 방향으로 돌며 그림을 관람했다. 첫 번째 그림: 흘수선이 잠긴 보트에 마천루가 잔뜩 세워져 있다. 두 번째 그림: 고물이 잠겨가는 보트에 커다란 포도주 병이 하나 실려 있다. 세 번째 그림: 이물이 완전히 잠긴 보트에 노란색 돼지 저금통이 잔뜩 실려 있다. 네 번째 그림: 침대를 실은 보트가 물속에 완전히 가라앉아 있다. 금이 은의 귀에 속삭였다.

"야, 이런 그림은 나도 그리겠다."

네 점의 그림을 일별하는 데는 많은 시간이 필요하지 않았다. 한 점당 5초면 충분했다. 하지만 은은 금에게는 낙서나 같았던 그림을 꽤나 꼼꼼히 들여다봤다. 그때였다. 시계 방향으로 네 번째 그림이 걸려 있는 벽 뒤에 또 다른 공간이 있었던지, 그 벽 뒤에서 여자가 걸어 나왔다.

"아!"

네 번째 벽 뒤의 사무실에서 나온 여자는 금을 보고 흠칫 놀랐다. 반고경이었다. 금도 따라 놀랐다.

"고경 씨?"

"응, 여기선 하경이라고 해."

반고경은 늘 캐주얼한 차림으로 금과 만났다. 어제만 해도 그녀는 마로 만든 반바지에 티셔츠 차림이었다. 그런데 정장을 한 모습이라니! 반고경은 "잠깐만"이라고 말하고서, 방금 자신이 걸어 나왔던 곳으로 들어갔다. 자세히 보니 네 번째 벽 한쪽 모서리에, 벽 뒤에 있을 사무실과 통하는 작은 입구가 있었던 것이다. 몇 분도 되지 않아, 핸드백을 어깨에 멘 반고경이 나왔다.

"가자. 밥 사줄게."

금과 은이 반고경의 뒤를 따라 찾아 들어간 곳은, 러시아의 지명을 딴 카페였다. 두 사람이 자리에 앉자, 반고경은 메뉴를 보며 "이 집에서 제일 잘하는 것"들을 손가락으로 짚어가며 의견을 물었다. 음식이 정해지자 반고경은 맥주를 세 병 추가했다. 그러고 나서 은을 가리키며 금에게 물었다.

"은이야? 제일 친하다는 친구?"

"그래요."

반고경은 오늘 새벽에 반지를 빼놓고 사라진 일에 대해 일언반구도 하지 않았고, 금도 이제는 모든 것을 이해했다. 하루 사이에 아스라한 추억이 되어버린 듯한 반고경과의 만남을 사정과 분비를 위한 '육체적 헐떡임'으로 폄하하고 싶지는 않다. 하지만 금은 알게 되었다. 사랑은 육체를 거부하지 않지만, 그것이 전부는 아니라는 것을.

금은 편안한 마음으로 반고경과 술잔을 부딪쳤다. 은은 두 사람의 관계가 아리송하긴 했지만, 설마 반고경이 금의 연인이었으리라고는 상상도 하지 못했다. 아무리 낮춰 봐도 서른은 훌쩍 넘었을 것 같은 나이 때문만이 아니었다. 적어도 연인 사이였다면 여자가 뭘 하는지 정도는 알고 있어야 했다. 그런데 두 사람이 나누는 대화로 봐서는, 여자가 그림을 그리는 줄, 금은 전혀 모르고 있었던 기색이다. 은이 화가 전하경에게 전시회를 구경한 소감부터 말했다.

"그림이 너무 좋던데요? 보트와 함께 저도 가라앉는 것 같았어요."

"그래? 좀 의례적인데? 화가들을 진짜 기분 좋게 해주려면, '그림 좋다'는 그런 의례적인 말은 하지 마. 무슨 주의에 가깝네, 어떤 유명한 화가의 작품과 비슷하네 하는 설익은 분석은 더더욱 하지 말고. 화가들은 그런 말 안 좋아해. 진짜 듣고 싶은 말은 따로 있거든."

"그게 뭔지요?"

"'여기 이 그림 진짜 사고 싶어요.' 그렇게 말하는 거야."

"아, 예. 여기 이 그림 진짜 사고 싶어요."

"그게 화가들이 제일 듣고 싶은 말이야."

"알았어요. 자본주의 사회에서는 그게 최고의 상찬이란 거죠? 앞으로 화가들을 만나면, 꼭 그렇게 말하죠. 그런데 그림이 달랑 네 점밖에 없던데, 이런 전시회는 처음 봐요. 네 점밖에 안 그린 건가요?"

"아니야. 전시회에 걸린 건 네 점뿐이지만, 저런 그림이 한 50여 점은 더 있지."

"그럼, 좀 더 큰 화랑에서 하시지 그랬어요."

"큰 화랑을 빌리려면 대여비가 더 들어야 하지. 팔리지도 않을 그림에 액자 값을 쓰는 것도 그렇고, 또 액자에 넣어놓으면 전시회 끝나고 좁은 화실에 보관하기도 힘들어. 간장 맛을 보기 위해 간장독을 다 들여마실 필요는 없지. 찍어 먹어보면 아니까."

"저렇게 네 점만 내놔도, 맛을 볼 사람들은 다 맛을 본다는 거죠."

난생 화가와 처음 대화를 나누는 은은 궁금한 게 많았다. 도대체 영감은 어떻게 작가의 머릿속에 파고들며, 화가는 왜 그림을 그리며, 예술이 존재하는 까닭은 무엇일까? 전하경은 말했다.

"보트는 연약한 자아를 상징해. 사람들은 자신이 감당하지 못할 욕망이나 강박을 가득 껴안고 침몰하는 거지. 그걸 그린 거야."

"그런 아이디어를 어디서 얻어 오나요?"

"이번 경우는 『보트하우스』라는 소설에서 얻어왔어."

"『보트하우스』요?"

은이 읽어보지 못한 작품이었다. 그러자 전하경이 『보트하우스』를 쓴 작가의 이름을 댔다. 은은 이름을 듣고서도 금방 그 작가가 누구인지 알 수 없었다. 하지만 전하경의 부연 설명을 듣고서야 어렴풋이 그가 누구인지 알 듯했다. 은이 말했다.

"아, 그 포르노 작가! 아직 그 작가의 작품을 한 편도 읽어보진 못했지만, 그런 3류 작가의 작품에서 영감을 얻어오다니, 영 믿어지지 않는군요. 그런데 화가들이 왜 소설을 읽나요? 저 같으면 그림을 더 많이 볼 것 같은데."

"응, 다 달라. 화가들은 딱 두 부류로 구분돼. 문학 작품을 걸신들린 듯이 읽는 화가와, 문학 작품은 물론이고 책이라면 아예 거들떠도 보지 않는 화가. 난, 전자야. 그리고 이번 전시회의 영감을 준 그 작가는, 거의 쓰레기야. 그런데 은이 모르는 게 있어. 사람들은 영감을 얻거나 작품의 소재를 찾는다고 항상 거장들의 작품을 읽어. 그런데 거장들은 절대 공짜로 자신을 빌려주지 않아. 카프카를 읽든 베케트를 읽든, 그런 거장으로부터 뭔가를 얻어가려면 반드시 세금을 내야 해. 거장으로부터 뭔가를 얻어내려는 사람은 곧바로 자기 이마에 카프카풍이니 베케

트풍이니라는 딱지가 붙을 것을 각오해야 한다고. 하지만 3류 작가의 작품은 경우가 다르지. 원래 3류들이란 엉성하기 짝이 없어. 아주 좋은 아이디어나 주제를 착안해놓고도 그걸 어설프게 다루지. 그래서 진짜 명민한 작가들은 그걸 훔치거나, 재활용하거나, 비트는 거지. 진정한 영감은 그런 데서 얻어야지, 거장들 무릎 밑으로 들어가는 게 아니라고."

"거장들로부터 받은 영감은 순수하게 내 것이 될 수 없지만, 3류들의 작품에서 얻은 영감은 내 것이 될 수 있다는 말이군요. 거장들의 것을 빌려오면 베꼈다는 티가 금방 나지만, 3류들의 것은 원래부터 미완성이었기 때문에 그걸 잘 베껴서 완성품을 만들어놓으면, 설사 내가 사실을 말해도 아무도 그걸 믿지 않는다는 말이군요."

"맞아, 정답이야. 너 어떻게 그렇게 이해가 빠르니? 넌 뭐든 다 흡수해버리는 습자지니? 아니면 세게 튀기면 세게 튀길수록 더 높이 솟구치는 공이니?"

은과 반고경은 죽이 잘 맞았다. 두 사람의 이야기를 듣고 있던 금이 밑도 끝도 없는 말을 툭 던졌다.

"가라앉은 침대는 언제 떠오르죠?"

반고경은 금의 질문에 단답으로 대답했다.

"그건 안 떠올라."

그러고 나서 이번에는 은에게 질문을 던졌다.

"은은 금보다 여자 친구가 많겠네."

금은 그 말을 듣는 순간, 눈물이 솟구치려고 했다. 반고경을 만나는 동안 금은 진짜 단 한 명의 여자 친구도 사귀지 않았다. 그녀가 그것을 모를 리 없다. 금은 잔에 따르지도 않고 맥주를 병째 마셨다.

"내 그림 좋아? 이번에는 네 느낌 그대로를 말해봐."

"물을 묘사한 청테이프요. 아주 즉흥적으로 쓱쓱 잘라 붙였을 것으로 보이는 그 청테이프에서 신바람을 느꼈어요. 물결 삼아 잘라 붙인 청테이프 하나하나가 마치 인상파 화가들의 거친 붓질 같았어요."

"아, 말하는 게 너무 귀여워. 내가 듣기 좋은 말만 하네."

반고경은 그렇게 말하면서 손을 뻗어 은의 뺨을 만졌다. 어느덧 식사를 시키면서 함께 주문했던 세 병의 맥주는 다 떨어지고, 새로 세 병을 추가했다. 반고경은 금이 그 자리에 없는 것처럼 대했고, 누가 보아도 은에게 추근대는 것처럼 비쳤다. 반고경이 말했다.

"아까 화가가 가장 듣고 싶어 하는 말이 '여기 이 그림 진짜 사고 싶어요'랬지."

"예."

"그것보다 화가를 더 기분 좋게 하는 말이 뭔지 알아? 네가 그걸 맞추면, 당장 널 침대로 데려가주지."

은은 잠시 생각하다가, 대답했다.

"여기 있는 그림 다 사고 싶어요!"

"어머, 어머, 어쩜, 얘 좀 봐. 그거 어떻게 알았니?"

그러면서 반고경은 자신의 입술에 댄 검지를 은의 입술에 가볍게 맞추어주었다. 그리고 말했다.

"나는 남자 누드를 그리는 일에 서툴러. 그게 잘 안 되더라고. 은이 모델이 되어줄래?"

은이 즉답을 못하고 금을 바라보자, 반고경이 자리에서 일어났다.

"손을 씻고 올 테니, 그동안 생각해봐."

화장실로 간 반고경은 수돗물을 틀어놓고 거울을 보며 머리를 매만졌다.

"금은 속이 꽉 찬 데다가 여리고 여린 아이야. 반면 은은 무섭도록 발랑 까진 놈이지. 저 애는 무서워. 금은 어떡하다가 저런 애와 친구가 됐을까?"

반고경은 거울에 비친 자신의 얼굴을, 금의 얼굴인 양 바라보며 말했다.

"금아, 날 잊어. 지금 날 잊지 못하면, 넌 영영 망가져. 이히 뫼히테 디히 하이라텐. 나한테 결혼하고 싶다던 너의 말, 너무 고마웠어."

반고경이 화장실에서 화장을 고치고 있을 때, 식탁 앞에 앉아 있던 금이 청바지를 입고 있는 은에게 말했다.

"은, 너 혁대하고 다니니?"

"혁대? 웬 혁대."

은이 혁대를 하지 않은 것을 알게 된 금은, 자신의 혁대를 빼서 은에게 주었다.

"이거 매."

"왜?"

"어떤 여자들은 남자가 바지를 벗을 때, 버클이 짤그락거리는 소리를 듣기 좋아한대."

은은 잠시 머뭇거리다가, 묵묵히 금이 건네주는 혁대를 맸다. 여러 가지 일이 짐작되고도 남았다.

"생각해봤어?"

반고경이 자리에 앉아 빤히 은을 바라보는 것을 보며, 금은 자리에서 일어났다.

"화장실 갔다 올게."

그러면서 금은 은의 어깨를 가볍게 쳤다. 화장실을 가기 위해 금이 뒤돌아설 때, 반고경이 은에게 다시 말했다.

"미술사에 남는 누드가 될 거야, 한번 해봐."

금은 다시 돌아오지 않았다. 반고경이 말했다.

"금은 오지 않을 거야. 화장실은 실내에 있는데, 밖으로 나갔거든."

반고경은 나머지 술을 혼자 마셨다. 그리고 은을 데리고 인사동에서 가장 가까운 호텔을 찾았다. 택시 기사가 두 사람을 내려준 곳은, 우연히도 금의 집이 내려다보이는 평창동의 호텔이었다. 객실의 문을 열고 들어간 반고경은 방문이 닫히자마자, 은을 벽에 기댄 채 세워놓고 무릎을 꿇었다. 그리고 혁대를 하고 있는지부터 확인했다.

"혁대를 하고 다니는 걸 보니, 신사네."

두껍고 질감이 좋은 혁대가 손끝에 만져졌다. 반고경은 은이 차고 있는 혁대의 버클을 풀었다. 늘 그랬듯이, 짤그락거리는 소리가 반고경을 흥분시켰다.

"나, 만나자마자 이러는 거 처음이야."

반고경은 은의 바지 지퍼를 내리고, 거기에 침을 묻혔다. 엘리베이터를 타고 올라오면서 연상의 여인에게서 느꼈던 편안함은 그 순간에 전부 사라져버리고, 또 다시 은에게 남은 것은 두려움과 고역이었다. 반고경의 기대와 달리 은은 점점 수축됐다. 반고경은 은을 삼킨 채, 두 손으로 자신의 윗옷을 벗었다.

마지막으로 브래지어를 벗자 무거워 보이는 젖가슴이, 턱의 움직임에 따라 위아래로 춤추듯 흔들렸다. 아무리 해도 기별이 없자 반고경은 한 손으로 은의 혁대를 빼서, 그의 손에 들려주었다.

"내가 창녀처럼 굴어서 그렇지?"

은 앞에 꿇어앉은 자세로 그녀는 은의 얼굴을 빤히 올려다보았다. 반고경의 도전적인 표정은 은을 비웃는 듯했다. 은은 혁대를 쥔 손에 힘을 주었다. 자신을 호텔로 데려온 여자가 미웠다. 은은 반고경의 벌거벗은 상반신을 향해 혁대를 휘둘렀다. 세찬 혁대가 살갗에 떨어질 때마다 그녀는 상대를 노려보며 상체를 더욱 꼿꼿이 세웠다.

하얀 살 위에 울긋불긋하게 묻어나는 혁대 자국은, 마치 반고경이 자신의 그림 위에 잘라 붙였던 청테이프처럼 보였다. 캔버스 위에 잘라 붙인 청테이프는 거칠었던 고흐의 붓질을 떠올리게 해주었지만, 꿈틀거리는 인간의 살 위에서 이루어지는 이 작업에는 그림 이상의 것이 있다. 혁대로 내리칠 때마다 듣기 좋은 상쾌한 소리가 울렸던 것이다. 은은 희열에 차서 생각했다.

"시? 교향곡? 그림? 그런 따위는 내 의지를 인간의 육체와 정신에 직접 아로새기는 이런 일에 비하면 너무 시시해. 아, 이처럼 강한 힘으로 세계를 길들일 수 있다면!"

은은 지금 자신 앞에 무릎을 꿇고 앉아, 자신의 의지를 고스란히 받아들이고 있는 게 반고경이라는 개별인이 아니라, 세계 그 자체였으면 하고 바랐다. 바로 그때였다.

"어머, 쌌어!"

은은 자기도 몰래 반고경의 얼굴에 정액을 분사해버렸다. 그 순간, 심령과학에 빠진 고등학교 동급생이 말해주고는 했던 이체유탈을 떠올렸다. 열아홉 해 동안 자신의 인격을 지탱해온 어떤 핵심은 반고경의 뺨과 코와 이마에 날아가 붙었고, 혁대를 들고 멍하니 서 있는 자신은 알맹이가 빠진 껍데기, 허수아비나 같아 보였다.

반고경은 그런 은을 그냥 두지 않았다. 그녀는 아직도 발작적으로 끄덕이고 있는 그것을 손에 잡고 침대로 올라갔다. 그러면서 은의 엉덩이와 등을 쓰다듬었다. 은은 몽롱한 상태에서 삽입을 했다. 그러다가 갑자기 자기 눈앞에서 출렁거리는 여자의 젖가슴을 보고, 조금 전에 먹었던 음식물을 게워냈다. 갑작스레 토사물 세례를 당한 반고경이 은을 침대 한쪽으로 밀쳐냈다.

"참, 가지가지도 한다."

반고경은 자신의 말을 주워 담고자, 얼른 "미안"이라고 덧붙였으나 굳이 사과까지 할 필요는 없었다. 왜냐하면 은은 수치심에 정신이 팔려 반고경의 그 말을 전혀 알아듣지 못했다.
"아뇨. 뭐가 미안해요? 제가 미안해요."
반고경은 가슴에 쏟아진 토사물을 씻기 위해 욕실로 달려갔다. 은은 침대에 엎드린 채 샤워 소리를 들으면서 두 손으로 머리칼을 쥐어뜯었다.
"이렇게 될 줄 몰랐단 말인가?"
샤워기의 물소리가 그친 것은 채 2분도 되지 않았다. 황급히 샤워를 마친 반고경이 옷을 입는 기척이 은의 귀에 들렸다.
"나, 먼저 갈게."
그러고 나서 핸드백이 열리는 소리가 났다.
"이거…… 내일 차비 해."
은은 허리까지 시트를 덮고 엎드린 자세로, 아무 대꾸도 하지 않았다. 잠시 후 문이 열렸다 닫히는 소리가 났다. 은은 자리에서 일어나 창문으로 갔다. 커튼을 젖히자 단독주택으로 이루어진 마을의 불빛이 보였고 멀리에 어둑한 북한산이 보였다. 은은 사람 몸 하나가 겨우 빠져나갈 만한 창문을 열었다.
'죽어버리고 말자!'
은은 11층에서 뛰어내리기 전에 자신의 패배를 잠시 복기해 보았다. 그것은 반고경을 따라나섰던 자신의 무의식과 직면하는 일이었다. 이렇다. 은이 호기롭게 반고경을 따라왔던 표면적인 의도는 자신의 성적 장애를 극복하기 위해서였다. 지혜를 상대로는 번번이 남자 구실에 실패했었지만, 또래가 아닌 경험 많은 연상의 여성과 함께라면 성에 대한 두려움과 여성에 대한 결벽증은 물론이고 처녀막을 찢은 것에 대한 책임이나 죄의식마저 한꺼번에 극복되고 면제될 수 있을 것 같았다.

그것이 반고경을 따라온 표면적인 이유였지만, 은은 또 알고 있었다. 그것이 모두 어떤 사실에 대한 위장이며, 이번의 시도 역시 실패로 귀결되고 말리라는 것을. 그런 강한 예감에도 불구하고 은이 반고경과 호텔에 투숙해서 성공하지 못할 정사를 시도한 까닭은 금에 대한 강렬한 욕망 때문이었다.

은이 자신의 고민을 해결하기 위해 읽었던 성 심리학은 이렇게 말해주었다. 남자 친구에게 자신의 여자 친구와 동침하라고 은근히 권하는 남자는, 그 친구에 대한 동성애적 욕망을 우회적으로 나타낸 것이라고. 다시 말해 자신과 몸을 섞은 여자를 매개로 동성애적 친근감이나 욕망을 대리 충족시키려는 행위가, 남자들끼리 간혹 행해지는 '애인 증여'나 '애인 바꾸기'였다.

은의 경우 금에게 자신의 여자 친구를 증여한 게 아니라 금이 안아보았을 여자와 동침을 시도했다는 게 다르긴 하지만, 그 양태가 지닌 무의식의 근거는 하나도 다르지 않다. 은은 금과 몸을 섞었을 게 분명한 반고경의 몸을 매개로 금과 자신이 하나로 되는 동성애적 환상을 실현해보고자 했던 것이다. 바로 그것이 방금 일어났던 일의 진실이다. 그런데도 은은 왜 정사에 실패했을까?

답은 뻔하다. 은은 11층 창문에 서서 조금 전의 사건을 복기하기 직전까지, 자신을 이성애를 할 수 있는 남자로 여기고 있었다. 그는 이미 몇 차례의 신호에도 불구하고, 자신의 성적 정체성을 시인하지 못했다. 그래서 무의식이 내린 임무, 즉 반고경을 통해 금을 안고 싶다는 심층적인 임무를 망각하고, 표면적인 임무 즉 반고경을 수단 삼아 여자 앞에서 발기가 되지 않는 자신의 남성만을 치료하고자 했던 것이다.

창문을 열고 지상을 내려다보니, 백색 주차선 안에 성냥갑 같은 차들이 주차되어 있었다. 은은 금세라도 뛰어내릴 작정으로 상반신을 창밖으로 내밀었다. '죽어야겠다'는 자명한 생각만큼 투신할 용기는 솟아나지 않았다. 은은 울면서 창가의 바닥에 웅크리고 앉았다.

"새벽이 오면……. 새벽이 오면 뛰어내릴 거야."

그렇게 웅크린 채로, 울먹이면서 은은 잠이 들었다. 그리고 새벽이 왔다. 열려진 커튼 사이로 비쳐든 희미한 박명이 은의 벌거벗은 몸을 어루만졌다. 은은 몽유병 환자처럼 자리에서 일어나 다시 한 번 투신을 시도했다. 밤사이에 주차된 차들이 많이 빠져나가, 백색 주차선으로 그려진 빈 네모 칸이 군데군데 보였다.

"저게 과녁이다."

그러나 은은 자신의 몸으로 과녁을 맞히지 못했다. 은은 눈을 돌려, 아직 불이 켜지지 않은 마을의 어두운 지붕들을 보았다. 누가 사는지도 알 수 없는 어두운 지붕들은 옹기종기 어깨를 맞대고 있는 어린아이들처럼 살가웠다. 은은 지금 이곳이 개학하기 전, 부모님과 1박을 묵었던 해운대의 그 호텔이었으면 싶었다. 다시 눈물이 왈칵 쏟아졌다.

은은 밤새 얼굴도 없는 '환영의 소녀'를 따라 쇠못이 삐죽이 솟은 아홉 개의 산을 맨발로 넘고, 물뱀으로 뒤엉킨 열 개의 강을 맨손으로 건넜다. 모든 고통에는 보상이 따른다. 밤새 진땀을 흘리며 겪었던 악몽이 말짱 헛것은 아니었다. 서서히 밝아오는 아침 햇살이 은의 몸을 황금 물로 도금하는 순간, 생각이 떠올랐다. 은은 악마가 '친구를 하자'고 달려들고도 남을 미소를 빼물며, 침대에 올라가 잠을 잤다.

단잠을 자고 깨어났을 때, 손목시계의 시침은 10시를 가리키고 있었다. 은은 지혜에게 전화를 했다. 지혜는 1분도 늦지 않고 은이 기다리고 있는 호텔의 커피숍으로 달려왔다. 11시 30

분이었다. 지혜는 은을 보자마자 이렇게 물었다.
"여기서 잤어?"
"응."
"누구하고? 아니면 혼자?"
"그게 궁금해? 그건 좀 있다 말해줄게."
두 사람은 아이스커피를 시켰다.
"뭐 타고 왔어?"
"응, 지하철 타고 경복궁에 내려서 택시를 탔어. 그런데 집에서 바로 택시를 타도 얼마 안 나올 뻔했어."
"오늘도 인터넷에 들어가서 길 찾기를 했어?"
"응. 넌 안 해?"
"어. 난 안해. 아니, 그런 일은 여자들이 잘하더라. 남자들은 잘 안 해. 이상하지? 여자들이 준비성이 뛰어나서인가? 아니면 여자들은 기계치라는 선입견이나 불안을 인터넷 활용으로 만회하려는 건가?"
"그래. 확실히 남자들은 잘 안 해. 그렇지만 그건 여자들이 더 섬세해서나 기계치라는 약점을 보상받기 위해서가 아닐 거야."
"그럼?"
"섬세해서가 아니라 두려움 때문이지. 사회에 대한 두려움. 남자들은 길을 가다가 잘 모르면 아무에게나 길을 물어도 불편하지 않지만, 여자들은 그게 편치 않거든. 여성을 얕보고 무시하는 사회가 두려운 거야."

"헤, 페미니즘인가?"

"아냐, 아냐."

그 대목에서부터 지혜는 자신의 입장을 바꾸기 시작했다.

"난 페미니즘 같은 거 싫어. 그러는 여자들은 진짜 밥맛이야. 정말 싫어. 근데 넌 왜 싫어?"

은이 느긋하게 대답했다.

"난 온갖 평등주의가 싫어. 여자가 남자와 같다고 우기는 페미니즘도 내가 싫어하는 온갖 평등주의 가운데 하나야."

"그래? 나하고 정말 똑같네! 나도 평등, 평등 하는 사람들은 왠지 겁나더라. 평등이란 게 겁나지 않아야 그걸 주장하는 사람들도 인간적으로 보일 텐데, 입만 떼면 평등, 평등 하니까, 그걸 부르짖는 사람들이 진짜 무서운 거 있지? 은 너는 어쩌면 나하고 생각이 똑같니?"

이때 주문한 음료가 왔다. 아이스커피를 한 모금 마시고 나서 은이 말했다.

"지혜야…… 너 내 곁에 있어줄래?"

"무슨 말이야?"

"내 곁에 영원히 있어주겠냐구?"

지혜는 행복했다. 방금 은이 사랑을 고백한 것이다. 지혜는 기다렸다는 듯이 곧바로 대답했다.
"응, 영원히 네 곁에 있을게."
은이 물었다.
"좀 전에 누구하고 잤냐고 물었지? 얘기해 줘?"
지혜가 대답했다.
"아니야. 괜찮아. 난 아무런 상관 없어."
은이 말했다.
"사실 어떤 여자하고 있었어. 나이가 열 살…… 아니, 한 열다섯 살 정도 많은 여자였어. 자기 말로는 시인 겸 수필가라고 하던데, 내가 보기엔 멋모르는 젊은 남자들을 꼬셔서 농탕질이나 치는 그런 유부녀였어."
"예뻤어?"
"아니, 예쁜 여자가 왜 남자를 꼬시고 다녀? 가만히 있어도 유혹받기에 바쁜데. 못났으니까 유혹하고 다니지."
"그래서? 잤어?"
"응. 자려고 왔어. 그런데 네 생각이 나서 도저히 할 수 없었어."
"그래서 어떻게 했어?"
"술에 취한 것처럼 가장해서, 그 여자 얼굴에 토악질을 해버렸어. 그러니까 온갖 욕을 퍼붓고는 나가버리더라."
"못난 마녀, 쌤통이다."
웃는 얼굴과는 다르게 지혜는 아이스커피에 꽂혀 있는 스트로의 끝을 한 손으로 꼬부려트렸다. 은이 말했다.
"지혜야."
"응?"
"내 곁에 영원히 있어준다고 했지?"
"응, 영원히."
"내게 결함이 많고, 다른 사람들처럼 널 행복하게 해주지 못하고, 또 널 외롭게 해도?"
은이 그렇게 말하고 나서 지혜의 눈을 빤히 바라보자, 지혜가 앉아 있던 자리에서 일어났다. 그리고 두 손을 배꼽 부근에 모으고서, 은에게만 들리도록 나지막이 노래를 불렀다.

비바람이 치던 바다 잔잔해져 오면
오늘 그대 오시려나 저 바다 건너서
밤하늘에 반짝이는 별빛도 아름답지만
사랑스런 그대 눈은 더욱 아름다워라
그대만을 기다리리 내 사랑 영원히 기다리리
그대만을 기다리리 내 사랑 영원히 기다리리

9

**여행을
떠나요!**

8월엔 여행을 떠났다. 금과 은은 이번 여름 방학 때 운전면허를 따고 나면 차를 몰고 전국 여행을 하기로 약속을 했었다. 두 사람은 나란히 운전면허를 땄고, 지금 그 약속을 실행 중이다.

  모든 여행 계획이 그렇듯이, 금과 은의 자동차 전국 여행도 약간의 변경이 있었다. 그 가운데 가장 큰 것은 지혜의 동행이다. 운전면허 합격을 빙자해서 금과 은이 카페에 앉아 시시덕거리던 저녁 때, 축하를 해주겠노라고 지혜가 달려왔다. 누구의 생일도 아닌데 커다란 케이크까지 사들고서였다. 은이 지혜와 금을 서로 인사시켰다. 금이 은에게 물었다.

"바로 말해. 지혜 씨는 애인이야, 친구야? 친구면 내가 애인 해도 돼?"

"우리? 우리는 애인이나 친구보다 더한 사이야."

"애인보다 친구보다 더한 사이? 그럼 무슨 신도야? 너희 혹시 여호와의 증인이야? 아니면 '노빠[노무현 맹종자]', '박빠[박정희 맹종자]', 그런 거?"

"어, 맞아. 그거 비슷해. 우리는 동지야."

은의 말은 사실이었다. 아침에 갑작스러운 전화를 받고 평창동의 호텔로 지혜가 달려왔던 날, 두 사람은 반고경이 놓고 간 차비로 뷔페를 먹었다. 그리고 시간을 보내기 위해 '자유의 나무' 사무실이 있는 대학로로 갔다. 은은 지난달인 7월에 가입을 한 후로, 몇 번이나 '자유의 나무' 회합에 참여했고, 회합 때마다 동료 회원들의 찬탄을 받았다.

은이 생래적으로 가지고 있던 '강한 것은 선하고, 강한 것은 아름답다'라는 생각은 꽤 거칠었지만, 어린 우익 보수주의자들이 희미하게 알고는 있으면서 확연하게는 깨닫지 못하고 있던 우익 보수주의 신념의 테두리를 선연히 해주었다. 은이 생각하기에 '자유의 나무'의 청년 대학생 회원 대부분은 젊은이가 가질 수 있는 순수한 이상 때문이기도 하지만, 우익 보수주의자가 될 근기를 처음부터 타고나지 못했기 때문에 아직껏 자신들이 왜 우리나라의 우익 보수주의자가 되기로 했으며, 보수주의자가 되어서는 어떤 세계관을 실천해야 하는지를 전혀 모르는 것 같았다. 은이 누군가? 고등학교 수능시험을 치르고 난 두 달 사이에 세계문학전집 가운데 60여 권 넘는 고전 명작을 숙독했으며, 문학이 현실에서 패배한 자들의 넋두리에 불과하다는 것을 간파한 즉시 어마어마한 인문·사상서를 손수 선정해 읽기 시작한 조숙한 영재요, 미래의 지도자가 아니신가.

은의 생각으로는 '강한 것은 선하고, 강한 것은 아름답다'는 명제 하나만으로 설명할 수 없는 이 나라의 보수주의는 숫제 없었다. 보수주의자들이 왜 4·19 혁명보다 5·16 쿠데타를 찬양하는지, 왜 미국을 조국인 양 섬기는지, 왜 나라를 빼앗긴 조선보다 조선을 짓밟은 일본을 더 흠양하는지, 왜 크면 클수록 예수의 가르침이 분식(粉飾)되고 마는 대형 교회로 몰려가는지, 하다못해 퇴역 장교들로 운영되는 모모 연합회의 모모 회원이 왜 군복 차림에다 항상 가스총을 차고 다니는지! 이유는 하나다. 강한 것이 곧 선한 것이고, 아름다운 것이라고 믿기 때문이다.

때문에 못 배우고 못 가지고 못난 것들은 죽어야 한다. 그게 답이고, 법이다. 아니면 최소한 끽소리 없이 고분거리고 있거나! 사실 그런 떨거지들은 볼펜의 똥 찌꺼기보다도 못하다. 이런 못난 쓰레기 말류도 사람 형태를 하고 태어났으니 최소한으로나마 살게 해주자는 게 '온정적 보수주의'인 것을 보면, 온기라고는 없었던 본래의 우파 보수주의가 어떤 것인지 더 명확히 드러나지 않는가? 사또가 가마를 타고 행차하면 아랫것들은 보이지 않는 곳으로 피해야 하고, 장군이 뜨면 방위병은 숨어야 한다. 못 배우고 못 가지고 못난 것들은 국가는 물론이고 문명의 애물단지에 불과하다. 어서 처분되어야 할 잉여 분자를 위해 고교평균화가 있고, 복지정책이 있고, 의료보험이 있고, 노사정위원회가 있고, 의문사진상규명위원회가 있고, 진실·화해를 위한 과거사 정리위원회가 있고, 인권이 있고, 평등이 있고, 법이 있다는 것 자체가 어불성설이다. 뭐? 온정적 보수주의? 그런 건 제대로 된 우파들이 차마 주장할 게 못 된다.

아무리 수영을 잘하는 조오련이라도 수영을 할 줄 모르는 맥주병이 함께 살자고 손과 발을 물귀신처럼 잡고 늘어지면, 조오련 아니라 그 누군들 별 수 있겠는가? 함께 진화하며 성장하고 함께 적자생존의 단맛을 나누지 못할 낙오자들은 대한민국을 위해서나 인류 문명을 위해 빨리 사라져야 한다. 그런데 그런 오합지졸들이 '노사모'라면서 대들고, '네티즌'이라고 대들고, 민중입네, 시민사회네, 또 뭐라네 하고 대드니, 대한민국이 그만 저 철딱서니 없는 노무현에게 홀딱 넘어간 거 아니냐?

솔직히 말해서, 못 배우고 못 가지고 못난 것들이 어떻게 나라를 경영하나? 장터거리의 장삼이사도 대학 졸업장을 가진 나라에서 상업고등학교 나온 정도로 어떻게 대통령을 하나? 뭐? 사법고시 패스? 그런 건 봉화마을의 농투사니였던 노씨 가문에나 영광일 뿐이지, 1년에 몇 천 명씩이나 배출되는 사법고시 합격자가 무슨 대한민국의 영광이겠어? 국가 경영이란 한 나라의 지도자가 동원할 수 있는 인적 연계나 자원의 총량으로 이루어지는 것이거늘, 노무현과 옥살이 전문가 집단인 386 금치산자들이 무슨 나라를 경영한다는 말인가? 조국을 비역한 그 패덕자들이?

워낙 박정희 대통령과 전두환 장군님이 닦아놓은 게 많아서 노무현이 아무리 깽판 쳐도 대한민국이 완전히 거덜 나는 일은 없을 거다. 아니, 거덜 난다. 반드시 난다. 다만 하나님이 보호해주신다는 조건 아래서만 간신히 거덜을 면한다. 문제는 노무현 다음이다. 대한민국의 명운을 위해 다시는 노무현과 참여정부 인사들처럼 못 배우고 못 가지고 못난 똥 찌꺼기들이 권력을 넘보거나 나눠 먹자고 덤벼드는 일이 없도록 해야 한다…… 운운.

지혜와 함께, 4층짜리 빌딩의 2층에 입주해 있는 '자유의 나무'를 찾아갔을 때는, 문을 열어놓은 채 선풍기를 틀어놓은 후덥지근한 사무실에 회장 혼자 자리를 지키고 있었다. 자원공학과 4학년에 재학 중인 회장은 그동안 회합에서 보여준 은의 거침없는 달변이 늘 흥미로웠다. 게다가 은의 삼촌은 '자유의 나무'를 태동시키는 데 중요한 역할을 한 대표적인 보수 논객이 아닌가? 은은 사무실에 다른 회원이 없는 틈을 타서, 평소에 회장에게 하고 싶었지만 이태까지 아꼈던 말을 했다.

"형, 똥 찌꺼기들로부터 대한민국을 지키자는 게 '자유의 나무'죠?"

"그래. 좌파 어중이떠중이들에게 나라를 다시 맡길 수 없지."

허재원이 그렇게 대답하자, 은이 말했다.

"그런데 그런 이상에 충실하자면, 지금처럼 '자유의 나무'가 운영되어서는 안 된다는 게 제 생각이에요."

"'지금처럼'이라니?"

"제 생각에는 지금부터 '물' 관리를 해야 할 것 같아요."

"물?"

"단도직입적으로 말할게요. 아무 대학교 학생이나 받아들여서는 안 된다는 거예요. 아무 대학교 학생이나 오는 대로 받아들이게 되면, 진짜로 '자유의 나무' 회원이 되고 싶은 명문대학교 학생들은 오지 않아요. 우리가 끌어들이고 싶어도 3류가 득시글거리는 곳에 그들은 오질 않아요. 3류 대학교 애들이 끼지 못하는 진짜 명문 대학생들로만 이루어진 모임이라야, 명문 대학생들이 허영을 가지고 '자유의 나무'로 몰려들죠. 그래야 똥찌꺼기들이 대한민국을 점령하는 것도 막을 수 있어요."

"무슨 말인지 이해는 가. 그런데 대학은 여전히 좌파 대학생 단체의 세력이 더 커. 그런데 어떻게 명문대학교 학생들만 회원으로 받을 수 있어? 그건 우리 스스로를 고립시키는 거 아닐까? 명문대생끼리라니, 도덕적으로 개운치 못하고 말이야. 외부에서 알면 지탄받을 게 뻔해."

"그렇지 않아요, 절대 고립되지 않아요. 우선 명문대생만을 가입시킨다는 것은 몇몇 간부만 아는 내규고 밖에서는 전혀 몰라요. 필요하면 과시 삼아 한두 명의 지방 대학교 학생을 넣을 수도 있어요. '자유의 나무'에 가입할 수 있는 자격을 S·K·Y대, 카이스트, 포항공대 학생 정도로 한정시켜놓으면, 여기에 들어오지 못하는 대학교의 학생들은 자기들 나름으로 제2, 제3의 '자유의 나무'를 만들죠. 그렇게 되면 우리의 운동은 고립되는 게 아니라 오히려 문어발처럼 더 확장되는 거죠. 제2, 제3의 '자유의 나무'가 자꾸 생겨나면 우리는 그들을 지도하는 거예요. 이런 방식을 통해서 '자유의 나무'는 대학생 보수 그룹을 지도하는 리더 그룹이 되어야 해요. 이런 선민의식이 양심에 걸린다고 하셨는데, 옛날 80년대 운동권들이 다 그랬대요. 서울대만 운동권 성골이고, 비서울대 운동권은 그저 시다바리였다고 하죠. 평등을 외치면서 위계를 만든 개네들이야말로 위선자들이죠."

"그래, 그건 나도 들었어. 서울대 운동권은 왕 노릇하고 다른 대학교 운동권은 머슴질 했다지. 그리고……."

"그리고요?"

은이 재촉하자, 허재원은 지혜를 한번 쳐다봤다.

"아 참, 이거 여자분이 있는데서……. 서울대 운동권 성골이 뜨면 비서울대 운동권 여자들은 '기쁨조' 하고 그랬지 뭐. 조금만 있어봐. 노무현도 그 위선자들에게 발등이 찍힐걸. 그렇지만 개들이 그랬다고 해서 우리까지 따라하는 건 좀 그렇지 않아? 너 같으면 명문과 비명문을 단칼로 딱 나눌 수 있니?"

"방금 제가 말했던 대학들이 명문이죠. 나머지는 글쎄요, 형도 인도의 사성계급이 뭔지 알죠? 브라만과 수드라는 함께 어울릴 수 없는 거예요. 삼국(三國)대는 물론이고 성균관대, 중앙대, 홍익대, 이런 학생들과 우리가 어떻게 함께 놀아요?"

그러자 허재원이 물었다.

"서강대는 왜 빼?"

"서강대는 뭐……."

은이 우물쭈물하자, 허재원이 눈치를 '긁고' 입을 닫았다. 두 사람이 자기 때문에 어색해하자, 지혜가 재빨리 나섰다.

"그래요, 나 수드라에요. 천민이에요. 그런데 그냥 수드라가 아니고, 사랑 앞에서만 천민이고, 자유 민주주의 앞에서만 천민이고, 대한민국 앞에서만 천민이에요. 저도 '자유의 나무'에 가입하고 싶어요. 아직은 그런 내규가 안 만들어졌죠?"

지혜는 그 길로, 상식과 비전을 제시하는 전국 대학생 보수주의 연합 '자유의 나무' 회원이 되었다. 마침 은의 이야기가 다 끝났을 때, 누런 1호봉투를 무겁게 들고 여자 총무가 들어왔다. 회장은 총무에게 지혜를 소개시키면서 새로운 회원이라고 말했다. 두 사람은 서로 이름을 나누었다. 그러고 나서 은은 지혜와 함께 사무실을 나섰다. 2층 계단을 내려와 1층에 다다랐을 때, 지혜가 핸드폰을 앉아 있던 소파에 빠트렸다며 다시 사무실로 올라갔다.

지혜가 1층 계단을 사뿐히 밟고 2층의 사무실 문 앞으로 갔을 때, 선풍기 소리가 털털거리며 돌아가는 사무실 안에서 여자 총무의 목소리가 들렸다.

"은은 참 똘똘하고 머리가 좋은 것 같아. 난 걔 나이에 아무 것도 몰랐는데. 재원이 네 생각은 어때?"

"응…… 걔…… 완전 이거야, 이거!"

지혜는 입술을 꼭 깨물었다. "이거야, 이거" 하면서 회장이 검지로 자신의 옆머리를 빙글빙글 돌리는 게 눈에 훤히 보였다. 지혜는 계단을 천천히 되밟아 내려왔다. 그리고 은의 팔에 자신의 팔짱을 끼면서 말했다.

"난 꼭 네 곁에 있을 거야."

은은 그런 갑작스러운 사랑 표시가 싫지 않았다. 그러면서 아무렇지도 않게 말했다.

"핸드폰은 찾았어?"

"응, 소파에 있던걸."

은은 지혜가 핸드폰을 찾으러 간 사무실에서 무슨 말을 들었는지도 모르면서, 이렇게 혼잣말을 했다.

"저 형은 유약하고 신념이 모자라. 그래서는 자유 민주주의를 지키는 우익 운동가도, 보수주의 지도자도 될 수 없어."

지혜는 이념 따위, 아무래도 좋았다. 은이 있는 곳이면 그곳이 지옥이거나 정신병자 수용소라 하더라도 끝까지 따라가서 함께하고 싶었다. 지혜는 팔짱을 낀 팔에 살며시 힘을 주며 다시 한 번 말했다.

"난 언제라도 네 곁에 있을 거야. 널 지켜줄 거야."

운전면허 실기 시험장에서 합격을 받은 두 사람은 축하주를 하기 위해 학교 근처의 카페를 찾았다. 거기서 은은 무심결에 합격했다는 소식을 전하기 위해 지혜에게 전화를 했는데, 지혜가 부득이 카페를 찾아오리라고는 짐작도 못했다.

"가고 싶어. 이럴 때는 선배가 축하를 해주어야지. 그리고 네 짝꿍인 금도 보고 싶어."

"얘는 내가 초등이냐, 짝꿍이라게. 그래, 잠시 왔다 가."

지혜가 '선배'라고 한 뜻은, 두 사람보다 운전면허를 먼저 취득했다는 뜻이다. 부산에서 대학교수를 하는 부모를 둔 지혜는 수능시험이 끝나자 곧바로 운전 학원을 다녔다. 지혜는 은에게 몇 번이나 이렇게 투덜거린 적이 있다.

"학교 기숙사에 당첨되면, 부모님이 차를 사준다고 하셨는데."

지혜가 커다란 케이크를 사들고 두 사람이 있는 카페로 들어온 것은 전화를 끊고 나서 얼마 되지 않아서였다. 무슨 5분 대기조가 달려왔나 싶을 정도로 빨랐다. 은이 지혜와 금을 서로 인사시키고 나자, 금이 곧바로 은에게 농담을 걸었다.

"바로 말해. 지혜 씨는 애인이야, 친구야? 친구면 내가 애인 해도 돼?"

"우리? 우리는 애인이나 친구보다 더 한 사이야."

"애인보다 친구보다 더한 사이? 그럼 무슨 신도야? 너희 혹시 여호와의 증인이야? 아니면 '노빠', '박빠', 그런 거?"

"어, 맞아. 그거 비슷해. 우리는 동지야."

여행 이야기를 거기서 하는 게 아니었는데, 운전면허 취득을 축하하는 케이크까지 잘라 먹으며 그 이야기를 하지 않을 수가 없었다. 그처럼 들떠 있었던 것이다. 그러자 곁에서 듣고 있던 지혜가 자신도 따라붙겠다고 나선 것이다.
"나도 가면 안 돼요? 나도 운전면허 있어요. 남자들만 무슨 재미로 가요?"
솔직히 말하면 은은 금하고만 가고 싶었다. 반대로 금은 지혜의 말처럼, 남자들만 가는 것보다 여자가 한 사람 동행하면 더 재미있을 것 같았다. 은은 몇 번이나 난색을 표하다가, 그것도 손해 볼 것은 없다는 생각을 했다.
금과 은이 여행을 떠난 것은 실기 시험에 합격하고, 5일간의 도로주행이 끝난 8월 8일 금요일이었다. 지혜가 그 여행에 따라붙게 된 것은 원래 계획에는 없었던 돌발 변수였다. 그리고 또 하나 예기하지 못했던 것은, 은의 어머니가 시아주버니의 외제차 열쇠를 은에게 준 것이다. 주로 고속도로를 탄다니 걱정이 된 데다가, 조용한 아들이 외제차를 타면서 한껏 기를 펴기를 바랐던 것이다.
여행 계획은 단순했다. 서울서 동해로 갔다가 동해안 고속도로를 타고 남하, 은의 고향인 부산에 들렀다가 다음엔 남해안 고속도로를 타고 금의 고향인 광주로, 그리고 서해안 고속도로를 타고 서울로 돌아오는 거였다. 내륙을 훑어보지 못해서 완전한 전국일주라고는 할 수 없지만, 그래도 그것은 자동차라는 펜으로 한반도 남쪽의 해안선을 그려보는 일과 흡사했다.

지혜가 쓴 5일간의 여행 일지

1박. 춘천. 두 사람이 번갈아 가면서 운전을 했다. 두 사람은 음악 성향이 완전히 달랐다. 그래서 은이 운전을 할 때는 클래식을, 금이 운전을 할 때는 국악에서 팝, 가요까지 자신이 편한 것을 틀도록 서로 양해했다. 은은 금이 튼 음악을 들으며 굉장히 괴로워했다. 그래서 자꾸 자신이 운전대를 잡겠다고 했다. 춘천에 당도해서 모텔을 얻어놓고, 여행 시작을 자축하며 간단한 맥주 파티. 잠은 모텔 방 두 개를 빌려서, 하나는 내가 차지하고, 남자 둘이 한 방을 씀.

2박. 강릉. 동해를 바라보며 또 다시 간단한 맥주 파티. 다행히도 여름휴가의 절정을 살짝 비켜나서인지 방 두 개를 쉽게 구할 수는 있었지만, 춘천에서보다 못한 방을 두 배나 비싸게 주고 얻었다. 어제와 같은 방식으로 잠. 춘천에서 강릉으로 오는 도중에 서로 맞지 않는 음악 때문에, 두 사람이 신경전을 벌임. 나는 어느 음악이라도 다 괜찮았다.

3박. 부산. 아직 피서 철이 끝나지 않은 데다가 일요일마저 겹쳐, 강릉에서 부산까지 내려오는데 상당히 많은 시간이 걸렸다. 은은 애초부터 부산에 내려가는 걸 마뜩해하지 않았다. 이유를 캐물어도 대답을 하지 않았다. 저녁 늦은 시간에 금에게 해운대, 광안리, 자갈치 시장 등을 구경시켜주었다. 은이 아무 친구도 불러내지 않아서, 내가 동창생을 한 명 억지로 불렀다. 잘생긴 두 명의 남자와 값비싼 외제차를 타고 전국일주를 하는 나를 부러운 눈으로 쳐다봤다. 하지만 당장 밤부터 부산 시내에 온갖 소문이 퍼지겠지. 역시 같은 방식으로 방을 씀.

4박. 광주. 부산에서 광주로 오는 길을 휑하니 잘 달렸다. 이렇게 잘 달리는 걸 보니, 어제 우리가 얼마나 고역을 치렀는지 새삼 실감됐다. 광주에는 금이 미리 연락한 친구들이 다섯 명이나 나와 있었다. 그리고 그 자리에 통 여고생으로 보이지 않는 금의 여동생 향이 잠시 합석했다. 오빠처럼 아주 잘생긴 미녀였다. 너무 술을 많이 마시고, 어떻게 방에 들어왔는지도 알 수 없다. 새벽에 깨어보니 은이 옆에 잠들어 있다.

5박. 보령. 뜻하지 않게 향이 함께 따라나섰다. 대천해수욕장은 동해보다 한산했다. 모두들 어제 마신 술이 깨지 않아, 쉬엄쉬엄 쉬어가며 운전을 했다. 남자들이 한 방을 쓰고, 향과 내가 또 한 방을 썼다. 향이 내게 "은 오빠와 애인이냐?"고 묻기에, "친구"라고 답해줬다. 어제만큼은 아니지만 오늘도 술을 꽤 마셨다. 금이 타고난 술고래면 은은 '술새우'? 서울로 돌아오는 길에 사흘 동안 뜸했던 '음악 신경전'이 다시 재개됐다. 내가 나서서 운전을 하는 동안 두 사람에게 어떤 음악도 켜지 못하게 했다. 이상하게도 두 사람은 온갖 이야기에서 죽이 잘 맞는데, 음악에서만은 서로 양보하지 않았다. 나는 어떤 음악도 가리지 않고 다 들을 수 있었는데, 금과 은은 서로 상대방이 켜는 음악을 들으면 두통이 난다고 호소할 정도였다. 만에 하나, 두 사람이 철천지원수가 된다면 다 음악 때문이리라.

8월 13일, 여행이 끝났다. 세 사람은 일찌감치 서울에 올라와서 은네 차고에 차를 넣고, 뒤풀이 삼아 은의 동네에 있는 카페에 들어갔다. 우연히도 그곳은 일전에 금이 은을 집까지 바래다주고 거리를 산책할 때 발견했던 카페였다. 손님들은 여전히 붐볐고, 〈남 아르바이트 구함〉이라는 구인광고는 그대로 붙어 있었다. 금은 맥주를 반잔쯤 마시더니, 카운터에 가서 누군가와 이야기를 하고 왔다.

"나, 내일부터 여기서 일할 거야."

친구들과 자동차를 몰고 떠들썩하게 벌였던 전국 여행으로도 사랑의 상처는 다 아물어지지 않았다. 여행을 마친 다음 날부터 금은 그동안 밀쳐두었던 책을 손에 잡았다. 그리고 매일 저녁 6시부터 새벽 1까지 카페로 아르바이트를 하러 갔다. 아르바이트를 하러 평창동에서 청담동까지 움직이는 것은 약간 번거로웠으나, 적당한 육체적 피로가 오히려 반고경을 잊는 데 도움이 됐다.

카페의 시급은 센 편이었고, 매일 차비를 따로 주었다. 며칠 동안 일을 하면서 보니, '남 아르바이트 구함'이라는 구인광고가 보름 넘게 붙어 있었던 까닭은 아르바이트생의 용모를 크게 따졌기 때문이었다. 현재 가장 유명한 모 남자 배우와 한창 뜨는 중이라는 어느 남자 모델도 이곳에서 아르바이트를 하는 중에 발탁되었다고 한다. 아닌 게 아니라 손님들은 대부분 디자이너나 연예 관련 사업의 관계자들이었고, 금은 동료들을 보고 주눅이 들기도 했다.

그러던 어느 날이었다. 좀체 다른 친구들과 함께하는 모습을 보여주지 않았던 은이 남자 친구 두 명과 함께 카페에 들이닥쳤다. 은이 친구들과 함께 있는 게 워낙 드문 일이라서 금은 반갑게 은을 맞았다. 그런데 은네 일행은 침울했다. 금은 은의 주문을 처리한 뒤, 자신의 업무를 하면서 은네 일행을 건성으로 훔쳐보았다.

집 앞까지 은을 찾아온 두 남자는 고등학교 동기였다. 은과 마찬가지로 서울 유학을 온 은의 고등학교 동기들은, 은에게 몇 차례나 메일을 보냈는데도 아무런 답신이 없어서 작심하고 친구를 찾아온 것이다.
 "은아, 넌 국사 선생을 좋아했잖아. 그런데 서명을 못하겠다는 이유가 대체 뭐냐?"
 "그래, 네 입으로 국사 선생이 최고라는 말도 했었잖아. 생각해봐, 그런 선생이 지금 이 땡볕 아래 1인 시위를 하고 있어. 그런데 서명을 안 한다니, 그게 말이 된다고 생각해?"
 동기들이 찾아온 것은 국사 선생님의 구명 건 때문이었다. 국사 선생님은 학교 재단과 학교 운영 비리를 폭로한 이유로 여름방학 중에 파면 통지를 받았다. 그리고 친구들의 말처럼 하루씩 모교 교문과 부산시 교육청 정문을 번갈아 옮겨가며 1인 시위를 하고 있었다. 동문 졸업생으로 구성된 국사 선생 복직 대책위원회가 보내준 그 사진을 은도 이메일을 통해 받아 보았다.
 국사 선생은 학교 이사회와 교장에게 유령 동창회비, 독서실 이용료 징수, 기성회를 통한 불법 찬조금 모금 등의 문제를 시정해달라고 지속적으로 요구해왔는데, 이번 여름방학 중에 학교 측에서 국사 선생을 전격 파면한 것이다. 학교 명예를 실추

시키고 국가공무원법 중 비밀 엄수와 성실 의무를 위반했으며, 학교장 허락 없이 교재를 선정한 데다가 직무에 태만했다는 게 징계 사유였다.

"은아, 국사 선생이 틀린 말 한 게 뭐 있니? 쪽팔려서 어디 가서 말을 못해 그렇지, 영어 선생, 수학 선생이 이사장의 손자·손녀의 과외를 하러 다니고, 교장 아들이 결혼할 때 학생회장과 반장은 물론이고 전교 100등 안에 든 학생들의 부모는 모두 의무적으로 부조금을 내야 했던 학교가 우리 학교였어."

친구들이 말해주지 않아도 그걸 모르는 동문이나 동기는 없었다. 그런데도 은은 국사 선생 복직 대책위원회가 보내준 이메일 서명에도 참여하지 않았고, 모교 홈페이지에 보내달라는 '한 줄 항의'에도 참여하지 않았다. 동기들이 찾아온 것은 그 때문이다.

"알아. 국사 선생의 이의 제기는 정당해. 그리고 직무에 태만하기는커녕 학생들을 위해 열성을 다했다는 것도. 그렇지만 서명은 못해."

그러자 친구가 언성을 높이며 물었다.

"아니, 왜? 대체 그 잘난 이유나 한번 들어보자."

은은 나직이 응대했다.

"너희들은 이런 취조 분위기에서 진심이 토로될 수 있다고 믿니?"

"얌마, 은. 이게 무슨 취조니? 대체 서명하지 않는 이유가 뭐야? 우리는 네가 이 소식을 들으면 제일 광분할 줄 알았어."

은은 망설이다, 대답했다.

"국사 선생, 전교조잖아. 그냥도 아니고, 무슨 분회장일걸."

친구들은 어이가 없는 표정이었다.

"아니, 그게 이유야? 그게 우리를 열성으로 가르치고, 학교의 부조리를 시정하고자 노력했던 선생을 구명하지 못하는 이유야?"

"은, 생각해봐. 우리가 전교조를 구하자는 게 아니잖아. 국사 선생을 위해서야."

은은 고등학교 학창 시절 동안 한 번도 자신의 정치적인 색깔을 드러낸 적이 없었다. 동료 학생들이 어쩌다 벌이는 정치 논쟁에 일절 끼어든 적이 없었기 때문이다. 때문에 친구들은 은의 대답을 듣고 더욱 크게 놀랐다. 은은 독립선언문의 마지막 문장을 읽듯 비장하게 마침표를 찍었다.

"아무리 성실하건 말건, 전교조는 안 돼."

동기들이 한 입으로 되물었다.

"왜?"

"빨갱이들이잖아."

그러자 다혈질로 소문난 동기 한명이 물 컵을 들어 은의 얼굴에 끼얹었다. 그리고 옆의 친구에게 말했다.

"야, 가자. 이 새끼. 완전 돈 모양이다."

"그래, 완전 '퀙도'다."

옆의 친구 역시 한 차례 물세례를 뒤집어쓰고 얼굴에서 물을 뚝뚝 흘리는 은의 얼굴에 자신의 물 컵을 끼얹었다. 두 사람은 자리에서 벌떡 일어나 카페를 나갔다. 은이 연거푸 물세례를 받는 것을 본 금이 멀리서 냅킨을 한 손 가득 움켜쥐고 달려왔다.

"뭐야, 저 자식들! 내가 가서 패줄까?"

금이 두 사람을 따라 달려가려고 하자, 은이 금의 팔을 잡았다.

"그냥 놔 둬. 내가 잘못했어."

은은 금이 건네주는 냅킨으로 물이 듣는 얼굴을 닦았다. 그러면서 웃었다. 금이 그 모습을 보면서 실소를 했다.

"웃어? 그 꼴에?"

머리칼에 묻은 물기를 닦으면서 은이 말했다.

"나, 부모님과 여행 가. 뒤늦게 피서 가재."

"그래, 좋겠다. 어디로 가?"

"모르겠어. 자기들 좋은 데로 가겠지 뭐."

부모님과 함께 간다던 피서 여행은 거짓말이었다. '자유의 나무' 회원들과 특전사 훈련 캠프에 가게 된 것이다. 왠지 은은 그걸 말하는 게 부끄러웠다. 언젠가 금요일 강의를 모두 마치고 동아리로 영화 감상을 하러 가기 전에, 미리 요기를 해놓기 위해 분식점에서 갔을 때였다. 분식점의 한 쪽에 켜둔 텔레비전의 케이블 방송에서 해병대 극기 훈련 캠프에 참여한 한 가족의 입소기가 방영되고 있었다.

"야, 은. 저거 재미있겠다. 우리도 한번 갈까?"

텔레비전 화면을 흘깃 보고 난 은이 말했다.

"글쎄. 난 억만금을 줘도 싫다. 두어 달에 한 번씩 저런 취재기를 찍어서 방영하는 우리나라 PD들이랑 방송국이 진짜 뭐하는 덴 줄 모르겠어. 걔들 머리에 오물이 가득한가 봐."

국사 선생님은 이렇게 가르쳐주었다.

"너희들이 중학교 때 맞이했을 구제금융기 직후, 번지점프 열풍이 시작됐고 해병대 극기 훈련 캠프가 따라서 유난을 떨었어. 번지점프와 해병대 극기 훈련 캠프가 각광을 받게 된 것은 서로 아무 관계가 없을 것 같지만, 밀접한 관계가 있지. 한국인들은 구제금융기에 파산과 실업 같은 막대한 사회적 위기와 공포를 맞닥뜨렸어. 국가나 사회 어느 것도 국민 개개인이 맞닥뜨린 위기와 공포를 해결해주지 못했지. 사회적 위기와 공포를 개별적으로 극복해보고자 하는 몸부림이 바로 번지점프고 해병대 극기 훈련 캠프야. 참 슬프지."

은은 국사 선생님이 해준 말을 하나씩 떠올리며 금에게 말했다.

"내 생각은 이래. 해병대 극기 훈련은 해병대원이 필수적으로 거쳐야 하는 숭고하고 막중한 훈련이고, 과장해서 말하면 그 과정의 전모가 함부로 공개되어서도 안 되는 일종의 군사비밀에 속하는 거라고 생각해. 국가대표 선수나 무슨 기업체의 신입사원들이 자진 입소해서 받아야 하는 레크리에이션이 아니라는 거지. 제대로 된 사회에서라면 신입사원을 저런 캠프에 입소시키는 회사는 전망이 없거나 곧 망할 회사 따위로 우스갯감이 되어야 정상이야."

국사 선생님은 말했다.

"대한민국이 직면했던 구제금융이란 환난은 '악바리 근성'이나 '근육' 또는 '까라면 까는 맹목적인 충성'으로 극복할 수 있는 게 아니라, 각 개인의 창의성과 자발성은 물론이고 한국 사회의 구조 관행을 개선하는 것으로 극복되어야지 저런 해병대 극기 훈련 캠프 따위로는 극복되지 않아. 그런데도 이런 캠프가 방송에 자주 부각되는 것은 우리 속에 인이 박힌 군사 문화 탓이야. 아흐, 이 변태성욕자들!"

은의 생각과 말은 국사 선생의 그것과 전혀 구분되지 않았다. 은은 해병대 군복을 입고 행군을 하는 텔레비전 속의 가족을 한번 쳐다보고 나서 말을 이었다.

"글쎄, 초등학생 아들과 중학생 딸을 데리고 저 짓을 하다니. 저게 무슨 '스너프 필름'도 아니고. 제대로 된 사회에서라면 저렇게 어린 가족을 이끌고 저런 캠프에 입소하는 아버지는 정신 감정을 해야 옳다고!"

이렇게 말했던 게 고작 3개월 전이었다. 그런데 이제 와서 은은 자신의 생각을 다 뒤집었다. 대체 그 3개월 사이에 무슨 변화가 있었느냐고 누가 묻는다면, 은은 입을 쩍 벌린 조개가 외부의 자극에 곧바로 입을 닫아 버리듯이 자신의 속내를 비밀에 부칠 것이다. 은은 생각했다.

'강하게 되려는 이 욕망도 어쩌면 내 성적 정체성을 위장하기 위한 가면이런가? 아니면, 강해지려는 이 욕구조차 누군가가 아름다움으로 갈고 닦인 나를 유혹해주길 바라서인가? 강한 것은 진정 아름다우며, 나는 그런 아름다운 대상이 되고 싶다.'

해병대 훈련 캠프로 갈 것이냐, 특전사 훈련 캠프로 갈 것이냐? 한 달 전부터 계획을 입안한 '자유의 나무'에서는 해병대와 특전사 훈련 캠프를 놓고 한동안 입씨름을 했다. 그때 거의 해병대로 낙착이 된 결정을 특전사로 바꾼 것은 은이었다.

"우리는 대한민국의 자유 민주주의를 지키는 최고의 엘리트가 되어야 한다. 그러니 훈련 캠프도 대한민국 최정예 부대로 가야 한다."

전국에 흩어져 있는 500여 명 넘는 '자유의 나무'의 회원 가운데 80여 명이나 되는 남녀 대학생들이 참여를 했다. 간부진도 놀랄 만큼 높은 참여율이었다. 훈련소 입소에 필요한 교육비의 일부는 모모 경제 단체가 소액 지원했다.

8월 20일, 수요일. 60여 명이 넘는 '자유의 나무' 회원들은 경기도에 있는 특전여단의 특전사 훈련 캠프로 떠났다. 그 일행 속에는 지혜도 있었다. 버스를 타고 가면서 은은 지혜에게 엄지손가락을 들어 보였다. 지혜가 엄지손가락을 높이 치켜든 씩씩한 은의 모습을 찍었다. 그러고 나서 옆의 회원에게 핸드폰을 주면서 두 사람을 함께 찍어달라고 부탁했다. '자유의 나무' 회원들은 두 사람이 애인인 줄 알았다. 지혜가 사진을 함께 찍기 위해 곁으로 오자, 은이 지혜의 어깨를 두 팔로 감싼 채 지혜의 귓불에 입을 맞추었다.

"우리는 평생 동지야, 그렇지?"

지혜는 사람들이 보는 데서 은이 자신의 귓불에 입을 맞추어 주자, 너무 행복해서 눈물이 날 것 같았다.

은이 특전사 훈련 캠프에서 구슬땀을 흘리고 있을 때, 금은 인터넷 의류 쇼핑몰을 운영하고 있는 사장으로부터 모델을 제의 받았다. 하루에도 몇 번씩, 주위 사람들을 거느리고 카페를 들락거리던 중년의 남자가 카페의 사장과 함께 앉아 있는 자리로 금을 불렀다.

"이제 1학년인데 훨씬 성숙해 보이네. 어때, 모델 한번 해보지 않을래?"

쇼핑몰 사장은 카페 사장의 양해를 이미 구한 듯했다. 금이 말했다.

"열흘도 되지 않아 그만두기는 싫습니다. 남자가 그래서는 안 된다고 배웠습니다."

금이 고집을 피우자, 쇼핑몰 사장은 한 달을 기다리겠다고 말했다. 금은 그날 처음으로 자신의 외모를 객관적으로 평가해보고자 자주 카페의 거울을 훔쳐보았다.

"흠, 내 얼굴이 모델을 할 정도란 말이지?"

누군가 자신의 외모를 인정한다는 것은, 신나는 일이었다.

"젊을 때, 그런 이색적인 일을 해보는 것도 괜찮겠지?"

마음 같아서는 오늘부터 바로 모델 일을 해보고 싶기도 했으나, 아침부터 오후 네 시까지는 밀린 공부를 하고 오후부터 밤까지 아르바이트를 하는 지금의 생활도 그럭저럭 괜찮았다. 특히 낯선 여자 손님들의 표정과 취향으로부터 반고경의 자취를 찾아보는 일은 금의 가슴에 아릿한 즐거움마저 안겨주었다. 그런 여자 손님이 오면, 금은 자신도 억제하지 못한 채 일부러 그 테이블로 다가가곤 했다.

"더 필요한 것 없으세요?"

그러면서 카페의 기본 안주를 좀 더 갖다 주거나, 재떨이를 갈아주곤 했다. 어느 날 금은 반복되는 그런 행동을 의식하고는 놀라서 멍하게 서 있기도 했다. 아직 육체적 헐떡임을 사랑이라고 착각했던 반고경과의 정사는 그처럼 어린 청년의 가슴에 상처를 남겨놓았다.

은과 지혜는 2박 3일 동안의 특전사 훈련 캠프를 거뜬히 마치고 '자유의 나무' 회원들과 대학로의 호프집에서 해단식을 가졌다. 그날 훈련을 마친 회원들은 캠프에서의 일화를 되새기며 밤늦게까지 놀았다. 밤늦은 12시, 은의 핸드폰이 울렸다. 핸드폰을 열어보니 문자 메시지가 와 있었다.

'오빠, 잘 올라갔어? 단도직입. 수능 끝나면 나하고 사귀자.'

향이었다. 은은 향이 보낸 문자 메시지를, 옆에 앉은 동료와 장난을 치며 크게 웃고 있는 지혜에게 보여주었다.

"넌 좋겠다. 걔 예쁘던데, 사귀어봐. 나도 미남하고 사귀어보게."

"미남?"

"응, 금 말이야. 그러면 안 돼? 안 되지?"

캠프를 다녀온 지혜는 까맣게 탔다. 그리고 사흘 전보다 더 쾌활해지고, 말이 더 많아졌다. 이것도 점점 강해지는 걸까? 해단식이 있던 날 밤, 은은 지혜의 자취방에서 잤다. 하지만 입맞춤 이상의 것은 없었다. 자동차 여행을 하고 난 뒤로, 아니 은이 느닷없이 전화를 해서 호텔 커피숍에서 만난 뒤로 지혜는 뭔가가 조금 바뀌었다. 그 전에는 은과 자는 일에서 사랑을 확인하고자 조바심을 했다면, '내 곁에 있어달라'는 은의 사랑 고백을 듣고 나서는 그런 조바심이 한결 가셨다. 자동차 전국 여행 중엔 약간 도지기도 했지만. 은이 완강히 성교를 거부하자, 지혜는 언제부터인가 은의 자제심을 높은 도덕적 특질로 숭앙했다. 결혼을 할 때까지 얼마든지 참을 수 있었다.

개학을 나흘 앞둔 날, 은네 집에서 할아버지의 제사가 있었다. 은은 그날 저녁까지 요즘 늘 붙어 다니곤 하는 지혜와 함께 금이 일하는 카페에서 노닥거리다가, 제사가 시작될 시간에 집에 들어갔다. 집 안에는 벌써 아버지의 형제들과 사촌들이 와 있었는데, 모두들 아이를 하나씩밖에 낳지 않은 데다가 작은아버지 부부는 아예 아이를 낳지 않았다. 그래서 미국 외유를 떠난 첫째 큰아버지 식구를 제외한 네 가족이 모였는데도 식구는 할머니를 합쳐 열두 명밖에 되지 않았다.

제사를 마치고 나서 음복을 했다. 작은아버지가 은에게 말했다.

"얘기 좀 하자."

작은아버지와 은은 음복을 하는 식구들을 널찍한 응접실에 남겨놓고 2층에 있는 은의 방으로 올라왔다. 은의 책상에는 낮에 펼쳐놓고 간 '꿈의 노트'가 놓여 있었다. 작은아버지가 말했다.

"내가 오후에 좀 일찍 왔어. 그래서 무슨 공부를 어떻게 하나 싶어서 네 방 구경을 하러 왔는데, 책상 위에 이 노트가 있더구나. 이거 네가 쓴 거니?"

작은아버지가 말없이 펼쳐 보인 대목은 확실히 은이 쓴 거였다. 어느 날 잠을 자려고 침대에 누워 있다가, 갑자기 감흥이 일어나 휘갈긴 거였다. 은이 고개를 끄덕이며 "예" 하고 짧게 대답하자, 작은아버지가 은이 쓴 글을 나지막이 읽었다.

"강한 것은 선하고, 강한 것은 아름답다. 못 배우고 못 가지고 못난 것들은 죽어야 한다. 아니면 최소한 끽소리 없이 고분거리고 있거나! 사실 그런 떨거지들은 볼펜의 똥 찌꺼기보다도 못하다. 못 배우고 못 가지고 못난 것들은 국가는 물론이고 문명의 애물단지에 불과하다. 함께 진화하며 성장하고 함께 적자생존의 단맛을 나누지 못할 낙오자들은 대한민국을 위해서나 인류 문명을 위해 빨리 사라져야 한다. 솔직히 말해서, 못 배우고 못 가지고 못난 것들이 어떻게 나라를 경영하나? 대한민국의 명운을 위해 다시는 노무현 일당처럼 못 배우고 못 가지고 못난 선동전문가들이 권력을 넘보거나 나눠 먹자고 덤벼드는 일이 없도록 해야 한다. 우리는 강하고, 실력 있고, 아름답다."

　은이 쓴 글을 읽고 난 작은아버지는 잠시 생각에 잠겼다. 이런 조카와 대학가에서 맹활약을 하고 있는 '자유의 나무'의 젊은 대학생들로부터 희망의 전조가 보였다.

　"그래. 은 네가, 아주 정확하게 파악했다. 젊은 우파라면 적어도 이런 수준에서 시작해야 해. 그런데 보통은 이런 근거로부터 시작하는 게 아니고, 대항의식으로부터 시작하지. 예를 들어 '나는 좌파가 싫다', '나는 운동권 애들이 너무 설쳐서 싫다', '나는 김정일이 너무 밉다'. 이렇게 해서는 결코 제대로 된 '대한민국 재건국' 운동을 할 수 없어. 미구에 시작될 '대한민국 재건국' 운동은 그런 대타의식으로부터 벗어나 '강한 것이 선한 것이고, 강한 것이 아름다운 것이다'라는 자긍심과 자기 정립에서부터 시작해야 해. 내 윗 세대인 올드 라이트(old right)는 일제나 독재에 가담한 원죄가 많고, 상대적으로 젊은 나와 같은 뉴 라이트(new right)는 좌파에 대한 원한이나 피해의식이 있어. 그래서 원죄도 원한도 없는 순수한 우파, 너와 같은 영 라이트(young right), 퓨어 라이트(pure right)가 필요해."

작은아버지가 자신의 글을 읽는 동안 부끄러움으로 몸 둘 바를 몰랐던 은은, 작은아버지가 칭찬을 하자 기분이 좋아졌다. 작은아버지가 '꿈의 노트'의 첫 페이지를 펼쳤다.

"이 시도 네가 쓴 거니?"

"네."

은은 얼굴이 발갛게 달아올랐다. 벌써 몇 달 전부터, 시가 적힌 첫 페이지를 찢으려고 했는데……. 작은아버지가 말했다.

"여자 친구 있니?"

"예?"

작은아버지는 처음 은의 방에 와서 '꿈의 노트' 첫 페이지에 적힌 시를 읽고 골똘히 생각했다. 원래 서시(序詩)란 한 인간의 자화상이 오롯이 담긴 문서가 아닌가?

"빌딩 아래 홀로 서 있으면,

피가 달아난다.

(왜 혼자일까? 얼마만한 고독이길래, 자신의 피를 모두 교환하고 싶을까?)

순백으로 빛나는 태양을 보면,

나는 병균처럼 느껴지는 것.

(누구에게도 고백하지 못할 병 또는 병균은 또 뭐지?)

보이는 남자마다 총 쏘아 죽이고

만나는 여자마다 옷 입혀 잡아먹는다.

(남자들이 공포스러운 까닭은? 조카는 왜 여자의 나신을 직시하지 않으려는 걸까?)

그리고,

아이는 낳지 않는다.

(조카는 스무 살 때 나를 자살 시도로까지 내몰았던 그 고민을 앓고 있구나!)"

작은아버지 부부는 결혼한 지 10년이 넘도록 아직 아이가 없었다. 은의 반문으로부터는 아무것도 얻어내지 못한 작은아버지가, 이번에는 다르게 물었다.

"남자 친구는 있니?"

작은아버지의 눈빛은 쓸쓸하면서도, 음울했다. 은은 작은아버지의 눈빛이 무엇을 의미하는지 눈치 챘다. 언제부터인가 은은 주류로부터 벗어난 소수자들이 벼리게 되는 예민한 육감을 터득하고 있었다. '작은아버지는 나와 똑같은 고민을 했던 사람이다.' 은은 고개를 가로 저었다. 작은아버지가 말했다.

법이 지닌 형식논리에만 달통한 작은아버지는 문학에 문외한이었다. 그럼에도 불구하고 은이 쓴 시를 보고 조카의 고민을 한눈에 파악할 수 있었던 것은, 은의 짐작대로 그 자신이 은과 똑같은 고민에서 한 번도 **빠져나온** 적이 없기 때문이다. 그런 데다가 '꿈의 노트'에는 시보다 더 적나라한 은의 자기고백이 꼼꼼히 나열되어 있지 않았는가.

"괜찮다. 네게 당부할 것은, 절대 너의 고민을 다른 사람이 알도록 하지 말라는 거다. 알지 '커밍아웃', 그건 우리 같은 사람들에게는 자살행위야."

"왜 그렇죠? 그래야 자유로워지지 않나요?"

"그렇지 않다. 애시당초 '계급' 하나로 도덕을 대신한 좌파들은 자유를 얻겠지만, 우리는 도덕과 질서를 잃는다. 도덕과 질서를 잃으면 우리 같은 사람은 행세하기 어려워. 너, 밀교(密敎)와 현교(顯敎)를 알고 있니?"

"모릅니다."

작은아버지가 말했다.

"세상에는 진리가 없어. 유일한 진리라면, 오로지 정의로 포장된 '강자의 이익'이 있을 뿐이야. 그런데 그게 세상의 진짜 모습이라는 것을 대중들이 알게 되면, 세상은 혼란에 빠져. '강자의 이익'이 유일한 진리라는 것을 대중들이 받아들이게 되는 순간, 세상은 '만인 대 만인'의 격투장이 되지. 그러면 사회는 안정과 질서를 잃어. 때문에 사회를 지도하는 엘리트들은 우리끼리만 알고 있어야 할 유일한 진리는 꼭꼭 감춘 채로, 도덕과 종교를 앞세워야 해. 정리하면 이래. 세상에 진리 따위는 없다는 비밀스러운 지혜는 소수의 선택된 엘리트만 알고 있어야 하는 밀교고, 그런 밀교를 대중들이 알면 국가나 사회 질서가 단번에 무너져 내리므로 못난 대중들에게는 겉으로 드러난 교지, 곧 도덕을 가르쳐야 해. 그게 현교야."

"엘리트는 '강자의 이익'이 바로 세상의 유일한 진리라는 것을 알고 난 뒤에 '강자의 이익'을 항상 정의로 포장할 줄 아는 법을 터득해야 하고, 대중들에게는 세상에는 진리가 없다는 사실을 숨긴 채 세상은 위대한 도덕의 힘으로 유지되는 것이라고 교육을 시켜야겠군요."

"이해가 빠르네. 지금까지 내가 말한 게 저 책장에 꽂혀 있는 플라톤의 가르침이야. 저 철학자는 제자들의 성향을 파악한 뒤 명민한 제자에게는 밀교를 가르쳤고, 아둔한 놈에겐 현교를 가르쳤어. 이건 내 생각인데, 정치가는 밀교를 터득해야 하고, 도덕 선생 정도나 할 사람들에겐 현교를 배워줘야 해. 지금 미국이 벌이고 있는 이라크 전쟁이 저 현교밀교론에 딱 맞아떨어져. 이라크 전쟁을 벌인 부시와 네오콘의 진짜 속내는 석유가 탐나서였지만, 겉으로 이라크에 '자유와 민주주의라는 가치를 심어주기 위해서'라고 자국민과 세계 사람들을 속이고 있지. 실제로 많은 미국인들은 독재자 후세인을 처단해서 이라크에 자유와 민주주의를 이식하기 위해 미국이 전쟁을 벌인 거라고들

믿어."

 어린 조카에게 가르침을 주느라 잠시 뜨거운 열정을 내뿜었던 작은아버지의 눈빛은 다시금 쓸쓸하고 음울한 눈빛으로 바뀌었다. 작은아버지가 말했다.

 "그러니 너는 절대로 어디 가서 동성애를 옹호한다거나, 낙태의 권리를 인정한다거나, 안락사를 도입해보자거나 하는 이런 풍조에 휩쓸려서는 안 돼. 네가 평범하게 살고 싶으면 그래도 되지만, 참되고 기품 있는 보수주의자가 되고 싶으면 실제로 네가 그렇게 살고 있더라도 절대 커밍아웃을 해서는 안 돼. 도덕이란 채찍이야말로 고귀한 엘리트들이 비천한 대중들을 마음대로 조종할 수 있는 강력한 수단이야. 그 수단을 우리 스스로 내려놓는다면, 다시는 대중들을 조종할 수 없어. 알았지?"

 "네."

 이로써 은의 고민 하나가 저절로 해결됐다. 은은 자신의 성적 정체성도 고민이었지만, 그것을 언제까지 타인에게 숨겨야 하는지 고통스러웠다. 자신의 성적 정체성을 감추면서 남을 속이는 일이 떳떳하지 않게 생각됐고, 무엇보다도 그런 은폐가 자신의 자유를 옥죄었다. 그러나 더 큰 자유, 바로 세상을 지도하는 사람이 되기 위해서는 그까짓 부자유 정도는 얼마든지 견딜 수 있을 것 같았고, 또 견뎌야 했다. 작은아버지가 말했다.

"은도 거북선생 이름을 들어봤겠지?"

거북선생을 모르는 한국 사람이 얼마나 있을까? 원래 거북선생은 누구나가 선망하는 국립 대학교의 국민윤리학과 교수였다. 박정희 정권 때는 35세의 젊은 철학과 강사로 민주화 운동에 한 다리를 걸치기도 했으나, 전두환, 노태우 정권 때는 시종 침묵으로 일관했다가, 김영삼 정권 때는 여당이었던 민주자유당의 자문위원을 지냈다. 그러다가 거북선생이 차츰 유명세를 타기 시작한 것은 김대중 정권 들어 줄기차게 햇볕정책을 비판하면서부터였고, 갓난아이를 뺀 대한민국 국민 거개가 그의 이름을 알게 된 것은 2000년 6월 평양에서 벌어진 남북정상 회담이 끝난 직후였다.

분단 55년 만에 남북 정상이 만난 자리에서 김대중, 김정일은 두 사람 명의로 된 6·15남북공동선언을 작성해서 발표했다. 거북선생은 그 가운데 특히 2항을 문제 삼았다. '남과 북은 나라의 통일을 위한 남측의 연합 제안과 북측의 낮은 연방 제안이 서로 공통점이 있다고 인정하고 앞으로 이 방향에서 통일을 지향시켜나가기로 하였다'는 2항의 결정은 이적행위를 금하는 국가보안법에 저촉되며 자유민주주의 수호를 근간으로 하는 헌법에 반하는 것일 뿐 아니라, 북한의 통일전선전술에 넘어간 것이라는 게 거북선생의 요지였다.

거북선생은 6·15남북공동선언이 발표된 이튿날, 2항의 불법성과 이적성을 낱낱이 비난하는 성명서를 발표하고, 국립 대학교 교수직을 사직했다. 어느 보수 신문은 거북선생의 행동을 현대에 와서 끊긴 조선시대 대유학자들의 기개가 재현된 것이라고 한껏 추어올렸다. 그러면서 '이런 교수가 100명, 아니 10명만 있어도 잘못된 햇볕정책을 바로잡고 남한이 주도하는 자유민주주의 방식의 통일이 가능하다'는 논평도 덧붙였다. 거북선생이란 호는 원래, 시대의 유행이나 인기에 부화뇌동하지 않고 세세토록 변하지 않는 바다와 벗하며 사는 거북이 같은 학자가 되겠다는 뜻으로 지은 호다. 그런데 이 일로 인해 거북[龜]선생은, '북한을 거부한다'는 뜻의 거북(拒北)선생이 되었다.

"내가 거북선생께 말씀을 드려놓을 테니, 선생님을 만나보도록 해."

10

새로운

성장소설

11월 12일, 금의 아버지는 자살했다. 그 전날인 11월 11일엔 민주당으로부터 탈당한 의원들이 열린우리당을 창당했다. 연원을 따지고 보면, 아버지의 죽음은 갑작스러운 게 아니었다. 민주당 분당설과 신당 창당설은 노무현 대통령 취임 직후부터 끈질기게 떠돌았다. 아버지의 정체성은 그때마다 심하게 흔들렸다. 아버지와 민주당 혹은 아버지와 김대중 전 대통령과의 관계나 의리는 아버지가 지역에서 풀뿌리 시민운동에 매진하면서부터 웬만큼 정리된 면이 있다. 그렇지만 아직도 아버지는 김대중 전 대통령과 민주당에 정서적인 빚이 많았고, 대부분의 고향 동료들은 민주당에 잔류했다.

노무현 대통령은 민주당을 9월 29일에 탈당했다. 아버지는 그 이튿날 사표를 쓰려고 했다. 하지만 청와대 보좌관이 이 일로 사표를 낸다면, 대통령에게 폐가 된다고 생각해서 사표를 미루었다. 그러자 광주에 있는 친구들과 민주당에 있는 친구들에게서 연이어 전화가 걸려왔다. 대부분 "너, 거기서 뭐하냐? 신당 창당을 막았던지, 아니면 거기서 뛰쳐나오든지 어느 것이라도 해야 하지 않느냐?"는 거였다. 아버지는 고향과 청와대, 친구와 대통령 사이에 끼인 형국이 된 것이다.

사람은 단순한 이유, 단 한 가지 이유로 자살을 선택하지 않는다. 금의 아버지 역시 그랬다. 민주당의 분당과 열린우리당의 창당도 아버지를 괴롭힌 사안이었지만, 또 다른 괴로움은 이른바 보수언론이 집요하게 캐고 들었던 참여정부 인사에 대한 '아니면 말고' 식의 흠집[非理] 캐기와 얼굴[體面] 깎기에 아버지가 걸려든 것이다. 금의 아버지는 일평생 큰 돈벌이를 한 적이 없었고, 어머니는 그럭저럭 단골을 상대로 한두 점씩의 골동품을 파는 영세업자에 불과했다. 청와대 근무를 제의받은 금의 아버지는 광주의 집을 친척에게 급매해봤지만 그 돈으로는 서울 어디에 전세 하나 얻기도 힘들었다. 그걸 도와준 사람들이 광주에 있는 여러 지인들이었다. 그중에는 은행장을 하는 고교 동창생도 있었고, 건설업을 하는 친구도 있었다. 그들이 빌려준 돈이 아니었다면, 금네는 서울로 이사를 올 수 없었다. 그 사실이 보수언론에 실리기 시작한 게 10월 초부터였다.

차용증을 받고 빌린 것인 데다가, 아버지가 하는 일이 금융이나 건설과는 전혀 상관없는 시민사회 분야였으니 대가성이나 특혜를 부여할 위치에 있지도 않았다. 그걸 잘 알고 있는 보수 신문은 도덕성을 물고 늘어졌다. 청와대 보좌관이 은행장과 건설업자로부터 돈을 각출했다니 말이 되냐? 그게 흠집 내기였다면, 한 개인의 능력을 조롱하는 것은 얼굴 깎기에 해당했다. 서울 변두리의 방 몇 칸짜리 아파트 한 채 값도 안 되는 전세를 얻으면서 그 돈이 없어서 주위에 손을 벌리는 사람이 대통령을 지근에서 보좌한다니, 이 정부도 알아볼 조가 아니냐? 도덕적으로 떳떳했던 아버지에게 '운동만 한 백수'라는 조롱은 견딜 수 없는 치욕이었다.

아버지를 자살로 몰아간 이유는 그게 가장 컸지만, 아무에게 말 못할 비밀도 있다. 엎친 데 덮친 격으로 아내가 이혼을 요구했던 것이다. 전혀 예기치 못했던 일이었다. 어머니는 남편과 이혼하고, 재혼을 하고 싶어 했다. 상대는 언젠가 금도 한 번 보았던 적이 있는 연변 출신의 골동품 중개업자. 아버지는 아내의 마음을 돌리려고 애썼지만, 어머니는 결심을 물리려고 하지 않았다. 아버지는 향이 수능을 치르고 서울로 올라올 때, 사표를 내는 것과 동시에 혼자 낙향을 하겠다는 계획을 세우기도 했다. 하지만 아버지에겐 광주에 내려가서 예전에 하던 운동을 계속할 여력이 남아 있지 않았다. 전라도의 지역당으로 전락해버린 민주당의 변절자요, 도덕성이 의심되기까지 하는 능력 없는 백수요, 가족을 잃어버린 가장이 설 자리는 40여 년 넘게 살았던 고향에도 없었다.

  금으로부터 부고를 들은 은은 지혜와 함께 빈소로 달려갔다. 은은 거기 가서야 금의 아버지가 청와대 보좌관이었다는 사실을 알았다. 처음엔 친구에게 속임을 당했다는 생각도 들었지만, 은 역시 '자유의 나무' 소속 회원이라는 사실을 숨기고 있으니 피장파장이었다. 그리고 아버지의 직분을 속인 게 금 자신을 위한 어쩔 수 없는 보호책이었다는 데에 생각이 미치자 수긍이 가지 않는 것도 아니었다. 청와대 보좌관의 아들이라고 알려지면, 어쩌다가 불붙게 되는 정치 논쟁 시에 금은 저절로 청와대 전담 방어책이 될 수밖에 없다. 아마 그게 부담스러웠을 것이다. 그런 줄도 모르고 은은 '같은 고향이기 때문에 노무현에 대한 욕은 내가 더 사심 없이 할 수 있다'는 비꼬인 논리를 앞세

위, 금 앞에서 그토록 노무현을 씹어댔다. 그럴 때마다 금은 싱긋이 웃고 말았다.

광주의 가족 묘지에 아버지를 안장하고 돌아온 다음 날, 은은 금에게 연락을 했다. 약속 장소로 나가는 중에 은은 지혜에게도 나오라고 하면 어떨지를 잠시 생각했으나, 오늘 같은 날은 은 혼자서 금을 위로해주고 싶었다. 은은 금이 있는 집 근처로 가려고 했으나, 굳이 금이 은이 있는 동네까지 와주었다.

두 사람은 퓨전 중국집에서 저녁을 먹고, 자리를 옮겨 맥주를 마셨다. 금은 자리에 앉자마자 탁자 위에 뜯지 않은 담뱃갑을 내놓았다. 담배를 아예 배운 일이 없는 은과 달리, 금은 고등학교 시절에 담배를 배웠다. 그러나 자기 손으로 담배를 산 일도, 호주머니에 곽째 담배를 넣고 다니는 일도 없었다. 평소에는 피우지 않다가, 술자리가 흥겨울 때 옆에 있는 친구의 담배를 한 개피씩 얻어 피우는 식이었다.

"이제 담배 피우기로 했어?"

"아니, 오늘 이리 오면서 처음으로 사봤어."

금은 담뱃갑을 뜯고 담배를 꺼내 불을 붙였다. 금이 말했다.

"미안해."

"뭐가?"

"아버지가 청와대에서 일하는 걸 말해주지 않아서."

"응, 그거……."

은은 자신도 요즘 운동권 동아리나 운동권 대학 연합회는 물론이고 참여정권과 극성스레 각을 세우고 있는 '자유의 나무' 소속 회원이라고 고백하려다가, 말을 삼켰다. 대신 이렇게 말했다.

"그래, 왜 숨겼어? 아무것도 아닌걸."

그러자 금이 의외의 대답을 했다.

"그러면 네가 내 친구가 되지 않을까 봐."

은은 적이 놀랐다. 그건 은이 늘 조바심하던 거였다.

"아니 왜?"

"난, 너하고만 얘기를 하면 늘 재미있었거든. 그런데 정치적 의견이 다르면서 친구가 되긴 어렵잖아."

여기서 은은 금의 생각을 강하게 반박했다.

"아니야. 난 정치적 의견 따위가 같아서 친구가 되는 건 싫어. 넌 그런 게 친구라고 생각해? 나는 네가 아버지 얘기를 했더라도 네가 좋았을 거야. 너, 아니? 사람들이 우리 보고 뭐라고 하는지?"

"뭐라는데?"

금이 묻자, 은은 약간 망설이다가 대답했다.

"서로 사귀는 사이래. 애인."

금은 웃었다. 은도 따라 웃었다. 아무도 금과 은을 보고 '서로 사귀는 사이'라거나 '애인'이라고 놀리는 동료나 친구는 없었다. 그건 방금 은이 지어낸 말이었다. 은이 꺼내놓은 낚시질을 금이 농담으로 받았다.

"그래, 그럼 우리 애인 할래?"

은은 심장이 전기충격을 받은 듯이 세차게 뛰기 시작했다. 은이 대답했다.

"농담 아니지? 나, 너 좋아해."

그날 저녁 두 사람은, 좀 더 술을 마셨다. 모텔을 찾았다. 그리고 벌거벗은 채 침대에 누워 '금'도 아니고 '은'도 아닌 '금과 은'이 되었다. 그렇게 밤을 지새우고 나서, 두 사람은 대낮까지 잤다. 모텔의 카운터로부터 걸려오는 독촉 전화를 받고 겨우 일어난 두 사람은, 급하게 샤워를 하고 햇볕 쏟아지는 환한 거리로 나왔다. 어제의 일을 일회적인 충동으로 여길지도 모르는 금의 기분은 어떤지 모르지만, 은의 기분은 날아갈 듯했다. 태양은 더 이상 자신을 말려 죽이려는 적이 아니었고, 은 자신도 더는 병균이 아니었다. 두 사람은 아침 겸 점심을 먹고 커피를 마시러 카페를 찾았다. 금이 말했다.

"나 어쩌면 휴학하게 될지도 몰라. 아니, 휴학하는 길밖에 없어."

"왜?"

"정치외교과에 가고 싶어서 사회과학대학교에 입학했지만, 이제는 이게 아니라는 생각이 들어."

아버지의 죽음과 어머니의 재혼 소동은 금에게, 인간의 삶에는 정치나 사회와는 또 다른 층위의 삶이 있다는 것을 자각하게 해주었다. 하지만 그 자각이 어디로 향할지는 자신도 알 수 없었다. 휴학을 하면서 그저 좀 쉬고 싶다는 느낌만 가득했다. 은이 말했다.

"그래. 나도 내 전공에 회의가 많아. 나도 전과를 하거나, 재시험을 봐서 다른 공부를 하고 싶어."

커피를 마시며 휴학과 전과 이야기를 하던 두 사람은, 거기서 헤어졌다. 금은 좀 이르지만 새로 구한 카페로 아르바이트를 하러 갔다.

처음에 구했던 카페에서 한 달 동안 일을 마친 금은 의류 쇼핑몰 사장과 했던 약속대로 모델 일을 시작했다. 보기보다 쉽지 않은 일인 줄은 알았지만, 새 옷을 셀 수도 없이 벗고 입어가며 여덟 시간씩 포즈를 취하다 보면 허리와 어깨, 팔, 다리가 뻐근했다. 그런 문제는 시간이 흐르면 자연히 해소될 성질의 것이었다. 문제는 다른 데서 터졌다. 어제 저녁 모델에서 금은 의류 쇼핑몰 모델을 사흘 만에 끝내버린 얘기를 해주었다.

"사흘째였어. 내가 일하러 갔을 때 이미 가을 시즌 작업은 완료했고, 겨울 시즌 작업이 한창이었어. 사흘 내리 작업을 하고 난 마지막 날 밤, 사장이 자기 집에서 식사를 하자고 해서 따라갔어. 그런데 집에 들어가니 살림살이 흔적은 전혀 없고 침대 하나만 덩그러니 있더라. 그래서 이상하게 생각하고 있는데, 사장이 침대에 걸터앉아 이런 말을 하는 거야."

금은 사장의 말을 온전히 기억하기 위해 말을 잠시 멈추었다.

"열아홉이라고 했지? 좋은 나이야. 나도 금과 같은 젊음을 지나왔어. 그런데 내가 젊었던 시대와 금이 젊음을 누리고 있는 이 시대는 크게 다른 게 있어. 바로 내 시대에는 유혹이란 게 단순했어. 남자는 여자를 유혹하고, 여자는 남자를 유혹하는 거였지. 그런데 너희 세대가 대면할 상황은 아주 복잡하지. 여자든 남자든 자신이 여자를 유혹할지 남자를 유혹할지부터 정해야 해. 마찬가지로 내가 여자에게 유혹당하는 게 행복한지, 남자에게 유혹당하는 게 더 행복할지도 정해야 해. 그게 너희 세대야. 어떡할래? 내 유혹을 받아들일래?"

금이 말을 마치자 탄력 있는 공과 같은 은이 말했다.

"흠…… 이제부터는 새로운 성장소설이 필요하단 말이군. 그래서 어떡했어?"

"어떡하긴? 은이 있는데, 그런 늙다리한테 유혹당할 필요가 있어?"

은은 '늙다리'라는 말에 가슴 아파왔다. 하지만 아무런 내색 하지 않고 이렇게 물었다.

"내가 언제 너 유혹했어?"

"그럼, 유혹했지. 너 때문에 내가 얼마나 힘들었는지 아니? 지난 방학 때, 지혜 씨와 함께 자동차 전국일주를 할 때, 매번 너하고 방에 들어가는 나를 지혜 씨가 얼마나 원망스러운 눈으로 쳐다봤다고."

"그랬어? 난 몰랐어."

"몰랐다니? 넌 모르지 않았어. 넌 지혜 씨가 보는 데서 일부러 내 팔짱을 끼고 들어가곤 했어. 대체 그 '오버'는 지혜 씨를 유혹하거나 안심시키기 위해 한 거였어, 아니면 날 유혹하려고 그랬던 거였어?"

그러자 은이 침묵을 지켰다. 금이 계속했다.

"부산에서 광주로 오는 길에, 잠시 휴게실에 들렀잖아. 그때 네가 차를 보러 나갔을 때 지혜 씨가 나를 보고 묻더라. 두 사람 서로 사귀냐고, 애인이냐고?"

"그래서?"

"당연 아니라고 했지. 아니었으니까. 그러자 지혜 씨가 부탁을 한 가지 하더라."

"무슨?"

"광주에 가면 꼭 은과 자기를 한 방에서 자게 해달라더라."

은은 광주에서의 일이 어렴풋이 생각났다. 자신의 주량을 잘 알고 있으면서 금은, 금의 친구들이 은에게 강권하는 술을 막 아주지 않았다.

"말로는 잘 설득이 안 될 것 같고, 적당하게 마시게 해서 지혜 씨 방으로 넣어주려고 했는데, 너는 순식간에 취해버렸어. 술에 취한 널 지혜 씨 방에 데려다주었는데, 지혜 씨가 몸도 가누지 못하는 널 안고 얼마나 극진하게 기뻐하던지…… 내가 눈물이 다 났어."

"그랬구나. 나는 왜 네가 없는 방에 뻗어 있나, 했다."

"대천해수욕장에서 향이 네 곁에서 떨어지지 않고 열심히 이야기를 할 때, 내가 지혜 씨에게 잘 말해줬어. 너한테 결벽증에 가까운 도덕 같은 게 있어서, 결혼 전까지 서로 순결했으면 하는 생각에서 그러는 거라고……"

금의 집안에 큰 횡액이 닥쳤던 것처럼, 연이어 은의 집안에도 겪지 말아야 될 불행이 급습했다. 아버지가 갑자기 집을 나간 것이다. 어머니가 직접 열쇠를 건수하고 있는 아주버니 외제차는 물론이고 집안에 열쇠가 굴러다니는 두 대의 국산차는 주차장과 마당에 꿈쩍도 않고 서 있었다. 어머니는 부산에 있는 아버지의 친구들에게 일일이 전화를 해놓았지만, 아무런 기별도 소식도 없었다.

아버지가 사라진 지 사흘 만에 이 달치 월급을 받은 가정부 아주머니도 집안 사정을 핑계로 일을 그만두었다. 시아주머니 집에서 3년 넘게 아무 일 없이 지냈던 사람이었다. 어머니는 가정부가 월급을 타고 일을 그만둔 바로 그 다음 날, 은을 불러 차에 태웠다. 차에 시동을 건 어머니는 집안 서랍 어디에서 발견한 가정부의 집주소를 네비게이터에 입력했다. 가정부의 집은 은의 집과 그리 멀지 않은 풍납동에 있었다.

가정부는 집에 남겨둔 주소에서와 같이 허름한 연립주택에서 살고 있었다. 어머니가 4층의 벨을 울렸다. 가성을 쓴 은이 "자전거 드릴 테니, 신문 하나 보세요" 하고 말했다. 그러자 가정부가 무심코 문을 열었다. 어머니가 빠끔히 열린 문을 밀치고 들어가자, 가정부는 깜짝 놀라 뒤로 물러섰다. 그 순간 어머니와 은은 보았다. 마루에 신문지를 깔아놓은 채, 그 앞에 무릎을 세우고 앉아 한 자루의 마늘을 까고 있는 아버지를. 아내와 아들이 불시에 들이닥친 것을 본 아버지는 한쪽 손에 마늘 까는 도구를 든 채, "어어어" 하며 앉은 자리에서 일어나다가 쓰러졌다. 뇌출혈이었다.

어머니는 아버지가 쓰러지는 것을 옳게 보지 못했다. 남편이

"어어어" 하며 몸을 일으키는 것을 보고, 곧바로 뒤돌아서서 계단을 달려 내려갔으니. 은 역시 아버지가 맥없이 쓰러지는 것을 보긴 했지만, 뇌출혈을 일으킨 아버지가 반신불수가 되리란 것은 알지 못했다. 은은 어머니를 진정시키기 위해 황급히 어머니 뒤를 따라갔다. 은이 연립주택 마당을 딛었을 때, 어머니는 막 자동차의 시동을 걸고 있었다. 은은 발차 직전에 조수석의 문을 열고 차에 올라탔다. 눈물범벅이 되어 있는 어머니의 얼굴은 물걸레를 짜놓은 것처럼 일그러져 있었다. 오오, 어머니, 어머니, 가여우신 내 어머니! 고생만 하신 내 어머니! 제가 고등학교 시절에 쓴 시를 들려드릴게요.

>방금 당한 실연으로
>당신 가슴은 터질 듯하죠
>시한폭탄 같은 분노를 안고
>당신은 자동차 문을 열었어요
>운전대에 앉아 앞을 바라보니
>두 눈에 눈물이 고여옵니다
>시야는 와이퍼가 고장 났던
>장마철의 앞 유리처럼 흐릿하네요
>울면서는 운전하지 마세요
>눈물은 신호등을 구별하지 못하게 하고

일방통행 표지를 보지 못하게 할 거예요
보세요, 중앙선을 위태롭게 넘나들고 있군요
조심해요, 자동차는 난간을 깨부수며
꽝, 고가도로 아래로 떨어지고
당신은 잃어버린 별의 높이로 솟구칩니다!
그러니까 말하지 않았어요
운전할 때는 울지 말랬죠
눈물을 닦고 마음을 가라앉히랬죠
운전대에선 평온한 마음을 가져야 됐댔죠.

어머니는 차를 급발진시켰다. 그리고 좁은 골목길을 마구 내달렸다. 조수석에 앉은 은은 아이처럼 울면서, 어머니를 불렀다.
"엄마! 엄마!"
자동차는 커브 길에서 포대에 싼 아이를 가슴 앞으로 둘러매고 있는 젊은 부인을 발견하고서야 가까스로 멈추었다. 사력을 다해 브레이크를 잡자, 타이어와 아스팔트가 마찰하는 끔찍한 소음이 거미줄 같은 골목으로 뒤엉킨 후미진 동네를 흔들어 깨웠다. 아이를 가슴 앞으로 둘러맨 젊은 부인은 급정거를 한 자동차 머리와 살짝 부딪쳐 도로에 쓰러졌다.
어머니는 운전대 위에 얼굴을 파묻었고, 은은 조수석의 문을 열고 차 밖으로 뛰어나갔다. 다행히도 아이를 안은 젊은 부인은 쓰러진 자리에서 아무렇지도 않은 듯이 일어나, 한 손으로 아이를 어르고 다른 손으로는 치마의 먼지를 털었다. 은은 운전대에 고개를 파묻은 채 떨고 있는 어머니를 안심시키기 위해 운전석을 뒤돌아보았다. 그런데 언제 문을 열고 나왔는지, 자동차 밖으로 나온 어머니는 온몸을 떨면서 공중으로 풀쩍풀쩍 뛰어오르고 있었다. 신내림을 받는 중이었다.

은은 그날부터 학교에 흥미를 잃었다. 어머니는 무당이 되었고, 아버지는 가정부 아주머니의 집에서 반신불수로 누워 있었다. 병 수발할 사람이 아무도 없는 터에 새로 얻은 여자가 아버지를 길거리로 내쫓지 않는 것만 해도 감지덕지였다. 은은 출석을 채우기 위해 학교를 나갔고, 강의를 마치면 곧바로 거북선생의 집에 달려갔다. 어떤 날은 거기서 자고 학교로 등교했다.

은이 작은아버지가 다리를 놓아준 거북선생을 찾아간 것은 개강하고 며칠이 되지 않아서였다. 거북선생의 집은 강남구 신사동에 있었다. 대문 앞에서 인터폰을 누르자 기다렸다는 듯이 문이 열렸다. 현관문을 열고 응접실로 들어간 은은 작은아버지가 시킨 대로 먼저 큰절부터 올렸다. 조선시대 유생처럼 벼슬을 내놓고 한미한 산중으로 은거를 한 것도 아니면서, 거북선생은 자신이 살고 있는 이 집이 무슨 첩첩산중이기나 한 모양으로 거사(居士) 흉내를 냈다. 절을 받고 난 거북선생이 말했다.

"테가 참 곱다. 그래 몇 살이라고?"

"열아홉입니다."

"음…… 그래. 학교도 좋은 데 다닌댔지, 어디라고?"

은은 자기가 다니는 학교의 이름을 댔다. 거북선생은 은이 어느 대학교 학생인지 몰라서가 아니라, '네가 다니는 대학이 그 정도밖에 안 된다'는 것을 주지시켜주기 위해 그와 같은 질문을 던졌을 것이다. 은은 거북선생의 질문에 대답하면서, 속으로 '의뭉스러운 늙은이'라고 생각했다.

"상호가 너에 대해 자세한 말을 했다."

상호는 작은아버지의 이름이었고, 일찌감치 사법고시를 포기하고 교수가 되기로 방향을 틀었던 작은아버지는 유유자적 거북선생의 강의를 수강하기도 했다.

"아, 참. 네 삼촌이 다른 건 다 말했는데, 네가 어떤 음악을 듣는지는 말해주지 않았어. 은은 어떤 음악을 좋아해?"

"예, 전 클래식을 들어요. 다른 건 전혀 못 듣습니다."

거북선생은 흡족하게 웃었다.

"아주 좋은 취향이야. 너와 나는 친구가 될 수 있겠어. 아무리 나이 차이가 나더라도 듣는 음악이 같으면 금방 통하게 되지. 그러면 네가 좋아하는 음악을 한번 들어보자. LP랙이 있지? 알파벳 순으로 수납되어 있으니, 네가 좋아하는 음반을 한 장 뽑아봐."

알파벳 순으로 워낙 잘 정리가 되어 있어서 은은 수천 장의 LP 가운데서 자신이 좋아하는 피아노 협주곡 1번 op.15를 금방 찾을 수 있었다. 은이 음반을 고르자 거북선생은 앉은 자리에서 조금도 몸을 움직이지 않고 은에게 LP랙 옆에 있는 전축 앞으로 가게 했다. 그리고 은을 마치 리모트컨트롤처럼 사용해서, 앰프의 전원을 넣고, 턴테이블을 켜고, 그 위에 음반을 올려놓게 했다. 그리고 암을 움직여 바늘을 음반 위에 올려놓게 했다. 음반 위에 턴테이블의 바늘을 올려놓는 것은 경험과 섬세한 주의력이 필요한 일인데, 다행히도 은은 고등학교 담임선생의 집에서 그 일을 배웠다. 음악이 흐르자 거북선생이 말했다.

"브람스구나. 아주 좋다. 여기 내 곁에 앉아라."

음반의 A면이 다 끝나고 나서, 은은 판을 뒤집었다. B면이 다 끝나고 나자, 거북선생은 은에게 "냉장고에 가서 네가 마시고 싶은 것으로 두 개만 가져오라"고 했다. 그래서 여러 종류의 음료수가 비치되어 있나 보다고 생각했는데, 문을 열어보니 냉장고 가득히 캔커피만 들어 있었다. 은이 아무 소리 없이 캔커피 두 개를 가져가서 거북선생 옆에 앉았다.

"너는 왜 나 같은 늙은이가 김대중이나 노무현 무리를 향해 '빨갱이'라느니, '지상낙원 북한에나 가라'느니, '김정일 하수인'이라고 부르는지 아니?"

은은 갑작스런 질문에 전혀 대비를 하지 못했다. 그것은 은에게도 풀리지 않는 수수께끼였다. 자신도 '자유의 나무' 친구들과 토론을 할 때, 김대중·노무현 일당에 대해 욕을 하면서 그런 언사를 쓰지만, 스스로 억지스럽다는 생각을 지울 수 없었다.

"잘 모르겠습니다."

"우리가 김대중이나 노무현을 따르는 무리를 향해 '빨갱이'와 같은 인장을 찍어대는 것은, 그만큼 우리들에게 논리가 없기 때문이야. 다시 말해 저 인장들은 그들과 더 말하지 않겠다는 우리의 결단을 보여주는 것들이지. 그런데 그들과 더 말하지 않겠다는 우리의 결단은 바로 우리들이 쓸 수 있는 논리가 풍족하지 않다는 것을 역으로 드러내주는 증거고, 저 인장들이야말로 논리로는 그들을 이길 수 없다는 우리의 탄식이나 같은 거야. 논리로 못 이기니까, 무턱대고 '빨갱이'와 같은 낙인을 찍는 거지. 이미 우리는 이승만 시절부터 '말 많으면 빨갱이'라는 말을 사용해왔는데, 그것의 반대말이 '할 말 없는 우파'지. 이처럼 논리에서는 지고 들어갈 수밖에 없다는 게, 우리들의 한계고 절망이야."

"우리들의, 아니, 좌파와 대적하는 선생님의 논리가 그렇게 허약한 것입니까?"

"인류가 몇 천 년 동안 쌓아온 지식의 총량 속에서 우파가 쓸 수 있는 지식의 총량은 10%도 안 돼. 아니, 5%도 안 될 거야."

"그러면 어떻게 해야 합니까?"

그러자 거북선생은 누구를 크게 속였다는 듯이 유쾌하게 웃었다. 그 호쾌한 웃음을 듣자, 암울해졌던 은의 가슴 한 쪽이 훤히 밝아졌다.

"이 놈, 이 아둔한 놈. 옛날 같았으면 종아리에 피가 맺히도록 맞았어야 할 놈. 방법은 이미 말했다. 모르겠느냐?"

죽비였다. 퍼뜩 깨달아지는 게 있었다. 은은 거북선생을 따라 미소를 지었다.

"말해라, 이놈!"

"5%의 논리로는 절대 95%의 논리를 이길 수 없습니다. 김대중이나 노무현 무리를 이기는 방법은 그냥 지금까지 해온 대로 '빨갱이'라느니 '지상낙원 북한에나 가라'느니, '김정일 하수인'이라는 수법을 계속 쓰는 겁니다."

"그래. 그거야! 말 많고 논리 따지기 좋아하는 놈들을 향해 다짜고짜 '빨갱이'라는 인장부터 찍고 보는 거야. 그건 상대방과 대화를 더 하지 않겠다는 우리들의 고귀한 거절 의사고, 결기에 찬 그 침묵은 우리들의 패배이지만, 그 행위는 더 이상 논리가 아니고 바로 우리들의 힘이야. 그래서 이기는 거야."

거북선생이 기인인 이유가 여기 있었다. 거북선생은 학자이면서 말이나 논리를 전혀 신뢰하지 않았다. 그런 의미에서 거북선생은 선사나 같았다. 선사는 선사인데, 힘을 숭앙하는 선사였다. 대한민국 어디에도 거북선생처럼 분명하게 우익이 가야 할 길을 제시하는 사람은 없었다. 그래서 현재 거북선생은 일단의 보수주의 지식인 그룹이 80년대에 영국과 미국에서 벌어진 뉴 라이트 국가정책을 모범 삼아, 한국에서도 그와 유사한 운동을 벌이는 데 필요한 모든 이론과 전술을 제공하는 대부가 된 것이다. 우국(憂國)의 대부 거북선생이 말했다.

"곧 모습을 드러내겠지만, 우리는 미국에서 했던 것과 똑같은 운동을 벌이려고 해. 명칭이 뭐가 될는지 아직 모르니 임시로 '대한민국 재건국' 운동이라고 해두지. 그런데 이게 잘하는 일인지는 나도 모르겠어. 가장 바람직한 문명국가의 모습은 우파가 권력과 물질을 차지하고, 담론은 좌파들에게 주어서 비판자 역할을 수행할 수 있게 해주는 거야. 때문에 권력과 물질뿐 아니라 대한민국의 정신사와 담론마저 우파가 독차지하자는 사업이 과연 이 나라에 꼭 필요한 건지……."

"그러면 하지 말면 되지 않습니까?"

"역사는 코미디와 해프닝을 필요로 해. 그래서 하는 거야. 우리들은 코미디언이 되는 거야. 만에 하나, 우리가 좌파 일색으로 꾸며진 대한민국의 정신사를 재정립할 수 있다면, 그래서 담론의 세계에서 좌파를 몰아낼 수 있다면, 그건 우리들 논리가 뛰어나서가 아니라 권력과 물질, 특히 권력의 무제한적인 지원을 받아서일 거야. 그렇기 때문에 다음 선거에서는 꼭 이겨야 해."

모든 위대한 스승은 다 코믹하다. 위대한 스승들은 펠리컨이 자기 살을 떼어 새끼에게 먹이듯, 스스로 희극을 연출하는 것으로 무지한 제자를 살찌운다. 그날부터 은은 거북선생을 사사했고, 거북선생은 첫 번째 대화와는 비교할 수 없이 학구적이고 심도 깊은 사유를 매번 보여주었다. 은은 모자에서 비둘기를 꺼내는 마술사의 묘기와 같은 거북선생의 논리에 매료됐다.

11월 말이 되자 금은 더 이상 학교에 관심을 두지 않았다. 금은 휴학이 아니라 아예 대학을 그만둘 생각까지 하고 있었다. 금이 학교에 가지 않자, 은도 영화동아리에 갈 일이 없었다. 늘 단짝이 되어 붙어 다녔던 두 사람이 아무 기별 없이 나오지 않자, 키가 크고 잘생긴 쾌남과 그와 함께 다닌 곱상하고 섬세하게 생겼던 친구에 대해 그렇고 그런 소문이 잠시 떠돌다가 금세 사그라졌다.

동아리 회원 1: 이름도 요상한 개들, 대체 뭐니? 동아리를 잘못 찾아온 것 아니었어?

동아리 회원 2: 그래, 맞아. 키 크고 잘생긴 걔는, 영화 시작하고 30분이면 무조건 자더라. 코까지 골면서. 물어보니까, 한 번도 영화를 끝까지 본 적이 없다더라.

동아리 회원 3: 그래도 걔는 나은 편이야. 같이 붙어 다닌 곱상한 애 있잖아. 감상평을 할 때마다 매번 '도대체 영화는' 하고, 깔짝거리던 놈. 언젠가 내가 '펠리니나 타르코프스키의 영화를 진지하게 본 적이 있냐?'고 물었어. 그러니까 뭐라는 줄 알아?

동아리 회원 1, 2: '영화는 문명의 부스럼이고, 문화의 독재자고, 문학은 물론이고 독자들의 사유마저 빈혈에 빠트리는 드라큐라다.'

동아리 회원 3: 몇 번이나 귀쌈을 붙이려다가 말았어. 더러운 '게이'놈들!

집에 붙어 있기 싫었던 금은 두 개의 카페에서 아르바이트를 하면서, 저녁에 나가는 카페에서 잠을 잤다. 집에는 수능을 치른 향이 학교에 사정을 말하고 어머니와 함께 지냈다. 결혼을 하기로 했던 어머니는 아버지가 죽고 나서 재혼을 포기했다. 연변의 골동품 장사꾼이 변심을 했는지도 몰랐다.

학교와 거북선생 집을 왕복하던 은은 가끔씩 지혜와 함께 금의 카페에 놀러 왔다. 그럴 때마다 은은 금에게 자신의 집에 들어와서 지내라고 말했다. 지혜는 그때마다 금에게 부러움과 원망의 눈빛을 보냈으나, 자동차 전국 여행을 할 때만큼 간절하지는 않았다. 그것은 지혜가 차츰 은의 사람이 되어간다는 표시였다.

대신 요즘 와서 은을 보는 눈빛이 더욱 간절해진 것은 오히려 금이었다. 금은 몇 달 전의 은, 특히 자동차 전국 여행을 할 때의 은을 잘 기억하고 있다. 말없이 은근한 방법이긴 했지만, 은은 늘 금을 유혹하기 위해 안달했었다. 그런데 2주 전에 처음으로 금이 은을 안고 난 뒤로, 이상하게도 은이 금을 피하는 듯이 느껴졌다. 금은 자신의 품에서 꿈틀거리던 은을 가끔씩 떠올려도 보았으나, 아쉽지 않게도 그때마다 일회용 여자가 금 앞에 나타나곤 했다. '원 나잇 스탠드'는 에스프레소 한 잔을 단번에 삼키는 일만큼 간단했다.

12월이 되자 자기개발의 화신인 은은 헬스클럽을 다니기 시작했다. 어머니가 서울로 이사 와서 다니기 시작했던 그 헬스클럽이었다. 처음 가입한 신입 회원에게는 매니저가 와서 운동 방법과 자세를 세세히 바로잡아주곤 하는데, 은은 자신이 특별해서 매니저가 와주는 것이라고 착각했다. 그리고 어떤 날은 운동을 하면서, 곁눈질로 훔쳐본 헬스클럽의 모든 남자들과 상상의 정사를 벌이기도 했다.

12월 8일 오후 2시, 첫눈이 왔다. 금은 자신과 은의 상황이 바뀌었다는 것을 느끼고 기분이 묘해졌다. 자존심에 미세한 줄금이 가는 것을 느끼며, 금은 은에게 전화를 했다.

"은, 눈 온다. 뭐 해?"

은은 그날 수업을 빼먹고 거북선생의 집에서 느기적거리고 있었다. 은은 전화를 끊고 금에게 달려갔다. 은 역시 예전의 자신이 그랬던 것처럼, 금이 아무 말 없이 자신을 욕망하는 우울한 눈빛을 몇 번이나 본 적이 있다. 금을 만나러 가면서 은은 중얼거렸다.

"뭐, 오늘은 첫눈이 오니까."

은은 첫눈을 잘 감상하기 위해 일부러 버스를 탔다. 버스 기사가 켜놓은 라디오에서 눈이 오는 날이면 반드시 들리는 두 편의 미국 영화 주제곡이 접속으로 흘러나왔다. 참, 이상하다. 첫눈이 내리는 날, 사람들의 상상력은 하나같이 감상적이 되며 까다로운 주당(酒黨)들도 하나의 구호 아래 통합된다. 첫눈이 내린 날, 라디오 방송은 상투성을 면하지 못하고 디스크자키들의 경쟁적인 개성은 하나같이 증발한다. 첫눈이 내렸으니까 어떤 상송을 들어야 하고, 어떤 어떤 영화의 테마송을 들어야 한다는 것이다. 첫눈이 내린 날, 한껏 감상적이 되어 있는 데다가 술까지 마신 채 힘이 쪽 빠져서 사람들은 온종일 그것을 듣게 된다. 그러니 뭐라고 하면 좋을까? 첫눈에는 개성이나 상상력 대신 보편성을 불러일으키는 마법의 힘이 있다고나 해야 할까? 그 힘으로 정치를 하면 성군(聖君)이 되고, 그 힘으로 글을 쓰면 쓰는 족족 베스트셀러가 될 것이다. 그러니 어서 이 육각형의 비밀을 풀자!

금에게 어서 이 비밀을 말해주기 위해 은은 느릿느릿 움직이는 버스에서 내려 카페까지 한 정거장을 달려갔다. 금은 은이 달려오는 것을 보고 마음이 밝아졌다. 사람들에게 보편의 힘을 불러일으키는 첫눈의 힘은 과연 셌다. 카페엔 사람들이 가득했고, 첫눈이 환기시키는 비밀을 은이 금에게 말해주기 위해서는 근무 시간이 끝나는 5시까지 기다려야 했다. 금은 오후의 아르바이트를 '펑크'냈다. 두 사람은 근처의 카페에 들러서 요기를 했다. 그리고 모텔을 찾았다.

처음보다는 훨씬 긴장이 풀린 상태에서 금은 은을 안았다. 금은 자신이 주도권을 행사하는 것 같았지만, 실제로는 3주일 전보다 더욱 익숙해진 은이 금을 인도했다. 한 차례의 열정이 지나간 뒤 금이 은에게 물었다.

"은, 너 애인 있지? 남자 애인."

"어떻게 알았어."

"긴가민가했는데 진짜네. 네가 몇 달 전만 해도, 굉장히 보채는 분위기였거든. 자동차 전국 여행을 다닐 때가 최고조였고, 처음 잘 때까지도 그 비슷한 분위기였어. 그런데 처음 자고 난 뒤로는 급속하게 달라졌어. 너는 나하고 하기 전에 벌써 다른 사람이 있었지? 그런데도 나하고는 하고 싶었던 거고. 그렇지?"

"그래, 미안해. 계속 속이고 싶었는데. 내가 너무 연기를 못하나 보다. 그래, 네가 처음이 아니야. 너하고 하기 전에 다른 사람이 있었어."

여자와 남자가 사귀면서 서로 질투하고 속이는 양상이 남자와 남자끼리 사귀는 일에도 판박이처럼 되풀이된다. 똑같이 인간이 감정을 가지고 더하고 빼고, 나누고 곱하고, 미적분을 한다는 점에서 이성애나 동성애나 다를 게 없다.

"학생이야?"

"아니야. 나이 많아. 쉰다섯이야."

"재밌네. 뭐 하는 사람인데?"

은은 대답을 망설였다. 하지만 은이 동성애 상의 여자라면, 이런 경우엔 일반적인 여자의 습속을 따라할 수밖에 없다. 여자들은 자기보다 신분이 높은 남자와의 연사를 절대 숨기는 법이 없다. 부연하면 남자는 예쁘기만 하면 거지 여자와도 성교가 가능하지만, 여자는 아무리 잘생겨도 거지 남자와는 성교하지 않는다. 남자는 여자와 관능을 꿈꾸지만, 여자는 남자를 통해 신분상승을 꿈꾼다. 오해이길 바라지만, 은이 거북선생을 만나면서 금과 거리를 두고자 했던 것도 그런 측면으로 이해할 수 있다.

"거북선생이라고 알아?"

"뭐? 거북선생? 우웨엑."

손가락을 입에 넣어 토하는 시늉을 하는 금을 보고, 은이 말했다.

"그래, 좀 역겨운 데가 있어. 노인네 냄새가 나거든."

"그런 거 말고 말이야. 그 노인은 워낙 힘을 좋아하잖아. 무찌르자 공산당, 뭐 아직도 이런 식이니까. 그래서 너를 무찌를 때도 비아그라를 한 열 알씩 먹고 하지 않아?"

"응, 먹는 눈치야. 그런데 그거 두 알만 먹어도 바로 심장이 터져 죽을걸! 사실은 내가 반 알씩 잘라줘. 노인이 복상사하면 내 신세만 종치니까."

금과 은은 모텔이 떠나가라고 웃었다. 그러고 나서 두 사람은 잠을 잤다. 그날 새벽, 우연히 잠에서 깬 금과 은은 어둠 속에서 꿈결 같은 대화를 나눴다.

"은, 내 말 들려?"

"응, 들려."

"「구월의 이틀」이란 시 기억나?"

"응, 나지. '현대 문학의 이해' 시간에 들었잖아."

"그래. 요즘 자꾸, 그 교수의 말이 생각나."

"뭐가?"

"지난 1년간이 우리들의 '이틀'은 아니었을까? 난 자꾸 그런 생각이 들어."

"그러면 우리 청춘이 끝난 거네."

"그래. 우리들의 '이틀'은 끝났어."

비몽사몽간에 나누었던 짧은 대화였다. 그 대화가 끝나자 두 사람은 '잘 자란' 말도 없이, 각자의 비애 속에 잠들었다. 워낙 몽롱한 상태에서 나눈 대화였기에, 두 사람은 다음 날 아침에 자신들이 그런 대화를 나누었는지조차 기억하지 못했다.

은이 금을 한동안 멀리했던 것은, 거북선생과 금이 모두 좋았기 때문이다. 은은 좋아하는 두 사람을 동시에 속일 수 없었다. 그래서 금을 피하고자 했다. 틀니와 늘어진 젖가슴 살에 불룩한 똥배, 가늘고 온기 없는 팔다리. 역겨운 데가 없지는 않지만, 그래도 거북선생이 처음 들어왔을 때는 영원히 잊을 수 없을 것이다.

기억하는가, 은이 중학교 때 꿨다는 어떤 꿈을? ……여기는, 흰 거품을 얹은 푸른 파도가 물밀어오는 백사장……쏴아……쏴아……생생한 해풍……황금빛 사자가 어슬렁거렸다……그게 은이다……그 꿈속에서 은은 알고 있었다……지금 나는, 아주 잠시, 사자의 옷을 뒤집어쓰고 있는 것이라고……무엇인가를 애타게 갈구하면서, 해변가를 어슬렁거리는 그 황금빛 사자가 나라는 것을……은은 꿈속에서도 자신이 사자로 변장한 것임을 자각하고 있었다……목이 탔다……그런데 중간에 필름이 끊긴 것처럼……정전이었던 것처럼……장면이 뭉텅 잘려 나갔다 〰〰〰 다시 눈앞에 펼쳐진 장면은……생생한 해풍…… 쏴아……쏴아……흰 거품을 얹은 푸른 파도가 물밀어오는 백사장……그리고……자기 등 위에, 그리스나 로마의 유적지에서 볼 수 있는 거대한 신전의 기둥을 수직으로 꽂은 채 어슬렁거리는 사자…….

거북선생의 그것이 몸 안으로 밀려들어오는 순간, 뭉텅 잘려 나간 꿈속의 장면이 다리를 벌린 채 엎드리고 있는 은의 눈앞에 환영처럼 펼쳐졌다. 사자의 등에 수직으로 내리꽂힌 신전의 기둥! 그제야 은은 열세 살 때 처음 몽정을 하며 꾸었던 꿈의 전체 장면을 복원할 수 있었고, 꿈속까지 스며든 자신의 초자아가 무엇을 검열했는지를 알 수 있었다. 그것은 자신의 성적 정체성 자체이자, 동성애적 욕망이었다.

처음 거북선생 댁을 방문했던 날 밤, 선생이 말했다.

"이건 지혜를 전승하는 가장 오래되고, 실효 높은 전통이야."

첫눈은 힘이 있었다. 금은 그날을 시작으로 은의 집에 동숙했다. 금은 아버지를 자살로 몰아간 평창동의 집이 끔찍하게 싫었고, 은의 집에는 아무도 없었다. 이때부터는 은도 거북선생과 금을 동시에 속인다는 생각에서 벗어나, 자연스럽게 두 사람 사이를 오갔다. 그런 관계는 오래가지 않았다.

크리스마스이브인 12월 24일, 지혜와 셋이서 카페를 쏘다니다가 밤늦게 돌아온 밤이었다. 금과 은이 잘 준비를 하는데, 거북선생에게서 전화가 왔다. 은은 옆방으로 건너가며 금에게 들리지 않게 나직이 통화를 했지만, 함께 사는 사람이 한밤에 속살거리는 나지막한 통화는 그것 자체로 짜증스러웠다. 전화를 끊은 은에게 금이 물었다.

"뭐야?"

"응, 거북선생이야."

"그래서 어쩌겠다는 거야?"

"응, 빨리 갔다 올게."

그렇게 나간 은은 새벽이 되어서야 돌아왔고, 금은 케이블 방송의 채널을 이리저리 돌려가며 잠을 자지 않았다. 몇 시간 후에 은이 귀가하자, 금은 벽을 마주 보게 은을 세워놓고 바지를 벗겼다. 그리고 침만으로 은의 항문을 적셨다. 은은 아픈 작렬감을 느꼈지만, 두 남자 사이를 오간 벌이라고 생각했다.

0
출발

2003년 12월 25일, 금은 은의 집을 떠나 광주로 갔다. 휴학계를 쓰고 말고도 없었다. 광주에 내려가서 금은 향이 수능을 치르기 전에 있었던 친척집에 틀어박혔다. 그리고 도서관을 다녔다. 인간의 삶에는 정치나 사회와는 또 다른 층위의 삶이 있다는 것을 자각한 다음에야, 정치가가 꿈이 될 수 없었다. 그런 금에게 문예창작과에 들어가지 않고도 작가가 될 수 있는 방법을 가르쳐준 게 은이었다.

"문예창작과? 그런 거 다 필요 없어. 내가 단 100만 원 안팎으로 소설가가 되고 시인이 되는 알뜰한 방법을 가르쳐줄게. 먼저 소설가가 되고 싶다면, 제대로 된 세계문학전집을 100권 사. 그리고 '오호 너 소야? 나 최영의야!' 하는 식으로 무조건 1권부터 읽어나가. 전집은 그렇게 해야 다 읽어. 중간에 재미있어 보이거나 호기심이 나는 것부터 빼먹고 나면, 나머지는 절대 못 읽어. 한 60여 권 정도 읽고 나면 소설이 뭔지 감이 잡히고, 한 80여 권을 읽으면 이미 소설가가 되어 있을 거야. 그래도 안 되면 100권까지 모조리 읽는데, 그런데도 소설가가 안 되어 있으면 문학을 작파하고 다른 길을 가야 해. 노력을 해도 해도 안 되었으니, 신이 재능을 안 준 거라고 생각하면 마음 편하지. 시도 마찬가지야. 시선집이 100여 권 이상 나온 출판사 가운데 자기 취향에 맞는 출판사의 시집을 100권 사. 그리고 '오호 너 시집이야? 나 시인 지망생이야!' 하면서 막 읽어. 한 60여 권 정독을 하면 시가 뭔지 알게 되고, 한 80여 권 정독하고 나면 그 사람은 이미 시인이 되어 있어. 그래도 안 된 사람은 100권을 다 채워야 하는데, 그런데도 시인이 못 되었으면 그 시집들을 헌책방에 갖다 팔고, 시하고는 빠이빠이해야 해. 예술가는 노력과 재능의 조합인데, 아무리 노력을 해도 해도 안 되는 건, 애초에 재능이 없기 때문이야. 그건 안 되거든."

오로지 은의 말만 믿고 금은 하루에 한 권씩 소설을 독파하기 시작했다. 금이 아무 말 없이 광주로 내려간 뒤, 서울에 있는 은 역시 거북선생의 말대로 휴학을 했다. 은은 거북선생에게서 철학과 고전을 교습 받으며, 법과나 정치외교학과 계열로 편입을 하거나 재수를 하기 위한 공부를 했다.

2004년 3월 12일, 대통령 탄핵소추안이 국회를 통과했다. 한나라당이 주도한 탄핵 시도는 이미 노무현 대통령이 취임하고 집무를 시작한 이틀째부터 시작됐다. 2003년 2월 27일, 자민련과 함께 대북송금 특검법안을 통과시킨 한나라당은 '거부한다면 대통령을 탄핵하겠다'고 을러댄 바 있다. 같은 해 4월 2일, 대통령이 국회 연설을 하러 본회의장 단상에 섰을 때 한나라당 의원들은 자리에 앉아 일어나지 않았고, 가끔 야유를 보냈을 뿐 한 차례의 박수도 치지 않았다. 대한민국 대통령으로 인정하지 못하겠다는 것이었다.

이름난 보수 논객 한 사람은 2003년 8월 24일 "대통령과 경찰과 야당과 언론으로부터 버림받은 국민들이 기댈 곳은 국군뿐이다"라는 말로 쿠데타를 사주했으며, 어느 대학교의 교수는 탄핵소추안이 국회를 통과한 뒤인 2004년 3월 30일 "좌익정권을 타도하기 위해서는 군사 쿠데타 이외에 다른 방법이 없다는 것이 이해될 것"이란 발언을 덧보탰다. '아시아적 정치발전' 또는 '선진국 도약을 위한 진입 장벽'이라는 식의 알쏭달쏭한 수사로 5·16 쿠데타를 찬양했던 사람들이었다. 한마디로 노무현 대통령 탄핵은 김대중에 이어 연속해서 진보 정권이 들어선 것에 위기를 느낀 보수주의 세력의 사활을 건 총궐기였으며, 노무현 이후 세 번이나 연속해서 좌파 정권이 들어서면 다시는 자신들이 발붙일 곳이 없다는 조바심의 발로였다.

여기에 분당으로 상처 입은 민주당의 눈먼 증오가 합세한 것이 3월 13일의 '국회 쿠데타'라고 말들 하지만, 금이 보기에 한나라당과 합세하여 대통령을 탄핵하고 나선 민주당 인사들 대부분은 국민경선 때부터 노무현이 후보가 되는 것을 적극 저지한 사람들이었다. 그들은 국민경선을 통해 노무현이 민주당 후보로 결정된 뒤로도, 정몽준의 신당을 오가며 노무현의 사퇴를 전제로 한 후보단일화를 압박했었다. 금이 느끼기에 민주당은 탄핵에 동참한 순간, 자신들의 역사적 임무를 망실해버렸다.

탄핵이라는 격랑 속으로 대한민국이 휩쓸려 들어가던 3월, 라이프치히게반트하우스 오케스트라가 바흐의 〈마태수난곡〉을 가지고 내한 공연을 왔다. 바흐의 모든 음악이 모듬으로 들어 있을 뿐 아니라, 서양 음악의 정수가 종합된 곡이라는 〈마태수난곡〉. 거기다가 라이프치히게반트 오케스트라는 바흐 생전에 이 곡을 초연했던 오케스트라다. 거북선생은 몇 년 전에 독일에 갔을 때 이 오케스트라의 연주를 들었지만, 내한 공연을 또 보고 싶다며 한 달 전부터 공연 날을 손꼽아 기다렸다. 은은 거북선생이 시키는 대로 예매를 해놓았다.

3월 17일, 은은 거북선생의 자동차에 선생님을 모시고 공연장으로 갔다. 그러면서 이미 거북선생 댁에서 열 번도 넘게 LP로 들었던 〈마태수난곡〉의 시디를 자동차의 시디플레이어에 꽂았다. 콧노래로 따라할 수 있을 정도로 익숙한 제1곡 코랄이 고즈넉이 흘러나왔다. 거북선생이 물었다.

"너도 이 음악이 좋으냐?"

"예."

은은 올해 1월부터 교회에 나갔다. 거북선생과 함께 밤늦도록 공부를 하다 새벽 공기를 쐬기 위해 혼자 동네를 산책할 때였다. 거북선생이 사는 동네에는 교회가 있었다. 거기 가면 대한민국의 유명인들을 한꺼번에 볼 수 있다고 할 정도였지만, 은은 한 번도 그 교회를 의식하지 않았다. 그런데 그날따라 교회의 십자가가 눈에 띄었다. 그것을 보는 순간 은은 자신이 병균처럼 느껴졌고, 한없이 부끄러웠다. 성스러운 것에 목이 말랐다. 자신도 모르게 한 발자국씩 다가서다 보니 교회 안이었다.

죄책감에서 벗어나기 위해 들어선 교회에서 은은 별안간 가슴이 뛰게 하는 것을 목격했다. 수많은 신도들 가운데 유난히

귀한 얼굴이 눈에 띄었다. 온화하고 사려 깊으며 인내심이 있어 보이는 그의 얼굴로부터 은은한 후광이 발했다. 3류 국가로 곤두박질하는 대한민국을 구하기 위해 하나님이 내리신 분!

'바로 저 분이야! 나는 저 분을 위해 내 온몸을 바쳐야지!'

바로 서울시장이었다. 그 귀하신 분을 먼발치에서 본 이후로, 은은 열심히 교회에 나가기 시작했다. 은은 생각했다.

'누구나 자신의 누추한 심신이나 죄의식을 가려줄 위장이 필요하다. 종교는 그러기 위해 남녀노소 누구든 빌려 입을 수 있는 외투지. 바바리맨의 바바리코트 같은 것이지.'

클래식 음악을 듣다 보면 기독교 의례와 분간되지 않거나 거기서 파생된 음악을 접하는 게 다반사였다. 이를테면 오늘 공연에서 듣게 될 〈마태수난곡〉이 그렇다. 교회에 나가기 전에는 클래식의 그런 요소가 순음악적인 음악 감상에는 방해가 되었는데, 교회에 다니면서부터는 아무 이물감을 느끼지 못했고, 그런 요소가 오히려 감정이입을 도와주었다. 거북선생이 말했다.

"너는 의식하지 못했겠지만, 너를 알게 모르게 자유민주주의를 지키는 건전한 우파 청년으로 형성시켜준 게 바로 클래식 음악이다. 어려서부터 좌파들의 음악을 들었으면, 넌 지금쯤 청바지를 엉덩이 중간쯤에 걸쳐 입는 그런 형편없는 망나니가 되었을지도 몰라."

"좌파 음악요?"

은은 제2차 대전 직전, 히틀러가 추방시킨 유태인이면서 전위 음악가들이기도 했던 몇몇 좌파 클래식 작곡가들의 이름을 떠올렸다. 거북선생이 말했다.

"한 시대의 영적 온도를 감지하려면 음악에 주목해야 한다고 플라톤이 말했어. 그리고 공자님도 음악이 풍속을 정화한다고 강조하셨지. 록 음악은 젊은이들의 정신을 좀먹고 사회를 난잡하게 만들지. 사탄의 음악이고, '빨갱이'들의 음악이야. 난잡한 성의 표현, 무정부주의, 사회에 대한 증오, 비이성적인 무의식의 세계, 그리고 혁명을 찬양하는 게 록 음악이지. 인류 역사에서 문화란 항상 장년층의 차지였어. 장년층에 의해 만들어지고 그들에 의해 향유됐지. 그런데 철두철미 젊은이들만을 대상으로 발달한 예술의 형태가 록 음악이고, 그건 철저히 상업주의적이지. 좌파들은 자신들의 모순도 모른 채 록 음악을 감싸고 돌아. 자본주의를 그렇게 싫어한다는 좌파들이 상업화된 음악 가운데서도 가장 상업화된 록 음악을 비호한다니, 그건 뭐랄까…… 부적절한 관계를 뛰어넘어 아예 수간(獸姦) 같은 것이라고 해야겠지. 사람이 짐승과 섹스할 수 없듯이 좌파는 록과 짝이 될 수 없는데도, 이놈들은 그게 뭔지 몰라. 너는 그런 짐승들은 물론이고 짐승들의 음악과는 절대 상종하면 안 돼. 이제

와서 얘기지만, 네가 클래식 음악을 듣지 않았다면 나는 너를 제자로 받아들이지 않았을 거야."

거북선생을 모시고 광화문에 있는 세종문화회관으로 갔다. 광화문과 세종로에는 전경의 '닭장차'가 즐비하게 서 있었다. 탄핵 반대자나 찬성자의 돌발 시위를 방지하기 위해서였다. 음반으로 들었을 때도 좋았지만, 공연은 숨도 쉬지 못하게 할 만큼 압도적인 감동을 은에게 안겨주었다. 연주가 한창 무르익어 〈마태수난곡〉의 애호가라면 누구나 숨죽이며 듣게 되는 제47곡 엘토 아리아가 중간쯤 연주되었을 때, 갑자기 옆에서 누군가가 "흐드득"하며 울기 시작했다. 바로 거북선생이었다. 거북선생은 멩겔베르그가 로열 콘서트헤보 오케스트라와 함께 했던 저 유명한 1939년 실황녹음 중에서 청중 하나가 가엽게 흐느껴 울었던 바로 그 대목에서, 그것보다 더 섧게 울었다.

공연이 끝나고 거북선생과 은은 세종회관 근처의 초밥집에 들어가 앉았다. 음식이 나오기 전에 은이 거북선생에게 물었다.

"아까 왜 우셨어요?"

그러자 거북선생은 다시 울음을 터뜨릴 듯이 입을 삐죽거렸다.

"음, 〈마태수난곡〉을 듣고 있다 보니, 예수님이 당하신 수난이 꼭 내가 당한 수난 같아서 그만 눈물이 북받쳤지. '빨갱이'

들한테 어용이니 회색분자니 하면서 얼마나 당하고 또 당했는지……."

거북선생의 말을 듣는 순간, 은은 생각했다.

'이 미친 늙은이, 노망도 참 단단히 났네. 도끼로 정수리를 콱 찍어버릴까 보다. 이런 늙은이들은 대체 언제까지 이처럼 어리광을 부리려는 걸까? 박정희, 전두환, 노태우 시절에 좌파는 고문당하고 죽고 그것도 못 당한 사람은 하다못해 감옥이라도 가지 않았나? 그때 이런 노인네들은 호의호식하면서 '아무도 알아주지 않는 지옥'에 있었을 뿐이면서, 뭐가 그렇게 억울한 것일까? 온통 우파가 권력과 물질을 차지했던 나라에서, 이런 노인들이 좌파 지식인들에게 핍박을 받아봐야 또 얼마나 받았다고? 우파 노인네들이 이처럼 나약해빠졌으니, 일제 식민지 시기를 얘기할 때도 '위안부는 강제가 아닌, 공창이다', '일본 식민 지배는 조선의 축복이다' 같은 애먼 소리를 해대고 망신살이 뻗치지. 대체 그런 역사관이 강한 것을 지향하는 우파의 입에서 나올 소리인가? 이 노친 세대는 우파라면서 왜 스스로 강해지려고 하지 않는 걸까? 답은 하나야. 이 노친네들은 빨리 죽어야 해. '미국이 없으면 우리는 죽는다'고 벌벌 떠는 이런 계집애처럼 나약한 구(舊) 우파들이 깨끗이 청소되어야, '미국 없으면 어때?'라고 턱을 세우는 진짜 당당한 우파들이 새로 돋아나지. 이 땅에서 '좌빨'이나 '빨갱이'들을 몰아내려면 그런 신(新)우파가 빨리 나와야 해. 미국과 동맹을 절연하라거나 반미를 하라는 뜻이 아니라, 미국에 당당한 우파가 나오면 '좌빨'들은 저절로 사그라져. 그것도 모르고 주구장창 입을 떼느니 '미국이 없으면 우리는 죽는다'고 외쳐대고, 광복절엔 미국 국기를 들고 나와서 꼴값을 떨어대니 '좌빨'들에게 말발이 안 서고 무시당하는 거지.'

거북선생의 복받쳤던 울음이나 노망도 어찌 보면 코미디로 제자를 가르치려는 산파술인지 몰랐다. 식사를 마치고 차를 타고 집으로 돌아가는 길에, 광화문 근처에 모여 있는 탄핵반대 촛불집회를 하는 시민들이 보였다. 거북선생이 말했다.

"쯔쯔, 저 가여운 허무주의자들."

"저 '빨갱이'들을 보고 허무주의자들이라뇨?"

은이 반문을 하자, 거북선생이 또 한 소식을 내렸다.

"근대 이후의 인간들은 신도 전통도 도덕도 모조리 죽여버렸어. 그러고 나니 곧바로 허무가 그들을 덮쳤지. 진짜 허무주의자들은 그걸 견디지만 못 대중들에겐 의연하게 허무를 견딜 능력이 없지. 허약하니까. 정신이 단련되어 있지 않으니까. 그래서 이 나약한 허무주의자들이 새로운 신으로 받들기 시작한 게 성해방이고 정신분석이고 마약이고 록이야. 이외에도 싸구려

히피주의니 페미니즘이니 환경운동이니 뉴에이지 신앙 같은 잡다한 신의 대용품이 있지만, 허무주의자들이 발견한 최대의 대용품은 민주주의와 정치야. 그 가운데서도 세상에는 '진리가 없다'는 진리를 제정신으로 받아들일 용기가 없는 가장 무력한 바보들이 목을 매고 덤비는 게 혁명이지. 저 불쌍한 허무주의자들, 저 도저한 쓰레기들, 저 가여운 '촛불 좀비'들!"

헌법재판소에서 탄핵이 심리되고 있을 때, 서울에서는 시민들이 광장과 길거리에서 탄핵을 둘러싼 찬·반 집회를 벌였다. 탄핵 찬성 집회는 서울에서만 소규모로 벌어졌고, 탄핵 반대 집회는 거의 전국적으로 벌어졌다. 광주에 내려간 금은 친구들과 매일 탄핵 반대 촛불 시위에 나섰다. 그러다가 최종 선고일을 앞둔 하루 전날, 도저히 고향에만 있을 수 없어 급히 서울로 올라왔다. 서울역에 도착하던 길로 곧바로 광화문으로 달려가 해질녘부터 모이는 탄핵 반대 촛불 집회에 참여했다. 금이 한참 구호를 따라 부르는데, 누군가가 트럭 위에서 금을 보며 손짓을 했다.

"어이, 법대!"

금이 돌아다보니, 작년에 이삿짐 트럭을 운전했던 형이 자신의 트럭에 실은 물건을 자원 봉사자들과 함께 내리고 있었다.

"어, 형. 오랜만이에요. 여긴 웬일로?"

"웬일이라니? 법대 다닌다며 그것도 모르냐? 국민이 뽑은 대통령을 국회의원 쪽수로 마음대로 내쫓아도 되냐? 그래서 내 트럭으로 봉사한다. 스피커며, 생수, 깃발 온갖 걸 다 실어 나른다."

금도 트럭에 달라붙어 촛불 시위에 필요한 물품을 내렸다.

"야, 근데,『지붕만 남은 마을』이란 소설 아무리 찾아도 없더라?"

금은 얼굴이 붉어졌다.

"아, 그거요. 이번 가을쯤이면 서점에 쫙 깔려 있을 거예요?"

"지금은 없고?"

"아, 예 뭐. 더 좋은 번역본이 나온다는 말이죠 뭐."

잠시 후, 물품을 다 부려놓은 이삿짐 운전사는 여의도에도 가봐야 한다면서 트럭에 올랐다. 금이 막 떠나려는 젊은 운전기사에게 말했다.

"형, 형도 빨리 써요! 소설 쓴댔잖아요."

광화문에서 저녁 9시 30분까지 촛불을 밝히고 노래를 불렀던 금은, 다음 날 10시 탄핵심판 최종 선고가 열리는 헌법재판소에서 일찍 평창동 집으로 들어갔다. 늦은 시간이었는데도 어머니는 아직 가게에서 퇴근하지 않은 모양이었다. 어머니는 조선족 출신 골동품 중개상과 재혼을 하는 대신 사업 파트너로 관계를 유지하면서 중국 골동품을 대대적으로 수입할 작정이라고 했다. 향은 오빠가 들어가지 못한 법대에 합격했다.

5월 24일 아침 8시 30분, 금은 아침 일찍 밥을 먹으면서 향에게 헌법재판소에서 곧바로 역으로 갈 거라고 말해두었다. 평창동에서 택시를 타자 금세 헌법재판소였다. 헌법재판소 정문 앞에는 각 언론사에서 나온 차량이며 카메라가 진을 치고 있었고, '탄핵 무효(반대)'와 '탄핵 지지(찬성)'파로 나뉜 시위대가 확성기와 구호가 적힌 팻말을 들고 북적이고 있었다. 최종 판결을 내릴 아홉 명의 헌법 재판관들이 탄 검은색 중형 차량들이 속속 도착하자 그때마다 시위대들은 기세를 올렸다. 먼저 탄핵 찬성 측의 지지자가 팻말을 들며 구호를 외쳤다.

"9대 0! 9대 0!"

질세라 탄핵 반대 지지자들도 그들의 팻말을 들어 올리며 맞대응했다.

"민주수호! 민주수호!"

그러자 50대 이상의 중장년층이 대부분이었던 탄핵 찬성 지지자 가운데 한 사람이 '민주수호'를 외치는 사람들을 손가락질하며 말했다.

"룡천에 가서 자원봉사나 해라. 나는 친일 안했어. 너흰 친북했잖아."

탄핵 찬성 측과 달리 20대 젊은이들부터 노인들까지 고루 분포하고 있던 탄핵 반대 측 중에서도 누군가가 나서 '9대 0'을 외치는 사람들을 향해 말했다.

"국민이 뽑은 대통령을 이런 식으로 쫓아내도 되나."

말싸움이 격해져서 거친 욕설이 되고 삿대질과 몸싸움이 벌어지기 직전까지 가기도 했지만, 최종판결을 앞둔 날이라서 그런지 다른 날보다는 그래도 서로가 자제하는 분위기였다. 정문에 도착한 금은 탄핵 무효 시위대에 끼어들었다. 누군가가 '대통령님, 돌아오세요'라고 쓰인 팻말을 주어서 높이 들었다.

최종 판결이 예정대로 이루어지는 10시가 되기까지는 아직 1시간이 남아 있었다. 금이 탄핵 무효를 외치며 반대측 지지자들과 함께 팻말을 번쩍 들고 있는데, 반대편에서 탄핵 찬성을 외치던 은을 발견했다. 금이 은을 발견한 것과 동시에 탄핵 찬성을 외치면서 '퇴진 노무현'이란 피켓을 들고 있던 은도 반대 진영에 서 있는 금을 발견했다.

눈이 마주친 두 사람은 누가 먼저랄 것도 없이, 서 있던 자리에 피켓을 내려놓았다. 그리고 마주 보며 기세를 올리던 각자의 대열에서 빠져나와 악수를 하며 포옹했다. 그리고 뒤도 돌아보지 않고 안국동 쪽을 향해 함께 걸었다. 이른 아침이라 문을 연 식당도 찻집도 보이지 않았다. 종로 3가 쪽으로 내처 걸어가자, 24시간 영업을 하는 커다란 밥집이 보였다. 두 사람은 그곳에 들어가 자리를 차지하고 앉았다. 그런데 앉자마자 바로 금이 말했다.

"은, 나가자. 여기, 너무 시끄러워."

실제로 식당엔 이르게 문을 연 밥집을 찾아온 손님들이 꽤 있었다. 두 사람은 그곳을 나와 밥집이 줄지어 선 골목을 기웃거렸다. 다행히도 방금 나온 식당에서 멀지 않은 곳에 아주 작고 허름한 밥집 하나가 문을 열어놓았다. 두 사람은 손님이 한 명도 없는 빈 식당으로 들어갔다. 금은 자리에 앉기 전에 식당의 계산대와 식탁 위를 재빨리 살펴보고, 안심을 했다.

"여기가 좋겠다."

솔직히 말하면, 금이 바로 앞의 식당에서 은에게 나가자고 한 이유는 시끄러워서가 아니다. 금과 은이 앉아 있던 바로 옆좌석에, 금의 아버지를 자살로 몰고 간 신문이 있었다. 금은 한 번도 신을 믿어본 적이 없는 무신론자이면서도 이렇게 생각했다.

'저 자들이 죽으면 지옥이 아니라 반드시 천국에 가야 한다. 거기서 무엇을 위해서도 일부러 해야 할 필요가 없는 거짓말을 영원히 반복하면서, 마음속 깊이서부터 차오르는 회한과 자괴를 느껴야 해. 그게 벌이야.'

자리에 앉은 두 사람은 딱히 시킬 것도 없어서 맥주 한 병을 시켰다.

"이제는 술 좀 마시니?"

"아니. 아직도야."

금과 은은 컵에 따른 맥주를 한 모금씩 마셨다. 식당의 한 모서리에 설치된 텔레비전에서 헌법재판소 풍경이 중계되고 있었다. 금이 말했다.

"저거 끌까?"

"응."

금이 자리에서 일어나 텔레비전을 끄고 다시 앉았다. 금이 말했다.

"어떻게 지내? 요즘도 함께 있어?"

"응, 아침마다 밤마다. 알지?"

"그 늙은이가 그렇게 좋아?"

"젊은 놈도 하나 만나고 있어. 변지갑이라고 알지? 완전 골통."

"내가 소문내면 어쩔려구 이름까지 다 말해?"

"다른 사람은 다 몰라도, 넌 그런 거 알아야 해. 그래야 세상이 어떻게 돌아가는지 알지. 넌 세상의 드러난 거죽만 알지, 세상의 진짜 모습을 몰라. 글 잘돼?"

"응. 이것저것 막 읽으면서, 막 쓰고 있어. 한국문학사부터 읽어보려고 했는데, 그게 참 좀스럽더라. 그래서 거꾸로 세계문학

사부터 읽었어."

"재미있었어?"

"세계문학사를 읽다 보니 외국에는 '국민작가'라고 불릴 만한 작가들이 각 나라마다 한 명씩 있더군. 프랑스, 영국, 독일, 러시아, 하다못해 일본에도 그렇게 불릴 만한 작가가 있어. 그런데 우리한테는 없더라. 그래서 국민작가가 한번 돼보려고 그래."

"국민가수, 국민배우, 국민투수…… 그런 것도 많은데, 이제 국민작가까지 나와야 해?"

"'국민'이 어감은 좀 안 좋지만, 국민작가란 한 나라의 국민에게 어떤 문제가 있을 때, 항상 그에게 돌아가 현재의 문제를 조회해볼 수 있는 거대한 저수지 같은 거야. 우리나라 같은 경우 이광수가 가장 될 만했는데, 그는 그런 기회와 재능을 스스로 내다버렸어. 구체적인 친일 행위를 하나씩 적시하는 것을 떠나, 한국 사람이 일본 사람으로 동화되어야 한다고 열성으로 믿었던 사람에게 국민작가란 가당치도 않지. 그러면 누가 될 수 있을까? 아직 우리는 국민작가 하나조차 제대로 못 만든 나라야."

"누가 누굴 지도하거나 지식을 혼자 독차지하는 게 불가능한 현대에도 옛날과 같은 국민작가가 나올 수 있다고 봐? 대통령도 5년 만에 한 번씩 바꾸는데 무슨 국민작가야?"

"국민작가는 단기간의 여론이나 당선에 목을 매는 정치가들과는 달리 좀 더 긴 비전을 제시하는 사람이야. 국가란 어떻게 보면, 모국어로 만들어진 문학을 향유하는 문학공동체라고도 할 수 있는데, 그 공동체는 5년이란 세월을 우습게 뛰어넘어. 대통령에 비할 게 아니지."

"그렇다고 쳐. 하지만 식민시대나 건국기에도 만들지 못했던 국민작가가 지금 왜 필요해?"

"내 말은 지금까지 없었기 때문에 이제라도 하나 만들어놓자, 뭐 이런 게 아니야. 지금부터 내가 말하는 국민작가는 그것과는 좀 다른 국민작가야. 이래. 이 시대는 시장이 권력을 키워가는 반면 국가의 역할이 점점 작아져가고 있어. 국가가 시장의 침탈을 방어하거나 시장의 압력을 조절하지 못하는 불균형 속에서 고통 받는 것은 국민이야. 국민이란 말이 마땅치 않으면 시민이라도 좋고. 이런 상황이 공적 가치의 수호자로서의 국가를 긴히 요청하고 있는 것이라면, 국민작가에 대한 환상 역시 다시 부활할 수 있는 거겠지."

"그래. 꼭 그렇게 되길 바라. 나는 문학 같은 거 평생 거들떠도 보지 않을 거야."

"지혜 씨한테 들었는데, 너는 시인이 되는 게 꿈이었다며? 그런데 어떻게 그렇게 바뀌었어?"

"작가가 된다는 것은 위조지폐범이 된다는 말이야. 그건 범

죄지. 왜냐하면 돈은 중앙은행에서만 찍어낼 수 있기 때문이야. 돈만 그런 게 아니라 한 국가나 사회에서 통용되는 윤리나 가치, 질서나 신념 따위도 공인되거나 권위를 가진 합법적인 기관을 통해야 해. 그런 걸 만드는 곳이 바로 법원이고 학교고 종교지. 기관은 아니지만 전통이나 고전 같은 것도 공인된 가치를 찍어내는 무형의 기관이랄 수 있지. 그런데 작가는 그런 기관에서 만들어내는 것과 다른 가치를 만들어 퍼뜨리는 사람이야. 다시 말해 중앙은행에서 찍은 게 아니라 불법으로 찍은 위조지폐를 유통시키는 사람이 작가지. 일단 나는 그럴 능력이 없어. 게다가 나는 워낙 중앙은행이라면 사족을 못 쓰는 속물이기도 해. 언젠가는 보란 듯이 중앙은행의 총재가 되고 싶지, 위조지폐 따위나 만들며 한평생을 사는 건 좀스러워."

"은아."

"왜?"

"네가 문학을 하면 나보다 더 잘할 것 같아. 같이 가자. 도반(道伴)이 되자."

"말했던 것처럼 나는 그런 가치를 만들어낼 힘이 없어. 문학은 새로운 가치를 만들어내는 건데, 나는 보수적이야. 새로운 걸 못 만들어. 그저 선생님들의 말에 '예, 예' 하면서 따라하는 것만 잘할 뿐이지. 그런데도 나는 그게 이 세상을 만드는 힘이라고 생각해. 나는 배의 바닥짐 같은 사람이나 가치를 좋아해. 바닥짐이 뭔지 알지? 선체의 안정을 유지하기 위해 배의 바닥에 싣는 물이나 모래 따위의 무게 나가는 화물이야. 이걸 싣지 않으면 배가 쓰는 에너지 사용량은 줄일 수 있지만, 강한 바람이나 큰 파도에 휩쓸려 난파할 우려가 커. 그래서 먼 바다를 항해하는 배는 반드시 바닥짐을 싣고 다녀. 바닥짐이 없으면 배가 침몰하는 것처럼, 보수가 없으면 국가나 사회도 뒤집어져. 그래서 나는 보수주의자가 됐어."

"그래서, 넌 뭐 할 거야?"

"정치할 거야. 국회의원 되고, 서울시장 되고, 대통령 할 거야. 절대 '킹메이커'나 2인자 같은 건 안 할 거야. 나는 너의 이름처럼 될 거야."

"그래. 큰 정치가가 되도록 성원할게. 그런데 지혜 씨는 잘 있어?"

"응, 고등학교 시절 그랬던 것처럼 자꾸 살이 찐대. 그런데도 예뻐."

"어떡할 건데?"

"결혼하게 될 거야."

"진짜 사랑하는 거야? 아니면 네 취향이 극복된 거야?"

"어쩔 수 없어. 지혜는 그냥 내가 생존하는 데 필요한 장식이야."

"출세하는 데 필요한 건 아니고?"

"글쎄. 연애를 할 때는 모르겠지만, 결혼한 여자들은 집안의 평화를 위해 혹은 무엇을 얻기 위해 섹스를 하지, 섹스가 좋아서 섹스를 하는 건 아니래. 그러니 결혼을 하고 나면 섹스를 하지 않아도 되는, 무슨 방법이 분명히 있을 거야."

금과 은은 두 시간 정도 얘기를 나누었다. 그 사이에 탄핵심판 최종 판결이 났고, 식당을 오가는 손님들의 대화를 통해 결과를 알게 됐다. 금이 고향으로 내려가는 기차를 타기 위해 자리에서 일어났다. 은이 말했다.

"내가 역까지 마중해줄게. 옛날에 네가 매일 나를 집까지 바래다주었잖아."

잠시 후 두 사람은 서울역 대합실에 앉아서, 기차의 발차 시간을 기다렸다. 은이 말했다.

"우리, 그때 좋았지?"

"언제?"

"자동차 전국 여행 할 때."

"그래, 그때가 좋았어. 우리가 이 지경이 될지, 그때는 꿈에도 생각하지 못했지."

은이 좀 있다가 다시 말했다.

"그 아이는 지금 어떻게 되었을까? 잘살고 있을까?"

금이 물었다.

"누구?"

"그 아이 말이야. 우리가 서울로 이사 오는 고속도로에서 같이 봤던 교통사고에서 혼자 살아남은 아이."

"응, 나도 궁금하다. 잘 자라고 있을까? 너무 불쌍해."

"나는 그런 아이들을 위험한 곳에서 지켜주는 파수꾼이 되고 싶어."

금은 방금 은이 했던 말이 광주에서 내려가서 읽었던 어떤 미국 소설의 한 구절이라는 것을 알고, 미소 지었다.

"그래. 그런 아이들이 잘 자랄 수 있게 해주는, 그런 정치를 해야 해."

금은 자신의 손에 끼어 있는 반지를 뺐다.

"자, 약속해."

금은 은에게 반지를 끼워주었다. 그러자 은이 자신의 바지 호주머니에서 접혀진 종이쪽지 하나를 꺼냈다.

"자, 이거 네가 화장실에 갔을 때 생각난 대로 쓴 거야. 기차간에 가면서 읽고, 집에 가서는 냉장고에 붙여놓고 하루에 세 번씩 읽어. 넌, 모든 발음이 격음화되어 있어. 유명작가가 되면 텔레비전에 나와서 대담이나 인터뷰도 해야 하는데, 거기서 너처럼 그러면 나 같은 사람은 바로 얕본단 말이야."

금은 기차를 타기 위해 자리에서 일어났다. 금과 은은 서로 악수를 한 채 포옹했다. 금이 개찰구를 지나 뒤를 돌아보니, 은이 그 자리에서 손을 흔들고 있었다. 금도 함께 손을 흔들어주었다.

기차에 올라, 자신의 좌석에 앉은 금은 창밖을 잠시 바라보다가, 은이 준 종이를 폈다.

금, 넌 이거 고쳐야 해!

계임 → 게임
꽁짜 → 공짜
찐하다 → 진하다
쭝국 → 중국
쪼끔만 → 조금만
쭐이다 → 줄이다
쎄련 → 세련
쎄다 → 세다
삐(B)끕 → 비급
딴딴하다 → 단단하다

금은 그 짧은 시간에도 또박또박 정자로 적은 은의 글씨를 보고 미소를 지었다. 기차가 출발했다. 금은 어깨에 멘 가방에서 노트를 꺼냈다. 거기엔 지난달부터 쓰기 시작한 소설에 필요한 단상들과 단숨에 적은 대사들이 빼곡했다. 지붕은 있는데, 그 어떤 벽도 방도 없으며 세간도 없는, 지붕만 있는 마을. 습작기의 첫 번째 작품은 자신에게도 명확하지 않은 추상적인 관념을 붙잡고 공허한 씨름을 하거나, 아니면 너무 시시콜콜 자서전적이다. 금은 전자였다. 지난 1년 동안 금이 겪은 세계는 그만큼 불가해하고 부조리했다.

기차가 한 시간째 달렸다. 금은 차창으로 흐르는 초록의 풍경을 보면서 생각했다.

'은, 너도 알고 있지? 우리가 보았던 그 교통사고에서 살아남은 아이가, 바로 우리라는 것을? 혼자 살아남은 그 아이처럼, 너와 나도 고속도로 위에 내던져진 고아야. 부모 없는 고아야. 너는 말했지. 그 아이를 지켜주는 파수꾼이 되고 싶다고. 잘하길 빌겠어. 나는 소설을 쓰겠어. 언젠가 너는 중세의 알레고리였던 '바보들의 배'에 비유해서, 문학을 '패배자들의 배'라고 불렀지. 문학은 세상에서 패배한 사람들이 타는 배나 같다고. 하지만 나는 그렇게 생각하지 않아. 아까 말한 국민작가라는 개념으로부터, 나는 문학이란 현실로부터 패배한 자들의 산물이라는 일반적인 속설은 물론이고 너의 위조지폐범론을 뛰어넘는 가능성을 발견했어. 그건 네가 하려는 정치보다 보잘것없거나, 힘이 없는 게 결코 아니야.'

　누군가는 고향을 떠나서 새로운 곳에 근착하고, 누군가는 착근에 실패하고 옛 고향으로 되돌아온다. 새롭게 고향을 만들지 못하고 옛 고향으로 내려간 사람은 거기서도 잘살지 못한다. 이주에 실패한 경험이 고향에까지 따라와 그를 조롱한다. 그래서 그는 계속 방황하게 된다. 그러면서 우리에게도 사람의 발길이 닿지 않은 시베리아가 있었으면 좋겠다고 생각한다. 아무에게도 나의 패배를 들키지 않을 장소, 상처를 치유하고 부활을 준비하는 장소, 내 영혼에 영성을 부여할 성스러운 장소가 있었으면 하고 바란다. 하지만 남한만으로는 너무 좁아서, 고작 우리는 고향으로 내려갈 뿐이다.

(끝)

작가 후기

1.

어쩌다 3년 동안 대학에서 학생들을 가르쳤다. 그때 모든 강의의 첫 수업 때는 언제나 류시화 시인의 「구월의 이틀」을 교재 삼아, 문학과 청춘의 비밀에 대해 내가 깨우친 것을 학생들에게 귀띔해주고자 했다.

그런 일이 몇 년째 반복되면서, 이런 사실을 내가 가르치는 학생들에게만 알려줄 게 아니라 좀 더 많은 청년 학생들에게 전해주고 싶다는 욕망이 치밀었다. 그래서 이 소설을 쓰게 됐다.

「구월의 이틀」이 이 소설의 중요한 모티브가 되어주긴 했지만, 그렇다고 해서 제목마저 그렇게 정해진 것은 아니었다. 애초에 지어놓은 제목은 『금과 은』이며, 이 소설을 읽은 누구라도 그럴 수밖에 없었을 것이라고 수긍할 것이다.

두 청년의 이름을 제목으로 삼았던 헤세의 어떤 소설처럼, 『금과 은』이란 제목을 그대로 사용해서 얻을 이점은 썩 분명했다. 그 제목은 세태소설이자 지식인소설이면서 풍자소설과 예술가소설을 아우르는 이 복합적인 소설을 성장소설로 읽어주도록 자연스레 유도한다. 게다가 나는 『은과 금』이란 제목으로 두 주인공의 역전된 삶을 보여주는 이 소설의 속편까지 완벽하게 구상해놓은 터였다.

그런데 이게 무슨 오지랖이란 말인가? 소설을 다 써놓고 나자 『금과 은』이란 제목으로는 도저히 그럴듯한 책 표지를 만들 수 없을 것이란 기우가 꾸역꾸역 생겨났다. 그냥 출판사에 맡기면 어련히 알아서 만들까마는, 아무래도 이 단순한 제목으로는 북 디자이너가 고생할 게 눈에 훤했던 것이다. 이게 다 나이 들면서 나도 몰래 생겨난 '젊은이들에 대한 배려'라고 생각하면, 갑자기 내가 노인이 된 것 같아 쓸쓸하면서도 뿌듯해진다.

최종 원고를 넘기고 이 소설의 편집자와 점심을 먹었다. 그러고 나서 차를 마시며 이야기를 하기 위해 평창동에 있는 어느 사찰로 향했다. 자리를 옮기는 도중에 우리는 두 개의 제목을 놓고 고민했고, 사찰의 그늘진 벤치에 앉아서도 『금과 은』이냐, 『구월의 이틀』이냐를 숙고했다. 그러던 차에 갑자기 동행한 편집자가 손으로 멀리 있는 누군가를 가리키면서 "저기, 류시화 씨 아닌가?" 하고 말했다. 진짜 류시화 선배였다.

류시화 선배를 마지막으로 본 게 2000년 9월 어느 날이었으니, 9년 만이었다. 그때 나는 모 신문에서 격주로 인터뷰 기사를 쓰는 인터뷰어였고, 일절 인터뷰를 하지 않는 선배는 오로지 나를 위해 인터뷰에 응해주었다.

9년 만에 만났던 날, 선배는 투병 중인 원로스님을 병문안하러 그 사찰에 들렀던 모양이다. 나는 커피를 마시며 선배가 병문안을 마치고 나오기를 기다렸다. 제목으로 더 고민할 필요가 뭐 있는가? 선배를 보는 순간 그저 "이건 운명이야!"라고 할 밖에. 내가 소설 제목으로 「구월의 이틀」을 쓰겠다고 하자, 선배가 즉답했다. "써. 그게 뭐 내 거야?"

2.

내가 이 소설을 쓰면서 의식했던 것 가운데 하나는 '우익청년 탄생기(성장기)'를 써보겠다는 것이었다. 그런 생각을 하게 된 것은 서구·유럽의 소설을 읽으면서 느꼈던 서구 우파에 대한 막연한 부러움이 구체화되면서부터였다.

인상적이고 단견에 찬 의견일지는 모르지만, 건전한 상식과 나름의 철학을 토대로 한 우파가 득세한 나라에서는 '우익청년 일대기'로 분류될 수 있는 소설이 많이 나와 있다. 하지만 정당성도 갖추지 못했을뿐더러 부도덕한 우파가 득세한 나라에서는 '우익청년 일대기'가 나올 수 없다. 1980년대에서 1990년대에 이르기까지 한국 문학이 줄창 '좌익청년 일대기'만 쏟아냈던 까닭이 거기 있다.

하지만 언제부터인가 여기저기서 우익을 자처하는 원로·중견 인사들은 물론이고 우익을 표방하는 청년 단체들이 생겨나기 시작했다. 그래서 이제라면 '우익청년 탄생기'가 시도되어도 좋지 않겠는가라는 생각을 하게 되었다.

이 작품을 쓰는 도중에 우연히 만난 어느 선배에게 내가 이런 소설을 쓰고 있다고 말하자, "우익은 멋있어야 해. 멋있게 그려야 성공해!"라고 조언해주었다. 그런데 이 소설을 읽은 독자라면 이미 알게 되었듯이, 작중의 우익 인사들은 그리 멋있지 않다. 작품 속에도 써놓았듯이, 구 우익(올드 라이트)은 일제와 독재에 부역한 원죄가 있고, 구 우익보다는 상대적으로 젊은 뉴 라이트는 좌파에 대한 피해의식과 원한으로 가득하다. 현재의 뉴 라이트 인사들 가운데 가장 모지락스러운 사람들은, 정신사적으로 좌파의 승리가 최고조에 달했던 1980년대와 90년대에 그야말로 아무도 거들떠도 보지 않는 별 볼 일 없었던 존재였거나, 대세에 밀려 하기 싫은 좌파 흉내를 억지로 냈던 사람들이다.

현재 여러 종류의 뉴 라이트 운동이 있지만, 내 생각에 원죄나 피해의식(원한)이 운동의 동력이 되고 있는 40대 이상의 뉴 라이트에겐 아무 기대할 게 없다. 그런 뜻에서 내가 가장 공들였던 인물인 은에게는 앞으로 많은 기대를 해도 좋다. 어떤 면에서는 야비하기도 하고 이중인격적으로 보이기도 하지만, 은에게는 다른 인물에게는 없는 자기개발의 특성과 사태를 객관적으로 바라보려는 반성 능력이 있다. 이 작품에서 은은 구 우익(거북선생)과 뉴 라이트(작은아버지)의 영향 아래 있지만, 그들과의 사상투쟁을 통해 자긍심에 찬, 젊고 순수한 우익으로 단련되어갈 것이다.

3.

우익은 만들어지는 게 아니라, 태어난다. 내가 어떤 환경에서 태어나느냐가, 우익청년 탄생의 비밀이다. 다시 말해 은이 부산이라는 지역과 기업가 집안에서 태어나지 않았다면, 그처럼 되지 않았을 공산도 크다(은의 타고난 심성이 큰 역할을 했다는 것도 무시할 수 없다). 바로 그런 환경이 국사 선생에게 동감하면서도 그가 국사 선생에게 등을 돌리는 이유다.

우익청년의 탄생이 왜 이토록 간단하게 설명되고 마는지에 대해서는 두 가지 이유를 들고 싶다. 첫째, 아무래도 물적 토대가 상부 구조(인식)를 결정한다는 맑시스트적인 공식을 벗어날 방도가 없기 때문. 둘째, 우리나라의 우익 인사들로부터는 우익청년을 만들어낼 철학을 기대할 수 없기 때문.

두 번째 이유 때문에, 탐독한 책이 앨런 블룸의 익히 알려진 베스트셀러다. 가장 대중적인 네오콘 학자였던 그는 미국에서 100만 권이나 팔린 바로 그 책에서, 엘리티즘이야말로 우익의 유일무이한 이데올로기임을 천명한다. "우익은 멋있어야 해"라고 말했던 어느 선배의 말은 진짜 우익들의 엘리티즘 지향과 맞아떨어지지, 시장 확대나 사익 추구를 숭앙하는 우리나라의 우익 철학과는 좀체 아귀가 맞지 않는다. 진정한 엘리티즘을 추구하는 우익들에게 그런 가치들은 천하디 천한 것들이다.

그런 뜻에서 이 소설에 등장하는 인물 가운데 거북선생은 더 큰 활약을 보였어야 할 인물이었다. 왜냐하면 나는 앨런 블룸을 모델로 거북선생을 썼기 때문이다. 작중에서 그가 음악이나 허무주의에 대해 말할 때, 그 주장의 대부분은 앨런 블룸과 그의 스승이었던 레오 스트라우스의 것이다. 그런데다가 앨런 블룸의 죽음은 얼마나 희화적이었던가? 그는 입만 떼면 도덕과 엘리티즘을 논했으면서도, 에이즈로 죽었다. 동성애가 나쁘다는 게 아니라, 손가락질 받아야 하는 것은 그의 위선이다.

본 소설의 제목이며, 본문 127~129페이지에 전문을 인용한
「구월의 이틀」은 류시화 시인의 시집
『그대가 곁에 있어도 나는 그대가 그립다』에 수록된 동명의 시임을 밝힙니다.

본 소설의 82~84페이지에서 언급하고 있는 책은
한상복 님의 『한국의 부자들』(2003, 위즈덤하우스)임을 밝힙니다.

구월의 이틀

초판 1쇄 발행 2009년 11월 6일
초판 2쇄 발행 2009년 11월 11일

지은이 장정일

발행인 양원석
편집장 함명춘
책임편집 이양훈
영업마케팅 정도준, 김성룡, 백준, 백창민, 이운섭

펴낸 곳 랜덤하우스코리아(주)
주소 서울시 강남구 삼성동 159 오크우드호텔 별관 B2
편집문의 02-3466-8852
구입문의 02-3466-8955
홈페이지 www.randombooks.co.kr
등록 2004년 1월 15일 등록 제2-3726호

ISBN 978-89-255-3488-6 (03810)

※ 이 책은 랜덤하우스코리아(주)가 저작권자와의 계약에 따라 발행한 것이므로
   본사의 서면 허락 없이는 어떠한 형태나 수단으로도 이 책의 내용을 이용하지 못합니다.
※ 잘못된 책은 구입하신 서점에서 바꾸어 드립니다.
※ 책값은 뒤표지에 있습니다.